W0348569

Sur l'auteure

Auteure à succès aux Pays-Bas, Simone van der Vlugt a publié plusieurs romans historiques, dont *Bleu de Delft* (Philippe Rey, 2018), *Neige rouge* (Philippe Rey, 2019), *La Maîtresse du peintre* (Philippe Rey, 2020), *La Fabrique* (Philippe Rey, 2021) et *La Ville dévastée* (Philippe Rey, 2022). Elle a reçu de nombreuses récompenses, notamment le prestigieux Prix du Livre de l'année.

De la même auteure
aux Éditions 10/18

BLEU DE DELFT, n° 5433
NEIGE ROUGE, n° 5620
LA MAÎTRESSE DU PEINTRE, n° 5671
LA FABRIQUE, n° 5762
LA VILLE DÉVASTÉE, n° 5901
LA ROUTE DES INDES, n° 6073

SIMONE VAN DER VLUGT

LA ROUTE DES INDES

Traduit du néerlandais (Pays-Bas)
par Guillaume Deneufbourg

10/18

PHILIPPE REY

Titre original :
Het Schaduwspel

© Simone van der Vlugt, 2018.
© Éditions Philippe Rey, 2024, pour la traduction française.
ISBN 978-2-264-08607-5
Dépôt légal : mai 2025

1

Amsterdam, octobre 1623

La première fois qu'Eva le rencontra, ce fut à l'une des fêtes organisées par Tessel. À dire vrai, il s'agissait de rendez-vous littéraires et musicaux, mais lors de ces soirées, au fil des heures qui s'écoulaient, le vin et l'envie irrépressible de danser finissaient par concurrencer le goût de l'art.

Elle s'étonna d'y croiser Jan, car même si elle ne le connaissait pas personnellement, elle avait beaucoup entendu parler de lui et il ne lui semblait pas homme à s'intéresser à la chose artistique.

Les salons culturels de Tessel, fréquentés par du beau monde, jouissaient d'une bonne réputation. Lorsque ses parents, Aefje et Roemer Visscher, étaient encore en vie, leur demeure – De Korendrager – accueillait régulièrement des représentations musicales, des tours de chant et des récitations. Les trois filles avaient perpétué cette tradition.

À l'instar de Lysbet, son aînée, Eva aimait leur rendre visite. Lysbet, peu ou prou du même âge que les sœurs Visscher, était une amie proche de

Tessel. Eva était plus jeune mais elle avait toujours été la bienvenue, sans doute parce qu'elle adorait la musique et le chant. Tessel chantait magnifiquement et se faisait un plaisir d'inculquer la technique à Eva.

Les sœurs Visscher étaient trois jeunes femmes remarquables, chacune aussi talentueuse que les deux autres. Elles écrivaient de la poésie, pratiquaient la gravure sur verre et, comme si cela ne suffisait pas, parlaient le français et l'italien avec aisance.

Cette dernière particularité avait d'ailleurs attiré l'attention d'Eva lorsqu'elle avait croisé Jan : il conversait avec Tessel dans la langue de Dante. Elle avait été quelque peu surprise.

Il était plus vieux qu'elle, plutôt réservé et séduisant. Sa dentition, complète et soignée, ainsi que ses cheveux foncés coupés court mettaient en valeur les traits de son visage. Taillée avec soin, sa barbe lui conférait une allure intellectuelle bien adaptée à l'ambiance de la soirée.

Lorsque Lysbet et Eva se joignirent à eux, Tessel et Jan passèrent au néerlandais.

« Permettez-moi de vous présenter à deux amies, Lysbet et Eva Ment, annonça Tessel en désignant l'une puis l'autre d'un geste élégant. Lysbet, Eva, voici Jan Pieterszoon Coen, l'homme dont parle tout Amsterdam. Que dis-je ? Dont parle toute la République ! »

L'intéressé esquissa un sourire modeste, mais Tessel n'exagérait guère.

Jan Coen était un nom connu de tous. L'homme avait navigué jusqu'aux Indes sous la bannière de la Compagnie néerlandaise des Indes orientales et avait fondé la ville de Batavia sur l'île de Java, où il s'était acquis le monopole d'un très lucratif marché des épices.

Il jouissait donc d'un grand prestige, et était aussi riche qu'un roi. Âgé de trente-sept ans, il n'était pas encore marié et n'avait pas d'enfants ; il était justement revenu en Hollande pour trouver une épouse. Cela aussi, tout le monde le savait.

Jan Coen fit une référence galante.

« Enchanté, mesdemoiselles.

— Lysbet et Eva sont de la famille de Pieter Hasselaer, précisa Tessel.

— Vraiment ? réagit Coen, dont le visage exprima l'intérêt.

— Pieter était notre oncle, confirma Lysbet. Nous l'appréciions beaucoup. Son fils a épousé Agatha, la sœur du poète Cornelis Hooft.

— Qui est aussi l'un de mes meilleurs amis, ajouta Tessel.

— Je suis un grand admirateur de M. Hooft ! annonça Coen dans un sourire adressé aux deux sœurs. Le monde est petit, vous ne trouvez pas ? »

Lysbet approuva. Eva restait en retrait, ayant compris que cette rencontre était surtout destinée à attirer l'attention du gouverneur général sur sa sœur.

Elle n'y voyait aucun inconvénient ; elle n'était âgée que de dix-huit ans, le temps n'était pas encore venu de songer au mariage. En revanche, pour Lysbet qui avait fêté ses vingt-quatre ans en septembre dernier, il ne fallait plus tarder.

De même pour Anna, pensa-t-elle alors qu'elle laissait les autres converser. Déjà quarantenaire, la sœur de Tessel n'avait jamais été mariée. Compte tenu de son âge, elle semblait mieux convenir à Coen, mais si celui-ci désirait des enfants, elle n'avait guère de chances d'entrer dans ses bonnes grâces. À vingt-neuf ans, Tessel, elle, était fiancée. Dans un mois elle épouserait Allart Janszoon Crombalch, un officier originaire d'Alkmaar, et à la grande tristesse de Lysbet irait s'installer dans cette ville du nord de la Hollande, célèbre pour son marché aux fromages.

Coen était revenu au pays juste un peu trop tard, et il le regrettait ; Eva le comprit à la manière dont il regardait Tessel. Il fallait dire que son amie était d'une beauté saisissante : tous les hommes se pressaient à ses pieds. Or elle s'intéressait surtout aux plaisirs de l'art. « Je me marierai avec celui qui me laissera ma liberté », répétait-elle sans relâche.

Visiblement, elle semblait assez convaincue qu'Allart Crombalch la lui accorderait puisqu'elle avait accepté de partir vivre avec lui à Alkmaar, à deux jours de marche d'Amsterdam. Eva se demanda alors quelle femme serait disposée à suivre Jan Coen jusqu'aux Indes.

Tandis que Lysbet engageait la conversation avec lui, Eva laissa errer son regard sur l'assistance. Elle connaissait depuis toujours la plupart des convives. Ils étaient soit artistes – poètes, écrivains, musiciens ou peintres –, soit du patriciat d'Amsterdam.

Sa famille se situait entre les deux. Son oncle Pieter, décédé quelques années plus tôt, comptait parmi les fondateurs de la Compagnie van Verre, qui naviguait vers les Indes, et avait activement participé à la création de la Compagnie néerlandaise des Indes orientales, la VOC. Ces projets avaient fait de lui un homme riche et un membre éminent de l'aristocratie de la ville.

Le nom de Hasselaer s'accompagnait ainsi d'une certaine notoriété, et pas uniquement à Amsterdam. À Haarlem, la famille avait acquis une appréciable considération grâce au courage manifesté par Kenau Simonsdochter Hasselaer lors du siège de la ville par l'occupant espagnol, une cinquantaine d'années auparavant. À la tête d'un groupe de femmes, elle avait participé aux opérations visant à repousser l'ennemi depuis les remparts. Pieter Hasselaer, son neveu, avait soutenu sa tante dans le combat alors qu'il était encore jeune aspirant.

Quelques années plus tard, il était parti pour Amsterdam où il avait ouvert une brasserie et s'était marié à Margriet Benning, sœur de la mère d'Eva. Il avait fait profiter sa belle-famille de sa prospérité grandissante. Hélas, la disparition de l'oncle Pieter avait mis un terme à ce précieux soutien financier.

Johan Bicker passa près du groupe et adressa un clin d'œil à Eva, qui lui sourit en retour.

« Il semblerait que vous ne manquiez pas de soupirants », remarqua Coen.

La jeune femme lui lança un regard en coin, surprise par son sens de l'observation.

« Ce penchant est-il réciproque ? » lui demanda-t-il sans la quitter des yeux.

La question était cavalière, et Eva choisit de garder le silence.

« Il l'est forcément, reprit Coen. C'est un jeune homme séduisant et vous êtes une très belle demoiselle, vous aussi. Vous êtes la benjamine de la famille, n'est-ce pas ? »

Nouvelle effronterie, joliment enrobée. Elle décida tout de même de lui répondre.

« Oui, confirma Eva. J'aurai dix-neuf ans fin décembre.

— Quelle chance vous avez d'être encore si jeune. À cet âge, je vivais en Italie. Ah non, j'étais déjà revenu à Hoorn à cette époque, bien malgré moi. »

Elle l'écouta alors d'une oreille distraite raconter ses souvenirs de Rome. Heureusement, Lysbet était tout ouïe, de telle sorte qu'Eva put observer Johan Bicker à la dérobée.

Celui-ci déambulait entre les invités, faisait la révérence aux demoiselles avant de les saluer, tapait sur l'épaule de l'un ou l'autre de ses amis. Il engagea la conversation avec un homme d'une bonne trentaine d'années, à la barbichette et aux cheveux sombres et ondulés, accompagné d'une ravissante jeune femme aux boucles blondes.

Eva ne s'était pas aperçue que Coen l'observait, et elle sursauta lorsqu'il s'adressa de nouveau à elle.

« Ne seraient-ce pas Joost van den Vondel et son épouse ? demanda-t-il. Je ne les ai pas vus depuis bien longtemps. Tiennent-ils encore leur boutique de chausses ?

— Oui, elle est située juste à côté de la nôtre, confirma Eva. Ils ont de beaux articles mais onéreux. Mayke est derrière le comptoir, et Joost écrit la majeure partie de la journée.

— Bien sûr, il est écrivain. Il est assurément dans son élément ici, parmi tous ces artistes.

— Comme toujours aux soirées de Tessel. Elle est d'ailleurs très douée, elle aussi. Elle écrit et pratique la gravure sur verre. Il est difficile de concevoir comment autant de talents peuvent être réunis en une seule personne. La connaissez-vous bien ?

— Pour être honnête, pas du tout. Je viens de Hoorn. J'ai rencontré Joost par hasard, car il a des amis dans cette ville. Il se rend aussi régulièrement chez ma sœur », expliqua Coen.

Posant son regard sur Tessel, il ajouta :

« Tesselschade. Quel nom étonnant, ne trouvez-vous pas ?

— L'année de sa naissance, les navires de son père ont subi une avarie près de l'île de Texel, précisa Lysbet. Ce fut une perte financière considérable. En la baptisant d'après cette catastrophe, il espérait imprimer à jamais dans l'esprit de sa fille, et dans le sien, qu'il convient de ne pas se laisser guider par l'avidité et de se montrer prudent en affaires. Son nom complet est Maria Tesselschade, mais tout le monde l'appelle Tessel. »

Jan Coen poursuivit la conversation avec Lysbet. Eva quitta leur compagnie, saluant quelques connaissances çà et là avant de se heurter à Johan Bicker. La rencontre n'étant pas tout à fait fortuite, elle prit son parti du vin qui déborda de son verre et se renversa sur sa robe.

Johan s'excusa, la salua d'une révérence, puis d'un baisemain.

« Eva ! Quelle joie ! J'espérais tant vous voir ici ce soir.

— Ah, vraiment ? répondit-elle avec un sourire.

— Je peux vous l'assurer. Nous avons prévu d'aller à la fête foraine demain avec un groupe d'amis. Vous plairait-il de vous joindre à nous ?

— L'idée me semble excellente !

— À la bonne heure. Dans ce cas, à demain ! »

Johan se détourna vers une jeune femme aux cheveux foncés qui s'approchait d'eux et la salua d'une petite révérence.

« Agneta, Eva nous accompagnera demain.

— Avec grand plaisir ! lança l'intéressée en adressant un signe de tête à Eva. Johan, reprit-elle, Tessel vous demande. J'irais la voir sans tarder, si j'étais à votre place. »

Le jeune homme balaya la pièce du regard et annonça :

« Je m'exécute sur-le-champ ! Mesdemoiselles, je vous retrouve plus tard. »

Dès qu'il se fut éloigné, Agneta se tourna vers Eva.

« Alors, comment avez-vous trouvé notre héros ? »

Perplexe, Eva l'interrogea du regard.

« M. Coen… J'ai vu que vous discutiez ensemble. Comment est-il ?

— Je ne peux pas en dire grand-chose, nous n'avons échangé que quelques mots, mais il m'a paru fort aimable. Il s'est en tout cas montré très obligeant.

— Très obligeant, répéta Agneta d'un air songeur. Vous ne l'avez donc pas trouvé un peu distant ?

— Lui avez-vous aussi parlé ?

— On m'a présentée à lui, comme on le fait de toutes les demoiselles nubiles amenées à croiser sa route, lança-t-elle dans un rire tout en agitant son éventail pour simuler une bouffée de chaleur. Il est à la recherche d'une épouse.

— J'ai cru le comprendre, en effet.

— Je serais bien curieuse de connaître celle sur qui il jettera son dévolu. S'il restait à Amsterdam, nous serions toutes à ses pieds, mais le suivre à Batavia…

— Effectivement. Laisser tout et tout le monde derrière soi…

— Mais, d'après mon père, il est richissime. Sa femme mènera une vie de princesse, expliqua Agneta en donnant une petite tape sur le bras de son interlocutrice avec son éventail. Cela ne vous tente pas ? Vous aimez les voyages, non ?

— J'aime lire des récits de voyage, ce n'est pas tout à fait pareil », répondit Eva en cherchant Johan des yeux. Celui-ci discutait et riait au milieu d'un groupe de jeunes hommes dont Tessel formait le point central.

« Naturellement, il faut avouer qu'il n'est plus tout jeune, ajouta Agneta. Peut-être plairait-il à Lysbet ? »

La soirée ne s'éternisa pas. Sur le coup de 10 heures, Claes, le frère d'Eva, de trois ans son aîné, se tenait devant la porte pour raccompagner ses deux sœurs à la maison. La jeune femme n'avait pas eu l'occasion de s'entretenir davantage avec Jan Coen, mais, contrairement à Lysbet, elle n'avait déployé aucun effort en ce sens.

Sa sœur avait passé une bonne partie de la soirée en compagnie du gouverneur général de Batavia, ce qui l'avait laissée dans tous ses états.

« Il est si intéressant et si charmant ! Un homme, un vrai, tu comprends ? Ce n'est plus un jouvenceau…

— De fait, il a à peu près quarante ans », confirma Eva tandis que la fratrie longeait le Geldersekade.

Claes se mit à rire.

« Père avait le même âge lorsqu'il a épousé mère. Il avait dix ans de plus qu'elle.

— Exactement, approuva Lysbet. L'âge n'a guère d'importance. »

Son frère la regarda d'un air interrogateur.

« Tu parles comme si tu le convoitais.

— Absolument pas ! Je trouve que M. Coen est un homme intéressant. Sans plus.

— J'espère que tu dis vrai. Je n'ai aucune envie de te voir partir à Batavia », avoua Eva.

Sa sœur garda le silence un moment, puis ajouta :

« Il paraît que c'est une ville magnifique. »

2

Les parents d'Eva, qui étaient encore debout, voulurent tout savoir sur la soirée et en particulier sur Jan Coen.

« Le Conseil des Dix-Sept se frotte les mains de pouvoir compter sur un homme comme lui, déclara Claes Ment, le père de famille, confortablement assis près du foyer. Il a été reçu avec tous les égards à son retour des Indes.

— Je veux bien le croire ! Coen leur a rapporté des millions, confirma son fils en prenant place sur un banc de bois près de l'âtre.

— N'exagérons rien, mais il est évident qu'il leur a fait gagner beaucoup d'argent. Il semblerait que le prince Maurice soit l'un de ses grands admirateurs. Il l'a invité chez lui à son retour, comme l'aurait fait un ami proche. Coen lui a offert un animal sauvage pour son jardin zoologique. Un lion, je crois.

— Un léopard, corrigea Sophia en servant du vin à la maisonnée. Et aussi un cacatoès, mais il est mort au cours du voyage.

— Ces animaux sont-ils restés enfermés dans la cale tout le temps ? demanda Eva. Dangereux, tout de même. Et si ce léopard… »

Son frère Dierik, de deux ans son aîné, avala une gorgée de vin.

« Il ne peut pas partir, puisqu'il est en cage ! railla-t-il. Mais au fait, depuis quand tu t'y connais en fauves ?

— J'ai lu un livre illustré à leur sujet… »

Son père se mit à rire.

« Ma petite Eva lit tout ce qui lui passe entre les mains ! Assurément, des connaissances telles que les tiennes pourraient être bien utiles au cours d'un périple de ce genre.

— Vous n'y pensez pas, père ! Comment pourrais-je vous abandonner ? »

Elle se leva et embrassa ses parents.

« Je monte me coucher, bonne nuit.

— Bonne nuit, ma chérie », dit Sophia.

Eva se dirigea vers la porte de la pièce et, en se retournant pour la tirer vers elle, intercepta le regard affectueux de son père. Elle lui sourit et referma la porte.

Une fois dans sa chambre, elle observa quelques instants la Warmoesstraat à travers sa fenêtre. C'était la rue la plus riche de la ville. Avec les nombreux orfèvres, commerçants en soieries, chapeliers et autres pelletiers qui y tenaient boutique, l'endroit grouillait toujours d'animation.

En cette fin de soirée, dans l'artère déserte, seules les enseignes des magasins brillaient sous la lumière de la lune.

Eva fit face à son lit-clos. En temps normal elle serait restée encore un peu en bas, mais Lysbet était inhabituellement silencieuse. Elle avait le sentiment que sa sœur voulait passer un moment seule avec leurs parents, ce qui l'avait incitée à monter.

Soucieuse, elle fronça les sourcils. Elle espérait que Lysbet ne succomberait pas aux charmes de Coen, sinon elle perdrait sa sœur. À deux filles contre cinq garçons, elles avaient toujours été très proches en dépit de leur écart d'âge.

La jeune femme se déshabilla, enfila sa chemise de nuit, tressa ses cheveux et se glissa dans son lit. Lorsqu'elle souffla la bougie posée dans le martinet, un visage différent s'invita dans ses pensées et la fit sourire.

Elle n'avait encore avoué à personne ses sentiments pour Johan Bicker. Il resterait son secret jusqu'à ce qu'elle en sache davantage. Car Johan, vingt-quatre ans, joli garçon, issu d'une puissante famille de régents, était un parti très convoité. Son père, Gerrit Bicker, avait été bourgmestre et, avec dix autres régents très aisés, avait fondé la Compagnie néerlandaise des Indes orientales.

Eva savait que son père n'appréciait guère la famille Bicker, surtout Andries, le frère aîné de Johan, qui livrait des armes aux Espagnols. Sa famille à elle se rangeait du côté des Orange-Nassau, et les Bicker manquaient rarement une occasion de mettre des bâtons dans les roues du prince Maurice.

C'était même l'une des raisons pour lesquelles elle préférait que son amitié avec Johan reste secrète. Lors de leur dernière entrevue, il l'avait embrassée.

Un baiser intense, qui avait semblé bien plus long que ce qu'il avait pu être en réalité.

À l'occasion d'une fête donnée par des amis, ils s'étaient retirés dans un couloir pour profiter de quelques minutes d'intimité. Au moment où ils avaient entendu des pas, ils s'étaient écartés et éloignés dans des directions opposées. Ensuite ils ne s'étaient plus retrouvés seuls, mais avaient continué à se lancer des regards tout le reste de la soirée, quelle que fût la distance qui les séparait. C'était comme si une force mystérieuse les unissait et poussait chacun d'eux à tourner les yeux vers l'autre au même instant.

Ce soir encore, chez Tessel, cette attirance s'était manifestée, entretenue par des regards et des effleurements discrets. S'ils avaient eu l'occasion de s'isoler, ils ne se seraient pas limités à une innocente courtisanerie. Le lendemain, à la fête foraine, même s'il y avait foule ils repéreraient facilement un recoin tranquille.

Le marché annuel – et la fête foraine qui se tenait en même temps – était le principal événement de l'année. Les festivités, commencées le 17 septembre, s'étalaient sur trois semaines. Il était impossible d'échapper au tumulte, aux goualeurs, aux prestidigitateurs, aux pitres et aux acrobates. De toute façon, personne ne voulait rater cela. Très vite, une atmosphère joyeuse s'était mise à régner sur la ville.

Quelques jours auparavant, la milice bourgeoise avait ouvert les réjouissances en paradant dans les rues sous les étendards, au son des tambours qui incitaient les habitants à sortir de chez eux.

Eva, Lysbet et leurs frères les avaient imités pour profiter des activités et animations proposées sur le

Botermarkt. Pendant la semaine, qui était laborieuse, seul le marché drainait les plus intéressés, mais le dimanche la fête battait son plein.

Le deuxième dimanche de fête foraine tombait le lendemain de la soirée chez Tessel, et la famille débordait d'enthousiasme.

Éva et Lysbet devaient retrouver ensemble leurs amis vers le poids public situé sur le Botermarkt. Une douce odeur de gaufres vint chatouiller les narines d'Eva. La rumeur enflait à mesure qu'elles s'approchaient de la fête ; les deux sœurs pressèrent le pas.

De toutes parts, des connaissances les saluaient et, avant même qu'elles aient atteint le point de rendez-vous, des jeunes gens s'étaient attroupés autour d'elles. Parmi eux, Johan Bicker.

Celui-ci prit la main d'Eva pour l'attirer sur la place occupée par les marchands de gaufres et diverses installations de foire. On pouvait y contempler certaines curiosités de la nature, dont une chèvre à deux têtes, un chien qui savait compter, un enfant hydrocéphale et une femme haute de deux mètres.

En dehors des baraques, des goualeurs et des équilibristes assuraient le spectacle avant de faire le tour de l'assistance, casquette à la main.

« De quoi la plus belle des demoiselles aurait-elle envie ? »

Plus que son propos, le ton de sa voix enveloppa ses mots d'une connotation particulière.

Eva rit.

« Faites-moi donc une proposition. »

Johan lui adressa un clin d'œil et l'emmena vers la baraque du théâtre de chiens, où il acheta deux billets.

La plupart des membres de leur groupe passèrent leur chemin, mais quelques-uns les suivirent à l'intérieur. Eva et Johan s'installèrent au bout du dernier rang, serrés l'un contre l'autre.

Ils ne furent guère attentifs au spectacle.

Aux yeux d'Eva, le fait qu'ils soient ensemble n'avait rien de licencieux, mais à la fin de la représentation Judith lui jeta un regard suspicieux.

Judith, sa cousine, avait pour mère Balichje Hasselaer, la fille aînée de Pieter Hasselaer. Elle avait deux ans et demi de plus qu'Eva et la connaissait très bien. Eva ne pouvait rien lui cacher, même si elle avait réussi jusqu'alors à dissimuler ses sentiments pour Johan.

« Savez-vous que les parents de Johan et d'Agneta nourrissent quelque projet pour leurs enfants ? lui demanda Judith.

— Oui, je le sais. Mais, selon moi, Johan n'en a que faire.

— À moins qu'il ne souhaite se payer encore un peu de bon temps avant les choses sérieuses. »

Avec une pointe d'inquiétude, Eva l'interrogea :

« Pensez-vous ?

— Johan est un coureur de jupons. En votre absence, il ne se prive pas d'aller se jeter dans les bras d'une autre.

— Peut-être, mais en ma présence c'est toujours ma compagnie qu'il préfère.

— Je l'avais remarqué, en effet. Mais j'avais aussi observé d'autres choses dont je tenais à vous faire part. »

Malgré l'avertissement, les petites attentions de Johan tout l'après-midi dissipèrent bien vite chez

Eva la brume d'inquiétude provoquée par les paroles de Judith. Le jeune homme lui offrit un bracelet de perles bleu azur remporté au jeu de balle, avant de lui acheter une gaufre au sucre. Et lorsqu'un groupe commença à danser, il la prit dans ses bras pour la faire virevolter au milieu de la foule en liesse.

Quand ils se retrouvèrent derrière une roulotte à bâche et qu'il posa ses lèvres sur les siennes, elle ne protesta pas.

Début novembre, elle revit Johan sur la glace. La température avait fortement baissé, descendant même au-dessous de zéro. L'hiver apportait son lot d'incommodités, mais aussi ses plaisirs.

Le soir après le travail, ainsi que le dimanche, la moitié d'Amsterdam affluait sur l'Amstel gelé ; chaussés de patins à glace, certains avaient ressorti leur crosse pour jouer au kolf[1], d'autres zigzaguaient joyeusement ou faisaient des courses de vitesse. Les acrobates, les mendiants et les marchands ambulants de marrons chauds avaient investi la glace en lieu et place des esplanades. Une fraise autour du cou, vêtus de noir, les gens aisés – parés de leur distinction habituelle – s'aventuraient également sur le fleuve. Quelques dames portaient de petits masques de velours noir destinés à protéger leur visage du froid.

Un après-midi de novembre, Eva et Lysbet décidèrent de chausser elles aussi leurs patins et s'avancèrent sur la glace en riant et en poussant des cris

1. Kolf : variante du crossage, considéré par certains comme l'ancêtre du golf, et très pratiqué (sur glace) aux Pays-Bas à l'époque. (*Toutes les notes sont du traducteur.*)

aigus. Elles eurent tôt fait de trouver leurs amies respectives et se séparèrent.

Comme à l'accoutumée, Eva chercha immédiatement à apercevoir Johan. Quand elle le vit enfin, un frisson la parcourut. Ils soutinrent le regard l'un de l'autre quelques instants. Eva lui sourit et Johan détourna les yeux. Son attitude se voulait désinvolte, mais il était indéniable que quelque chose se tramait.

La jeune femme se figea, comme clouée au sol. Judith s'approcha d'elle en patinant avec élégance et s'arrêta à sa hauteur. La compassion se lisait dans son regard.

« Vous avez appris la nouvelle ?

— Quelle nouvelle ? demanda Eva, qui connaissait déjà les mots qu'elle allait entendre avant même que sa cousine ne les prononce.

— Au sujet de Johan. Il s'est fiancé avec Agneta ce matin. Ils se marieront l'an prochain. »

Eva fut prise d'un bref vertige. Elle se rendit compte alors combien elle avait été naïve.

Il devint soudain évident que Johan n'aurait jamais pu se marier avec elle. Il devait forcément unir sa destinée à celle d'Agneta de Graeff van Polsbroek, fille de Jacob de Graeff, l'un des quatre bourgmestres d'Amsterdam. Ce mariage était une excellente façon de lier les deux familles les plus puissantes de la ville. Le monde était ainsi fait. Elle le savait, mais ce fut la première fois que ces considérations affectèrent son cœur.

Hébétée, Eva patina jusqu'à la rive, déchaussa ses fers et remonta le quai. Elle s'arrêta un long moment devant l'une des nombreuses librairies qui bordaient le Damrak, faisant mine d'examiner la vitrine pendant qu'elle tentait de reprendre le contrôle de ses émotions.

Juste au moment où elle allait poursuivre sa route, quelqu'un vint se poster à côté d'elle.

« Vous aimez donc les livres ? Les carnets de voyage, qui plus est. »

Tandis qu'Eva regardait l'une des publications, Jan Coen l'avait observée.

« Je peux vous recommander celui-ci, reprit Jan Coen. Il relate un périple palpitant. »

Constatant qu'elle ne réagissait pas, il se tourna vers elle et l'expression de son visage changea.

« Vous allez bien ?

— Oui, merci. Je viens juste de tomber sur la glace.

— Je suis navré de l'apprendre. Vous êtes-vous fait mal ?

— Non, ça ira, je vous remercie. »

Eva lui sourit à travers ses larmes et s'engagea sur le Damrak. Coen lui emboîta le pas.

« Je n'ai jamais compris cet engouement pour les plaisirs de la glace. Je n'ai d'ailleurs jamais vraiment apprécié l'hiver, et encore moins le patin.

— C'est parfois très agréable.

— Sans aucun doute. Je vous avais aperçue sur le fleuve gelé, en compagnie de votre sœur et de vos amis. Mais je ne vous ai pas vue tomber. »

Eva ne répondit pas et pressa le pas. Coen soutint l'allure sans peine. Ils arrivèrent sur la place du Dam.

L'endroit était très fréquenté ; au milieu des marchands de meubles et des vendeuses de gâteaux, de poteries, de poulets ou de tableaux, il était difficile de s'entendre. Coen prit délicatement la jeune femme par le coude et la guida à travers la foule jusqu'au bâtiment de la Bourse, sur le Nieuwebrug. Il s'immobilisa alors face à elle et s'enquit d'un air grave :

« Que se passe-t-il exactement ? »

Elle comprit qu'il avait deviné son mensonge à propos de sa chute et se demanda combien de temps il l'avait observée.

« On m'a fait part d'une mauvaise nouvelle. »

Elle ignorait ce qui l'avait poussée à répondre – il n'avait pas à connaître l'origine de son désarroi. Peut-être l'inquiétude sincère qu'elle lisait dans ses yeux, ou le besoin de réconfort.

Coen se contenta de hocher la tête. Eva s'attendait à ce qu'il veuille en savoir davantage, mais il commença à évoquer des souvenirs de la période qu'il avait passée à Rome, sans doute pour lui changer les idées. Elle appréciait la tentative, mais aurait préféré rentrer seule à pied chez elle. Coen paraissait toutefois résolu à l'accompagner et, tout en parlant, il s'engagea avec elle dans la Warmoesstraat.

« C'est très intéressant, commenta Eva d'un air absent lorsqu'un silence tomba. Rome semble être une ville magnifique.

— Elle l'est. Mais ce n'est pas une ville pour vous.

— Pourquoi donc ? demanda Eva, surprise par cette déclaration.

— En raison du manque de liberté que subissent les jeunes femmes. En Italie, les demoiselles sont tenues en bride. Il est par exemple impensable qu'elles se promènent dans la rue avec un autre homme que leur époux, leur père ou leur frère. Sur ce plan, Amsterdam est une ville bien plus tolérante.

— Dans ce cas, je me réjouis d'y habiter.

— Vous pouvez ! »

Dans l'intervalle, ils avaient cheminé jusqu'à sa maison. Eva s'arrêta et lui sourit.

« Merci de m'avoir raccompagnée. »

Coen souleva son chapeau, la salua et poursuivit sa route.

En fin d'après-midi, on apporta un paquet pour Eva. Elle le réceptionna et l'ouvrit dans sa chambre. Elle sortit de l'emballage un mince carnet intitulé *Vraye description de trois voyages de mer tres admirables, faicts en trois ans, a chacun an un, par les navires d'Hollande et Zelande*.

Elle avait entre les mains le carnet de voyage de Girard Le Veer sur lequel elle avait posé les yeux dans la vitrine du Damrak.

3

Elle revit Johan à l'occasion du mariage de Tessel et Allart. Pendant la célébration religieuse à l'Oude Kerk, Eva ne cessa de regarder droit devant elle. Les familles Bicker et de Graeff avaient pris place de l'autre côté de l'allée centrale.

Johan et Agneta, assis côte à côte, conversaient joyeusement et riaient. Judith posa sa main sur celle d'Eva.

« Tout finira par s'apaiser », la rassura-t-elle d'une voix douce.

Eva se concentra sur Tessel, qui portait une longue robe noire richement garnie de dentelles. Ses cheveux bouclés descendaient en cascade le long de son visage. Rayonnante, elle prononça ses vœux et se laissa passer la bague au doigt. Il s'agissait à l'évidence d'un mariage d'amour.

« Judith, murmura Eva, croyez-vous que nous connaîtrons nous aussi un tel bonheur ? »

Sa cousine se tourna vers elle.

« Bien sûr. Pourquoi en serait-il autrement ?

— Parfois, j'ai le pressentiment que…

— N'y prêtez pas attention, coupa Judith. Les pressentiments sont une absurdité. »

Après la cérémonie, plusieurs petits groupes se formèrent sur le parvis de l'église. Eva discutait avec Judith, mais lorsqu'elle vit Lysbet lui faire signe, elle rejoignit sa sœur.

Cette dernière désigna Jan Coen d'un mouvement de la tête.

« D'après père, il se serait enquis de moi.

— C'est heureux.

— En effet. D'après ce que je sais, il est toujours libre. Dans tous les cas, je n'ai pas entendu dire qu'il courtisait une demoiselle en particulier.

— Moi non plus. Tout à l'heure, lors de la fête, tu devrais saisir ta chance.

— Et toi, tu danseras avec tous les beaux hommes qui croiseront ton chemin. Pour bien montrer à Johan ce qu'il a perdu. »

Lysbet avait donc décelé les sentiments de sa sœur pour le jeune homme. Si elle le savait, d'autres étaient sans doute aussi au courant. Elle serait bientôt la risée de la ville !

Eva aperçut Johan et Agneta sortant de l'église main dans la main, et elle soupira. Elle avait subitement très envie de rentrer chez elle, mais ce n'était pas envisageable.

À contrecœur, elle laissa Lysbet l'emmener, bras dessus, bras dessous, suivant la noce qui se dirigeait en cortège vers la maison de Tessel.

Le parcours jusqu'au Geldersekade était bref. Au Korendrager, de longues tables avaient été installées pour le banquet. Eva contempla la décoration de la salle, richement ornée de rubans blancs.

Alors qu'elle admirait la pièce, elle aperçut Jan Coen, qui entrait en compagnie de plusieurs hommes. Parmi eux se trouvaient Andries Bicker, Reynier Pauw et quelques autres messieurs appartenant au patriciat de la ville. Joost van den Vondel était là aussi et, lorsqu'il remarqua Lysbet et Eva, il leur fit signe.

Lysbet s'approcha directement du petit groupe, tirant sa sœur.

« Je m'attendais à un beau poème écrit de votre main pour les jeunes mariés, cher Joost », lança-t-elle.

Le poète ôta son chapeau surmonté d'une plume d'autruche et fit la révérence.

« Je n'ai peut-être pas encore dit mon dernier mot, ma chère amie. Ravi de vous revoir ! Vous êtes toutes les deux d'une beauté fascinante ! »

Il se tourna vers Coen et ajouta : « Ces demoiselles sont presque mes voisines.

— Je suis au courant », répondit le gouverneur en souriant.

Il s'inclina à son tour devant les jeunes femmes, puis intercepta un domestique qui passait justement et commanda à boire pour elles. L'instant d'après, tous trinquaient à la santé des jeunes mariés.

Eva sentit le regard d'Andries Bicker, le frère aîné de Johan, s'éterniser sur elle. Se fourvoyait-elle ou lisait-elle une once de mépris dans son expression ? Elle rassembla son courage et plongea ses yeux droit dans les siens. Il lui adressa un sourire compassé.

« Visiblement, vous semblez avoir trouvé vos marques à Amsterdam, monsieur Coen, entama

Lysbet. Vous aviez raconté, lors de la dernière soirée chez Tessel, que vous étiez originaire de Hoorn.

— C'est exact, j'y suis né. Mais la Compagnie des Indes orientales a également mis une demeure à ma disposition ici, à Amsterdam, car j'ai des affaires à régler aux deux endroits. »

Coen se tourna vers son ami et ajouta :

« Joost et moi nous sommes rencontrés à Hoorn. Il est cousin avec le navigateur Willem Corneliszoon Schouten. Le connaissez-vous ?

— Son nom ne m'est pas étranger, en effet.

— Schouten a découvert la terre située à l'extrême sud de l'Amérique : le cap Horn. Il a donné à cet endroit le nom de sa ville natale.

— Très intéressant », commenta poliment Lysbet.

Eva sourit ; elle était certaine que sa sœur n'avait jamais entendu parler de Willem Schouten. Elle-même connaissait en revanche son existence, elle avait lu son journal de bord.

« N'était-ce pas en 1618, lorsqu'il tentait de trouver un nouveau passage vers l'Asie ? » demanda-t-elle.

Tous les yeux se tournèrent vers elle. Lysbet la gratifia d'un regard quelque peu maussade.

« En effet ! Très bien, mademoiselle Ment, opina Coen. Schouten et moi étions très amis. Il l'était aussi avec Aafje, ma sœur.

— Quelle coïncidence, commenta Joost avant d'avaler une gorgée de brandevin.

— Assurément, reprit Lysbet. Nous avons également de la famille à Hoorn, même si nous n'avons guère de contacts. Il faut tout de même un jour de voyage pour s'y rendre. »

Elle se tourna de nouveau vers Coen.

« Je n'y suis encore jamais allée, mais j'ai entendu dire que c'était une très belle ville.

— Splendide, même. Un peu plus petite qu'Amsterdam, mais très active dans le commerce avec les Indes orientales. On y construit actuellement un navire marchand qui partira en début d'année.

— J'ai toujours trouvé magnifiques ces énormes bateaux que l'on voit dans les chantiers navals. À l'occasion il m'arrive de me rendre jusqu'au port, ici en ville, pour les admirer. C'est impressionnant. »

L'idée de Lysbet était de proposer subtilement à Coen d'y aller ensemble, mais les jeunes mariés entrèrent dans la pièce à cet instant et il tourna la tête.

Les invités crièrent et applaudirent, puis tous prirent place à table. Tessel avait établi un plan et – sans doute pas tout à fait par hasard – Lysbet se retrouva à côté de Jan Coen. Eva était quant à elle assise à l'opposé, en face de Johan.

Même si la table était large et que des plats pleins de morceaux de pain disposés en pyramide étaient posés entre eux, il était pratiquement impossible d'éviter le regard de l'autre. Johan se montrait désormais aussi taiseux qu'il était d'ordinaire volubile. Il laissa Agneta faire la conversation. Elle se pencha en avant pour lancer avec un grand sourire :

« Eva ! Cela fait si longtemps. Comment allez-vous ? Quelle robe charmante vous portez là ! »

Charmant était le mot approprié. C'était sa plus belle tenue, mais elle l'avait déjà mise en plusieurs occasions. Ses yeux glissèrent sur celle d'Agneta, en satin noir, avec un col de fine dentelle de Bruxelles. Elle portait un serre-tête serti de perles.

« Merci, répondit Eva. Et encore toutes mes félicitations pour vos fiançailles.

— N'est-ce pas une merveilleuse nouvelle ? Je n'arrive toujours pas à croire que nous allons nous marier.

— Moi non plus, rétorqua Eva en lançant un regard furtif à Johan, qui détourna vite les yeux. Et à quelle date la cérémonie est-elle prévue, Johan ? »

Il prit son roemer et but une gorgée.

« Elle n'a pas encore été fixée.

— Peut-être pas tout de suite, confirma Agneta.

— Ah bon ? Ce n'est donc finalement pas si urgent ? »

Agneta mit quelques secondes à saisir le double sens de cette réplique. Ses joues rosirent.

« Non, bien sûr que non », répondit-elle enfin d'un ton pincé.

Johan fusilla Eva du regard.

« Ne me regardez pas de cette façon, mon cher. C'était une question innocente », lança de nouveau la jeune femme avant de se tourner vers Coen, qui l'observait d'un air amusé en lui tendant le plat de poisson.

Entre les services, des amis de Tessel, dont Joost van den Vondel, Pieter Corneliszoon Hooft et Constantijn Huygens, déclamèrent des poèmes drôles et émouvants. L'assistance rit des boutades et des allusions grivoises. Rayonnante, la mariée applaudissait avec effusion.

Au terme du banquet, les chaises et les tables furent déplacées afin de libérer l'espace pour la danse.

« Vous dansez, monsieur Coen ? tenta Lysbet en agitant son éventail.

— Sans plaisir particulier, répondit le gouverneur. Et sans grand talent non plus.

— Je suis sûre que vous vous débrouillez très bien. Vous avez tout de même vécu en Italie…

— Je connais la gaillarde et la pavane, la saltarelle et la canarie. Toutefois, comme je vous l'indiquais, la danse n'a pas ma préférence. Tous ces pas et ces bonds saugrenus, très peu pour moi.

— Je suis d'accord avec vous, même si j'apprécie assez la volte, intervint Eva. Mais, dites-moi, ne serait-ce justement pas cette danse qu'on entend ? »

Elle tendit l'oreille alors que l'orchestre se mettait à jouer et tressaillit lorsque Coen se leva et s'inclina vers elle.

« Me feriez-vous l'honneur de danser cette volte-là en ma compagnie ? »

Décontenancée, Eva lança un regard impuissant à Lysbet, qui affichait un sourire crispé.

Un refus aurait été inconvenant.

Elle n'eut pas le temps de se consacrer davantage à sa sœur. La volte l'emporta dans un tourbillon de mouvements vifs et abrupts, accompagnés de battements de mains.

Eva prit du plaisir. Le rythme soutenu de la musique libéra quelque chose en elle et, contrairement à ses affirmations, Coen s'avéra bon danseur. Ses pas un peu raides convenaient bien à la volte. À chaque tour sa main touchait la hanche, la main ou le bas du dos d'Eva ; chaque geste était marqué d'une forme de délicatesse et de force contenue.

Lorsque la danse fut terminée, Coen l'accompagna dans un coin de la pièce où ils purent reprendre leur souffle. Eva agita à proximité de son visage un éventail qu'elle avait accroché à sa ceinture.

« Je ne vous ai pas encore remercié pour le carnet de voyage.

— Avec grand plaisir. Vous aviez l'air si intéressée par cet ouvrage, même si j'ai compris plus tard que vous aviez à ce moment d'autres préoccupations. »

Eva tenta de réfléchir rapidement à sa réponse et décida d'être honnête.

« En effet, mais cela ne signifie pas pour autant que ce livre me laisse indifférente. J'adore les récits de voyage.

— Ce qui m'a incité à vous faire ce cadeau… D'où vous vient cet intérêt ?

— De mon oncle, sans doute. Vous le savez, Pieter a été cofondateur et dirigeant de la Compagnie néerlandaise des Indes orientales. C'est lui qui m'a offert mon premier journal de bord, sur le voyage à Java en 1595. Pour mon quinzième anniversaire, il m'a fait cadeau d'une carte géographique, car je souhaitais situer tous ces pays lointains.

— Pourquoi cette curiosité ?

— Je ne sais pas vraiment. Chaque fois qu'un navire revenait d'Orient, j'essayais d'imaginer le trajet qu'il avait parcouru, les ports où il avait fait escale. D'une certaine façon, ces récits lèvent un coin de voile sur ces mystères. »

Coen la regardait avec attention.

« Il est étonnant que vous, une femme de surcroît, soyez à ce point intéressée par de tels récits.

— Ils sont très populaires, vous savez ! Dans toute la République, et aussi bien auprès des femmes que des hommes.

— Vous plairait-il de prendre part à ces voyages ? Ou Amsterdam vous suffit-elle ?

— J'ai toujours rêvé de partir explorer le monde, mais il est fort probable qu'arrivée à mi-chemin j'aie déjà envie de revenir. Il me serait difficile de passer autant de temps loin de ma famille et de mes amis, avoua Eva. Vous avez voyagé très jeune, n'est-ce pas ? reprit-elle. Quel âge aviez-vous exactement lorsque vous avez quitté Hoorn ?

— Douze ans. Auparavant, j'avais bien sûr déjà accompagné mon père sur son navire marchand, mais c'est à cet âge que j'ai effectué mon premier grand voyage.

— Jusqu'à Rome.

— Précisément. Par les mers donc, d'abord jusqu'à Naples, puis jusqu'à Rome sur un plus petit bateau. J'y ai vécu avec la famille Pescatore, que connaissaient mes parents. En fait, ils étaient originaires des Flandres et s'appelaient Visscher[1], mais ont décidé d'italianiser leur nom lorsqu'ils se sont établis à Rome.

— Combien de temps êtes-vous resté là-bas ?

— Six années, jusqu'à mes dix-huit ans.

— C'est une longue période. Surtout si loin des vôtres. J'imagine que vous avez suivi votre instruction à Rome ?

— En effet. J'aurais pu aller à l'université de Louvain, mais pour le commerce les meilleurs ensei-

1. Visscher : « pêcheur ».

gnements sont proposés en Italie, où l'on comprend mieux que quiconque l'art de la comptabilité double : une méthode complexe qui consiste à travailler simultanément avec deux livres afin d'avoir une perception plus fine de l'ensemble des opérations. Le système était complètement nouveau à l'époque, et mon père tenait à ce que j'apprenne à l'utiliser. »

Eva essaya de concevoir une telle vie : partir vivre seul à douze ans chez des inconnus, dans un pays étranger, et y rester des années.

« Votre famille ne vous a-t-elle pas manqué ?

— Si, bien sûr. »

Eva leva les yeux vers lui, dans l'attente qu'il en dise davantage, mais rien ne vint. Elle crut percevoir une once de tristesse dans le sourire fugace qu'il esquissa.

« Mon père est décédé pendant mon séjour à Rome, quand j'avais quinze ans. Surmonter cette épreuve n'a pas été facile, mais Joost Visscher, ou plus exactement Justus Pescatore, comme il se faisait appeler, m'a immédiatement pris sous son aile. Il a été un père pour moi. Son épouse et lui, qui n'avaient pas d'enfants, m'ont considéré comme la chair de leur chair. Lorsque je suis revenu à Hoorn, ils m'ont manqué tout autant que ma propre famille à Rome.

— Les avez-vous revus ? »

Coen secoua la tête.

« Très vite, on m'a proposé un poste de second agent commercial sur un navire marchand en partance pour les Indes orientales, sous la direction du capitaine Pieter Willemsz Verhoeff. Je ne pouvais pas laisser passer cette chance. Hoorn était devenue trop petit, je voulais découvrir le monde.

— J'ai toujours été fascinée par la navigation au long cours.

— L'expérience vaut en effet la peine d'être vécue, mais ne vous méprenez pas : une telle expédition n'est pas toujours une partie de plaisir.

— J'en suis consciente. J'ai lu beaucoup de choses sur les maladies à bord et les naufrages. Mais la ville d'Amsterdam n'est pas non plus épargnée par les épidémies et les catastrophes. À mes yeux, l'endroit où vous vous trouvez sur terre n'importe guère, aussi longtemps que Dieu se tient à vos côtés. »

De nouveau, ce même regard attentif.

« Je suis entièrement de votre avis », approuva Coen.

Une nouvelle danse commença, la pavane cette fois. Joost van den Vondel s'approcha et s'inclina devant Eva.

« Il m'est inconcevable de passer cette soirée sans saisir l'occasion de danser avec ma voisine préférée », annonça-t-il en riant.

Eva accepta sa main, se laissa guider vers la piste de danse et jeta un regard à Coen par-dessus son épaule. Celui-ci lui sourit et se dirigea en direction de Lysbet.

« Je le trouve charmant », avoua cette dernière alors que les deux sœurs se servaient au buffet.

Lysbet avait dansé la majeure partie de la soirée avec Coen, davantage que toute autre demoiselle présente ce soir-là. Eva s'était tenue à l'écart et s'était divertie avec des jeunes gens de son âge.

« Charmant à quel point ?

— Au plus haut point ! Il est séduisant, courtois et sûr de lui. Autant de qualités que j'apprécie. La plupart des garçons sont des freluquets, et les hommes plus vieux sont souvent laids et ennuyeux. Tout le contraire de Jan Coen.

— Quelque chose m'intrigue dans son regard…

— C'est-à-dire ?

— Difficile à expliquer. Il est si… insondable. »

Lysbet laissa ces mots cheminer dans son esprit quelques instants.

« C'est vrai qu'il est assez réservé, reprit-elle finalement.

— Il serait bien plus agréable s'il daignait sourire davantage. Et s'il se montrait légèrement moins rigide.

— Moi, je le trouve très bien comme il est ! Cette austérité n'est qu'une façade, une posture. Je crois qu'il peine un peu à s'intégrer dans notre cercle. »

Eva jaugea sa sœur du regard.

« En tout cas, tu dois prendre conscience d'une chose, ma chère Lysbet.

— Laquelle ?

— Si tu te maries avec lui, tu partiras vivre à Batavia.

— Je n'y vois pas d'inconvénient. »

4

« C’est un châtiment de Dieu », lâcha Claes d’un air sombre, alors qu’ils étaient réunis autour de la table.

En ce soir de janvier il avait endossé un manteau épais, mais grelottait malgré tout.

« Vous avez vu le niveau de l’eau dans les canaux ? La digue de Lekdijk a été endommagée par la débâcle et s’est rompue quand la glace a fondu. On m’a dit qu’une grande partie de la région d’Utrecht était submergée.

— Doit-on s’attendre à la même chose ici ? s’inquiéta Gerrit.

— Ce n’est pas impossible. À l’évidence, l’eau va continuer à monter et les quais seront bientôt inondés.

— Pourquoi Dieu voudrait-Il nous punir ? Qu’avons-nous fait de mal ? s’enquit Eva.

— Nous, les êtres humains, commettons sans cesse des erreurs. Nous livrons la guerre à l’Espagne et refusons d’œuvrer pour la paix. Nous allons à la fête foraine, mais pas à la messe. Nous dansons, buvons et nous amusons tant et plus, au lieu de nous acquitter de nos devoirs. »

Tous observaient Claes sans mot dire. La foi occupait une place importante chez les Ment, mais personne n'était habitué à un tel discours moraliste rempli de dévotion.

Sophia intervint pour apaiser les craintes.

« Vous êtes malade et fatigué, ce qui vous amène à broyer du noir. Nous avons de quoi nous chauffer et nous nourrir, précisément parce que nous ne faisons rien de mal, et Dieu ne veut aucunement nous punir.

— Je n'en suis pas si sûr. Je sens au fond de moi que des problèmes s'annoncent. Les récoltes sont mauvaises tous les étés. L'année dernière, les arbres fruitiers ont soudainement perdu leurs feuilles et n'ont pas donné de fruits. Les vaches avaient le mufle enflé et couvert d'aphtes. Sans parler de ces hivers qui se succèdent, chaque fois plus rigoureux. Même quand je m'assieds tout près du feu, je n'arrive pas à me réchauffer et mes os me font mal.

— Prenez une autre tasse de vin et songez à vous reposer, père, suggéra Lysbet. Vous êtes toujours un peu grincheux quand vous êtes malade. Et vous travaillez aussi beaucoup trop.

— Ai-je le choix ? Les affaires ne vont pas si bien.

— J'espère au moins que la conversation de demain soir sera plus agréable, enchaîna Sophia en balayant la tablée des yeux. Nous recevons M. Coen. Je l'ai croisé ce matin et il m'a demandé de vos nouvelles. À vrai dire, il s'est un peu invité tout seul. »

Elle fixa ses filles à tour de rôle ; Eva et Lysbet échangèrent un regard.

« C'est une excellente chose, approuva Claes. Pour autant que je sache, actuellement Jan ne fait la cour à aucune jeune femme en particulier, ce qui pourrait signifier qu'il est intéressé.

— Pour autant que *je* sache, répliqua Sophia d'un ton piquant, il dîne dans toutes les grandes familles d'Amsterdam et de Hoorn, et il assiste à toutes les fêtes. Il semblerait donc plutôt qu'il ait l'embarras du choix et qu'il peine à se décider.

— Mais qu'il ait souhaité s'inviter à notre table reste appréciable. Il ne vient sans doute pas uniquement pour goûter votre cuisine », commenta Claes. Tandis que sa femme haussait les sourcils, il s'empressa d'ajouter : « Si exquise soit-elle. »

Il se tourna vers sa fille aînée.

« Qu'en penses-tu, Lysbet ? Jan Coen t'accorde-t-il une attention particulière ?

— Nous avons dansé toute la soirée ensemble au mariage de Tessel.

— Il faut tout de même avouer que tu n'as pas laissé grand monde l'approcher, précisa Eva.

— Et alors ? Il aurait très bien pu m'ignorer, mais il ne l'a pas fait. Il n'a pas cessé de m'inviter à danser.

— C'est de bon augure, conclut son père d'un air satisfait. Va donc t'acheter une nouvelle robe, Lysbet. Et vous, Sophia, faites en sorte que notre dîner n'ait rien à envier aux repas qui lui ont été servis dans les autres familles.

— Je devrais y arriver sans peine, répondit l'intéressée avec une pointe d'arrogance. Cela étant, je n'ai aucunement l'intention de m'endetter parce que M. Coen vient dîner.

— Mais si, répliqua son époux. Nous pouvons consentir à un effort supplémentaire. »

Le lendemain, Eva et Lysbet furent mises à contribution.

Une servante intervenait naguère chez eux, mais ils n'avaient plus les moyens de s'offrir ses services. Sophia s'occupait désormais elle-même des tâches ménagères, avec l'aide de ses filles.

Ce jour-là, elle insista pour que la salle à manger soit nettoyée de fond en comble et que l'argenterie soit polie. Cornelis, le fils aîné de trente et un ans, viendrait également dîner, accompagné de son épouse Marritge.

Il était rare que la famille soit au grand complet. Cornelis avait fort à faire avec son travail, sa femme et ses enfants. Quant à Jan, le cadet, il était mort d'une mauvaise fièvre en Norvège quatre ans auparavant, alors qu'il naviguait sur un navire marchand. Il avait vingt-deux ans.

Claes et Sophia souffraient encore de la disparition de ce fils, et les soirées familiales avaient depuis lors perdu leur chaleur.

Ce jour-là, Sophia cira la table. Les chaises, qu'elle avait déjà enduites de cire et astiquées, étaient alignées le long des murs.

« Pensez-vous vraiment que M. Coen vient pour Lysbet ? » demanda Eva tout en prêtant main-forte à sa mère.

Celle-ci leva la tête.

« Je le crois. Certes, il pourrait s'agir d'une simple visite de courtoisie. M. Coen habite dans notre rue, après tout. Mais tout le monde sait qu'il est à la recherche d'une épouse et il se pourrait bien qu'il ait des vues sur Lysbet. Je l'espère, en tout cas.

— Vous ne verriez donc pas d'inconvénient à ce que Lysbet parte pour Batavia si elle se marie avec lui ?

— Si, bien sûr. » Le visage de Sophia s'assombrit. « J'en aurais le cœur brisé, mais je ne peux me montrer égoïste. Seul compte le bonheur de Lysbet. Elle n'a pas beaucoup de perspectives, et un mariage avec Jan Coen ferait d'elle une dame très distinguée. Si cela doit marquer son départ pour Batavia, qu'il en soit ainsi.

— Vous en parlez avec une telle facilité ! Je ne veux pas que Lysbet s'en aille.

— Ma chérie, ils pourront toujours revenir. Je peine à imaginer que Jan Coen reste à jamais dans les Indes orientales. Aucun employé de la Compagnie ne le souhaite. Tôt ou tard, ils finissent par rentrer au pays. La vie sous les tropiques est éprouvante, d'après ce qu'on raconte. »

Eva se contenta de hocher la tête. C'était peut-être vrai, mais dans tous les cas Lysbet ne serait pas de retour avant des années. Leur père avait soixante-douze ans, leur mère, soixante-deux. Il n'était donc pas improbable que l'adieu s'avère définitif. Elle n'avait plus qu'à espérer que Coen succombe aux charmes d'une autre prétendante.

Tout en polissant l'argenterie, Eva réfléchissait. Elle savait que ses parents étaient inquiets quant à l'avenir. La famille Ment avait beau compter des aristocrates respectés parmi ses aïeux, elle ne disposait plus des moyens qui avaient autrefois été les siens.

Son père avait travaillé des années dans l'une des brasseries de Pieter Hasselaer, lieu où il avait rencontré Sophia Benning. Leur union était pour elle une mésalliance, mais elle était avant tout un mariage d'amour. Claes et Sophia avaient eu huit enfants, dont six étaient encore en vie. Les garçons, Cornelis, Jan, Claes, Dierik et Gerrit, avaient rejoint l'entreprise familiale lorsque leur père s'était installé à son compte comme teinturier et marchand de tissus. Grâce aux relations de Pieter Hasselaer, les affaires avaient été florissantes et, à la naissance d'Eva, Claes Ment avait pu s'offrir une demeure dans la Warmoesstraat. La maison était de taille modeste, mais ils vivaient dans un quartier honorable. Néanmoins, ni Eva ni ses frères et sœur ne devinrent de bons partis au sein de la haute société d'Amsterdam, du seul fait de leur nouveau lieu d'habitation.

Les parents s'inquiétaient peu pour les garçons : grâce à leur formation et à leur expérience professionnelle, ils pouvaient se débrouiller seuls. Pour les filles, c'était une autre histoire.

Le soir venu, la salle à manger s'était métamorphosée. Bien que la pièce fût aérée, une légère odeur de cire subsistait, mais le feu que l'on fit flamber dans l'âtre la dissipa rapidement.

Les pots en étain et la porcelaine d'apparat exposés sur la cheminée avaient été époussetés, le sol balayé et la table minutieusement dressée. Sophia avait sorti ses plus belles assiettes en étain et ses plus beaux verres et, lorsqu'elle avait allumé les bougies, la verrerie s'était mise à étinceler.

Elle avait également soigné le repas, composé d'un canard à la sauce aux prunes, d'une purée de pois et de gingembre, de bouchées à la reine, d'olives et de différentes sortes de fromages. Ces mets étaient effectivement bien plus onéreux que ce qu'ils pouvaient se permettre.

Lorsque Jan Coen arriva, toute la famille Ment était prête à l'accueillir.

« Bien le bonsoir, lança-t-il en s'inclinant légèrement. Quelle table magnifique, et quelle délicieuse odeur ! »

Sophia, rayonnante, s'empressa d'offrir un siège à son invité. Coen n'était pas venu les mains vides. Il posa des présents sur la table, et tous se pressèrent autour de lui.

Il avait apporté des curiosités provenant de pays lointains, comme des coquillages à la forme singulière, une dent d'animal sauvage, des plumes d'oiseaux exotiques, un hippocampe séché et une branche de corail qui brillait tel un diamant.

Eva observa ces trésors avec fascination, en particulier le corail. Autrefois cet animal vivait au fond de la mer, dans une contrée inconnue du bout du monde, et voilà qu'il se trouvait à présent sur une table d'Amsterdam.

« D'où vient-il ? demanda Marritge en saisissant le corail.

— De la baie de Bantam, à l'ouest de Java, expliqua Coen. Les eaux à cet endroit sont peu profondes et d'un bleu turquoise éclatant. Dans les fonds, d'énormes morceaux de corail scintillent au milieu des bancs de poissons aux couleurs vives. C'est un spectacle magnifique.

— N'est-il pas pénible de vous réhabituer à notre climat froid, après toutes ces années passées aux Indes ? s'enquit Lysbet alors qu'ils s'asseyaient.

J'ai entendu dire qu'il fait une chaleur suffocante, là-bas.

— Il faut un temps d'acclimatation, je vous l'accorde. Aux Indes, ils ne connaissent ni la neige ni la glace. Inutile d'essayer de leur expliquer à quoi ressemblent nos hivers, ils vous prendraient pour un fou ! » Coen rit. « Et je ne parle même pas du patinage… Je dois dire qu'il est très agréable de retrouver tout cela en revenant au pays. La Hollande dans toute sa splendeur.

— Je suis bien d'accord. Mon beau-frère Pieter n'avait pas son pareil pour raconter le siège de Haarlem, lorsque les habitants attaquèrent les Espagnols qui ne savaient pas se déplacer sur la glace, enchaîna Sophia. Ils mirent du temps à comprendre ce qui leur arrivait quand ils ont vu les Néerlandais les charger, perchés sur des lames de fer ! »

Coen la dévisageait avec intérêt.

« Je croyais en effet savoir que vous aviez un lien de parenté avec Pieter Hasselaer. Je l'ai rencontré une fois chez une connaissance commune, à Hoorn.

— Il était marié à ma sœur, Margriet. Pieter a fait beaucoup pour nous. C'était un homme bon, sa mort nous a tous profondément attristés.

— J'en suis sincèrement navré.

— C'était il y a un moment, déjà. Sept ans. »

Sophia lui sourit, ne souhaitant sans doute pas aborder de sujets qui gâcheraient la fête.

« Quelle température fait-il sous les tropiques, monsieur Coen ? interrogea Lysbet. On entend toujours dire qu'elle est étouffante, mais à quel point ? »

Coen sonda pensivement le vide devant lui.

« C'est une chaleur humide. Lourde et oppressante.

— Cela ne donne pas vraiment envie ! s'exclama Sophia. Moi qui peine à survivre à l'été hollandais… Je n'ai jamais supporté la chaleur.

— On s'y habitue avec le temps. La morsure du gel en plein cœur de l'hiver n'est pas plus agréable.

— Je suis bien d'accord ! Moi, j'adorerais vivre sous ces latitudes, là où il fait toujours beau, s'écria Gerrit. Plus tard j'aimerais naviguer sur les océans, moi aussi.

— Quel âge as-tu ? Quinze ans ? À cet âge, tu peux déjà rejoindre la Compagnie », nota M. Coen.

Claes Ment leva la main en riant.

« Oh, oh, pas si vite ! Je ne forme pas Gerrit au métier de teinturier pour rien. J'aimerais profiter de lui encore quelque temps.

— Parlez-nous un peu de Batavia, monsieur Coen. » Cornelis avala une gorgée de vin et reposa son roemer sur la table. « Quel nom singulier pour une ville ! Cette idée est-elle de vous ?

— Pas le moins du monde. Je voulais la baptiser Nieuw-Hoorn, mais le Conseil des Dix-Sept préférait Batavia, en hommage à la révolte héroïque des Bataves contre l'Empire romain. J'entends cette volonté, mais je continue de penser secrètement que Nieuw-Hoorn sonnait mieux. »

Tous rirent, sauf Jan. Eva comprit qu'il le faisait sciemment.

« Est-il vrai que vous y avez érigé une ville entière, à l'image de celles que l'on peut voir en Hollande ? demanda-t-elle.

— Oui, j'aimerais moi aussi en savoir davantage à ce sujet ! » Jusqu'alors, Dierik s'était contenté d'écouter et d'observer leur invité. « Je suis également curieux d'apprendre comment vous avez échoué là-bas ! »

Alors qu'ils mangeaient et buvaient, Coen raconta ses voyages en mer au service de la Compagnie ; il leur parla de l'île de Java, où l'on trouvait du poivre à profusion, et évoqua les efforts qu'il avait déployés pour parvenir à un accord commercial avec la population locale. La concurrence avec les Anglais, les Espagnols et les Portugais, qui souhaitaient eux aussi conclure des accords avec les Javanais, était féroce et avait donné lieu à des affrontements hostiles. En réaction, Coen avait décidé de bâtir un fort afin de tenir les autres nations maritimes à bonne distance de l'île.

Le sultan de Java l'avait autorisé à utiliser un terrain pour la construction, mais lorsque les travaux avaient commencé il avait tout à coup changé d'avis et exigé que les Hollandais s'en aillent.

Coen avait refusé. « Un accord est un accord », avait-il martelé, tenant tête au sultan. Les Javanais avaient tenté de le chasser, mais au lieu d'obtempérer Coen avait attaqué et conquis la cité de Jayakarta. Sur ce qu'il restait de la ville après la bataille, il avait édifié Batavia. Le sultan avait dû se résoudre à accepter la situation, et tous vivaient désormais les uns à côté des autres dans une paix relative.

« Et la ville est magnifique ! Les rues bordées de maisons avec pignon à redents côtoient les canaux et les ponts levants. Des fleurs poussent partout où vous posez les yeux, des violettes, des rouges, des jaunes. Leur parfum embaume la cité. Le fort offre une vue imprenable sur les eaux cristallines de la baie. La Gravenstraat, qui relie le port à la porte de la ville, est sans doute la plus charmante de toutes. Elle est entourée de vergers et de palmiers. C'est d'une beauté inouïe. »

Lysbet scruta Coen avec attention.

« Vous semblez avoir hâte d'y retourner…

— Est-ce si évident ?

— Je l'entends dans votre voix. Et je l'imagine aisément. Ce doit être formidable de voyager et de découvrir ces territoires lointains. Le monde est tellement plus vaste qu'Amsterdam. Néanmoins, j'espère que vous resterez ici encore quelque temps, ponctua Lysbet d'un ton suggestif.

— Assurément. J'ai encore beaucoup d'affaires à régler.

— C'est en effet ce qui m'est revenu », confirma la jeune femme en souriant.

Il se contenta de la regarder et, juste au moment où le silence commençait à devenir gênant, Cornelis intervint en évoquant des connaissances communes.

Quand la conversation s'engagea sur Tessel, Lysbet soupira :

« Elle me manque terriblement, la vie est si ennuyeuse sans elle. Certes, les soirées d'Anna sont amusantes, mais elle se mariera au printemps et quittera à son tour Amsterdam. Qui se chargera alors de nous divertir ?

— Vous-même ?

— Oh, vous n'y pensez pas. Je n'ai aucun talent pour la musique et ne sais pas non plus composer ni déclamer de la poésie.

— La ville de Batavia a-t-elle quelque divertissement à offrir, monsieur Coen ? s'enquit Sophia.

— Pas grand-chose pour l'instant, mais s'il ne tenait qu'à moi la situation changerait rapidement. Certes, la ville est encore jeune… J'ai déjà écrit aux gentilshommes du Conseil des Dix-Sept pour leur demander de faire venir plus de femmes, et l'année dernière un grand nombre de familles et d'orphelines sont venues à Batavia à bord de navires marchands. Donc la ville se développe, mais je pense aussi qu'il est très important de veiller à la fois au respect de la culture locale et à la provenance des arrivants.

— Je suis du même avis, appuya Claes. Avant que vous ne vous en rendiez compte, les États généraux n'y enverront que les criminels et les vagabonds.

— Ils repartiront avant d'avoir pu poser le pied sur le quai, vous pouvez me croire ! En revanche, des bras robustes comme ceux de Dierik et Gerrit sont les bienvenus, précisa Coen. Et les jeunes femmes ravissantes et distinguées comme Lysbet et Eva également. »

Alors qu'elle n'avait pas encore pris part aux conversations, Eva leva les yeux et dit :

« J'ai le sentiment qu'il vous sera difficile de trouver une femme qui soit prête à laisser tout et tout le monde derrière elle, monsieur Coen.

— Oui, je le pense aussi. J'ai conscience d'exiger énormément de celle qui deviendra mon épouse.

— Je suis convaincue que vous rencontrerez une femme qui osera se lancer dans cette aventure avec vous, monsieur Coen, intervint Lysbet. Les jeunes filles d'Amsterdam sont plus entreprenantes que vous ne le pensez. »

Jan Coen lui sourit et saisit son roemer.

« Dans ce cas, je vous propose de trinquer à cette perspective. Et à Batavia !

— À Batavia ! » répétèrent-ils tous en levant leur verre.

5

Il fallut peu de temps à Eva pour surmonter son chagrin. Apparemment, l'amour qu'elle portait à Johan n'était pas aussi fort qu'elle l'avait imaginé. Après une période privée de son attention et de ses compliments, elle se rendit compte qu'ils lui manquaient finalement davantage que le jeune homme lui-même.

Il recommença à geler au début du mois de février. Les premiers jours, tous profitèrent des plaisirs de l'hiver sur la glace, mais lorsque le froid s'intensifia les choses changèrent. Dans le foyer de la cheminée, le feu restait allumé toute la journée sans parvenir à réchauffer la pièce. Les cristaux qui couvraient les fenêtres des chambres tels des feuillages de givre empêchaient de voir l'extérieur.

Le père d'Eva se lamentait que l'encre de son stylo gelât lorsqu'il se penchait sur ses documents. De façon générale, il se plaignait beaucoup, de ses articulations et du rhume qui ne voulait jamais le quitter.

Fin février, une épaisse couche de glace figea tout le pays. Les branches des arbres doublèrent de volume, les rues pavées devinrent trop glissantes pour être empruntées, et les petites artères adjacentes n'étaient guère plus praticables à cause de la boue gelée.

Eva restait cloîtrée à l'intérieur autant que possible, comme quasiment tous les habitants de la maison. Il était impossible de se vêtir suffisamment pour se protéger contre le froid et le vent glacial qui se frayaient toujours un chemin sous les épaisseurs de tissu, si nombreuses soient-elles. Elle ne bravait le monde extérieur que pour aller au marché, car elle préférait épargner ce déplacement à sa mère. Là, il lui fallait en outre prendre garde aux stalactites suspendues aux gouttières des maisons, qui pouvaient tomber à la verticale sans crier gare.

Les denrées alimentaires se firent de plus en plus rares. En temps normal, le ravitaillement était effectué par voie d'eau, mais comme la mer intérieure du Zuiderzee était figée les navires marchands ne pouvaient plus accéder au port. Alors qu'ils avaient d'abord enfilé leurs patins à glace dans la bonne humeur, au bout de quelques semaines les Amstellodamois commencèrent à faire grise mine.

Un jour, Jan passa à l'improviste chez les Ment. Il venait voir Claes, mais celui-ci n'était pas à la maison.

« Il est allé à la halle aux serges pour inspecter une cargaison. Vous pouvez l'attendre ici, il devrait revenir d'une minute à l'autre », expliqua Eva.

La jeune femme le précéda jusqu'à la pièce de vie, où le feu crépitait dans l'âtre.

« Cet hiver est interminable, dit-elle en frissonnant. Parfois, j'en viens à me demander si nous reverrons un jour le printemps.

— Aux Indes, c'est l'été toute l'année. Seule la mousson apporte un peu de changement. Des pluies torrentielles peuvent alors s'abattre sur le pays plusieurs jours d'affilée.

— Il est tellement difficile de se faire à l'idée que tout est si différent à l'autre bout du monde. J'en ai beaucoup entendu parler, mais je n'arrive tout de même pas à l'imaginer. »

Jan acquiesça distraitement en observant le feu. Ses épaules semblaient se voûter sous le poids de ses pensées. Eva examina son visage, le nez pointu, les joues légèrement creusées et la barbiche qui agrémentait son menton proéminent. Elle ne le trouvait pas séduisant, mais il suscitait en elle un sentiment confus. De la compassion, peut-être ?

Elle soupçonnait que, malgré ses mérites et son prestige, il n'était en définitive qu'un homme enfermé dans une grande solitude.

Juste au moment où elle allait lui demander si elle pouvait lui être de quelque utilité, il se tourna vers elle.

« Eva, dit-il alors, une légère hésitation dans la voix. Puis-je vous appeler Eva ? »

Elle acquiesça, déconcertée par cette familiarité inattendue.

« Appelez-moi Jan, je vous prie. Vous plairait-il de voir les Indes ? »

Son ton était détaché, comme s'il avait posé la question la plus banale du monde.

La jeune femme retint son souffle, consciente de ce que sous-entendait cette question. Elle sentit monter en elle une forme de tourment : un mécanisme auquel elle devait résister venait de s'enclencher.

À sa grande surprise, il lui prit la main et plongea son regard dans le sien.

« Vous vous doutez bien sûr de la demande que je m'apprête à vous adresser. Je l'ai longtemps ajournée, car je n'étais pas sûr de votre réponse. Puis j'ai compris que je n'aurais jamais cette certitude et que je devais simplement vous poser la question. Voulez-vous m'accompagner aux Indes, Eva ? J'ambitionnais de retourner à Batavia en homme marié, mais jamais je n'aurais pu espérer rencontrer l'élue de mon cœur. »

Il resta silencieux un moment, puis poursuivit :

« Je sais que vous ne ressentez pas la même chose, mais comment le pourriez-vous ? Vous êtes si belle et si jeune. Cependant, si vous acceptez de me suivre, je vous promets que mon unique raison d'être sera de vous rendre heureuse. Je mettrai le monde à vos pieds, vous serez la reine de Batavia. J'espère que vous voudrez bien considérer ma demande. J'ai déjà pris la liberté d'en parler à vos parents. Ils ont été surpris, mais m'ont autorisé à vous poser la question. Je suis convaincu que nous sommes faits pour nous entendre, vous et moi, et je ne peux imaginer partager le reste de ma vie avec une autre personne que vous. »

Eva le dévisageait, bouche bée, désarçonnée par ses propos. Si elle avait évidemment remarqué l'intérêt que Jan lui portait, elle ne s'attendait pas à ce qu'il lui demande de l'épouser. Elle n'était pas amoureuse de lui, mais, dans la vie, il lui semblait que la passion ne menait jamais bien loin.

« Et Lysbet ? » interrogea-t-elle d'une voix hésitante.

Jan soupira.

« Ai-je jamais donné à votre sœur une raison de penser que je la voulais pour épouse ? Je peux vous assurer qu'il n'en est rien. Dès que je vous ai vue, j'ai su que c'était vous, Eva. J'ai pris ma décision lorsque cet idiot de Johan Bicker vous a délaissée de façon si honteuse après vous avoir fait la cour. »

Il s'interrompit un instant et sonda la réaction de la jeune femme avant de reprendre :

« J'ai conscience de vous bousculer quelque peu, d'aller sans doute trop vite, mais je n'ai hélas pas le loisir de vous courtiser comme je le devrais et d'attendre que naisse en vous la passion amoureuse. Si mes affaires sont réglées, je rentrerai à Batavia au printemps. J'espère de tout cœur que je ne voyagerai pas seul. »

Eva chercha en vain ses mots.

« Pensez-y, suggéra Jan. Je n'ai pas besoin d'une réponse tout de suite. Prenez le temps d'y réfléchir. »

Il récupéra son chapeau, le posa sur sa tête, s'inclina devant Eva et quitta la pièce à grandes enjambées.

« Il t'a demandée en mariage. »

Sa mère apparut dans l'embrasure de la porte. Eva acquiesça.

« Et ? Que lui as-tu répondu ?

— Rien. Lysbet est-elle au courant ? »

Sophia soupira et s'approcha.

« Oui, elle l'est. Lorsque Jan nous a demandé ta main, nous le lui avons dit. Elle ne l'a pas très bien pris.

— Jan m'a préférée à elle. J'imagine fort bien qu'elle n'est pas restée indifférente.

— Elle trouvera quelqu'un d'autre.

— Elle est amoureuse de lui, mère. Je l'ai vu à la façon dont elle le regarde et dont elle parle de lui. Elle voulait partir à Batavia avec lui.

— Et toi, que veux-tu ? »

Sophia vint se poster devant sa fille et la fixa avec intensité.

« Je n'en sais rien. Je l'apprécie, et il est incontestablement un bon parti, mais Batavia… »

De nouveau, sa mère poussa un profond soupir.

« Je sais, ma fille. C'est un choix difficile, toutefois Jan est un excellent parti. En l'épousant, tu deviendrais une femme de haut rang.

— À quoi cette condition me servirait-elle à l'autre bout du monde, loin de ma famille et de mes amis ?

— Pour être honnête avec toi, je comprends ton hésitation. La décision est tout sauf aisée. Pourtant il serait égoïste de ma part de vouloir te dissuader d'accepter. Je dois songer à ton avenir. »

Eva vint se blottir contre sa mère, qui la prit dans ses bras. Elle profita quelques instants de son étreinte, puis s'écarta.

« Et père, qu'en pense-t-il ?

— La même chose que moi. Il ne souhaite pas te voir partir, tout en ayant conscience que c'est une chance immense qui s'offre à toi.

— Il est à la teinturerie ? »

Sophia hocha la tête.

Eva revêtit son manteau le plus chaud et quitta la maison. Elle traversa l'Oudezijds Armsteeg jusqu'à l'Oudezijds Voorburgwal, puis emprunta un dédale de ruelles en direction du Kloveniersburgwal. À mi-chemin du canal, elle bifurqua à gauche dans le quartier de Blauwlakenblok, où se dressaient les ateliers des teinturiers.

Les venelles étaient bordées d'immenses rames de bois sur lesquelles les étoffes séchaient à l'air libre. Les canaux étaient eux aussi pleinement exploités : sur les deux rives, des draps teints étaient suspendus à de longues perches, dans l'attente d'être rincés.

L'atelier du père d'Eva était situé sur le Groenburgwal, qui devait son nom à la teinte verdâtre de l'eau provenant des résidus de colorants déversée par les conduits d'écoulement. Au cours du processus, les draps devenaient d'abord verts, puis le séchage leur donnait la teinte bleue souhaitée.

L'endroit était saturé par les effluves des agents de mordançage et l'odeur de la guède, une plante tinctoriale que l'on appelait également le pastel des teinturiers. L'odeur âcre prit à la gorge Eva, qui toussa plusieurs fois.

L'atelier était vaste, occupé par trois immenses cuves à teinter encastrées dans le sol. Au bord de chacune d'elles, deux hommes munis de lisoirs veillaient à mélanger les draps en continu. Les deux frères d'Eva étaient aussi à l'œuvre. Ils effectuaient un travail d'ouvriers non qualifiés, car Claes Ment était d'avis que l'on ne pouvait diriger une entreprise sans en maîtriser toutes les tâches. Ainsi, lorsque les teinturiers habituels tombaient malades ou en période de difficultés économiques, toute la famille Ment était mobilisable.

En apercevant leur sœur, Dierik et Gerrit cessèrent de remuer l'énorme cuve de colorant vert.

« J'ai entendu dire que Jan Coen t'avait demandée en mariage. Tu n'envisages tout de même pas d'accepter, si ? » questionna Dierik, le bras appuyé sur son bâton.

Eva s'immobilisa à quelques pas du bain.

« Je n'en suis pas encore là…

— Tu comptes quand même y réfléchir ?

— Non. Je ne veux pas aller à Batavia.

— Reste à voir si tu auras vraiment le choix. »

Avant que la jeune femme puisse demander à quoi il faisait allusion, leur père entra dans l'atelier.

« Eva ? Tu peux me suivre, s'il te plaît ? »

Elle lui emboîta le pas jusqu'au bureau, qui donnait sur le canal.

« J'ai entendu ce que tu as dit, commença-t-il. À propos de Jan Coen.

— Je le pensais vraiment. Je ne veux pas partir pour les Indes.

— Donc, s'il restait à Amsterdam, tu accepterais de l'épouser ?

— Sans doute.

— Alors, il ne s'agit pas de lui ?

— Non, pas vraiment. Il a toujours été très aimable et obligeant à mon égard. »

Claes hocha la tête d'un air pensif.

« Écoute, ma fille, reprit-il en s'asseyant sur le coin d'une table. J'ai soixante-douze ans, ta mère en a soixante-deux. Nous ne sommes plus très jeunes et avons eu une belle vie. Ce que nous aimerions aujourd'hui, c'est savoir que Lysbet et toi avez trouvé un bon parti. Je t'avoue que je dormirais beaucoup mieux si j'étais rassuré à ce sujet.

— Mais, père, j'ai tout mon temps. J'aurai forcément un mari un jour. Pourquoi devrais-je me marier avec le premier venu ?

— Jan n'est pas le premier venu. As-tu seulement une idée de l'étendue de sa fortune et de sa position au sein de la Compagnie des Indes orientales ? Il est gouverneur général de Batavia ! C'est un habitué de la cour, le prince d'Orange, Maurice de Nassau, est même un ami proche ! Et il a permis aux gentilshommes du Conseil des Dix-Sept de réaliser un profit de plusieurs millions de florins en décrochant le monopole du commerce de la noix de muscade et du poivre dans les Indes orientales. Je ne veux pas te forcer à te marier avec cet homme et je suis le dernier à avoir envie que tu partes à Batavia, mais rends-toi compte simplement de ce à quoi tu renoncerais. »

Eva s'avança de quelques pas vers la fenêtre, par laquelle elle observa le canal gelé. Des percées avaient été faites à différents endroits pour que le rinçage des draps puisse se poursuivre malgré le froid.

« Et Lysbet ? Si je refuse, Jan pourrait peut-être se tourner vers elle.

— Il a dit que, si tu déclinais sa proposition, il demanderait la main d'une jeune femme de Hoorn. Mais elle est très clairement son second choix. C'est toi qu'il veut. »

Eva resta silencieuse. Son père vint se poster à côté d'elle et observa lui aussi l'activité sur le canal.

« Et puis il y a autre chose, dit-il à voix basse. Les affaires ne sont plus très bonnes. La concurrence est devenue trop rude pour faire des bénéfices.

— Je m'en doutais depuis un moment. Sommes-nous en difficulté ?

— Pas vraiment, mais nous n'avons plus les moyens de vous offrir, à Lysbet et à toi, une dot décente. C'est pourquoi il est si ardu de vous trouver un bon parti. Nous avons un nom de famille respectable, mais pas d'argent. Et qu'on le veuille ou non, c'est le nerf de la guerre.

— Dans ce cas, pourquoi Jan souhaite-t-il m'épouser ?

— Pour ton nom de famille, j'imagine. Et peut-être est-il aussi vraiment amoureux de toi, qui sait ? »

Eva resta de nouveau silencieuse.

« Vous voulez donc que j'accepte ?

— Je ne veux pas que tu refuses précipitamment. Tu as devant toi une excellente occasion de faire un grand pas en avant dans la vie. D'autant plus que vous vous appréciez, toi et lui.

— Mais Lysbet…

— Si Jan Coen devient un membre de notre famille, ta sœur sera parmi les premières à en tirer avantage. »

6

Eva ne rentra pas immédiatement chez elle après sa conversation avec son père. En passant par le Kloveniersburgwal, elle se rendit au Nieuwmarkt où Judith habitait. Une servante vint lui ouvrir la porte et la fit entrer.

L'arrière de la maison baignait dans une chaleur agréable. Le feu crépitait intensément dans l'imposant foyer pendant que les domestiques allaient et venaient. Au coin de l'âtre, Judith reprisait des vêtements en compagnie de sa mère et de ses sœurs.

Eva salua sa tante et lui demanda si Judith pouvait sortir avec elle quelques instants.

« Allez-y. Mais ne traînez pas longtemps dehors, il fait bien trop froid », leur enjoignit Balichje.

Judith avait déjà posé son ouvrage. Elle endossa rapidement son manteau bordé de fourrure et ajouta par-dessus une pèlerine à capuchon, dont elle se couvrit la tête.

« Vous êtes arrivée à point nommé. J'adore coudre, mais à petites doses. La lassitude commençait doucement à me gagner », chuchota sa cousine tandis qu'elles quittaient la pièce.

Elles se mirent à rire.

En dépit du froid, le Nieuwmarkt était particulièrement animé. Le marché était approvisionné en marchandises par la glace, les femmes de maison et les servantes se pressaient autour des étals.

« Quelque chose ne va pas ? voulut savoir Judith. Vous avez l'air bien tracassée.

— Trouvons d'abord un endroit plus calme. »

Serrées l'une contre l'autre, les deux cousines se frayèrent un passage dans la foule amassée sur le Geldersekade, pour prendre la direction de la Schreierstoren et des remparts de la ville. Elles s'arrêtèrent sur le quai où, d'ordinaire, les pêcheurs et les marins embarquaient.

« Allons, dites-moi ce qu'il se passe. Vous êtes bien silencieuse ! »

L'inquiétude perçait dans la voix de Judith.

Eva observait l'IJ piégé dans la glace. Elle aimait le port, ses bateaux de pêche, ses allèges et ses imposants navires marchands qui mouillaient au large un peu plus loin. Elle aimait aussi Amsterdam, son effervescence, avec les chargements qui succédaient aux déchargements, le commerce qui s'étalait en balles sur les quais, l'odeur du sel qui se mêlait à celle de la poix, les hommes et les femmes de la mer qui juraient et criaient, riaient et chantaient. Cette ville l'avait vue naître, elle y avait passé toute sa vie. La perspective de quitter Amsterdam et sa famille suffisait à l'angoisser.

Elle détacha son regard de l'IJ et se tourna vers sa cousine.

« Jan Coen m'a demandé de l'épouser. »

La bouche de Judith s'ouvrit de stupeur.

« Vous plaisantez ?

— Je n'arrivais pas non plus à y croire. Nous nous attendions à ce qu'il adresse sa requête à Lysbet. Elle aussi, d'ailleurs.

— Bigre ! lâcha Judith. Elle a des sentiments pour lui ? »

Eva haussa les épaules.

« Je l'ignore, mais une chose est sûre, c'est qu'elle voulait se marier. »

Sa cousine afficha un air songeur.

« Et vous ? Est-ce une chose que vous souhaitez ?

— Plus tard, certainement, mais rien ne presse. D'un autre côté, vous connaissez notre situation... Ce mariage serait la solution à bien des problèmes.

— Vous envisagez donc d'accepter la proposition ? »

Eva soupira.

« Si nous restions à Amsterdam, j'accepterais sans doute. Mais Batavia... Vous vous rendez compte ?

— En effet, cette union vous contraindrait à partir pour les Indes ! Eva, vous ne pouvez tout de même pas me faire cela ? Vous ne pouvez pas m'abandonner !

— Je devrais tout laisser ! Tout, et tout le monde... D'un autre côté, cette décision représenterait une aide considérable pour ma famille. »

Désespérée, Eva regarda sa cousine.

« Je ne sais vraiment pas quoi faire.

— Peut-être adressera-t-il sa demande à Lysbet si vous déclinez celle qu'il vous a faite ?

— J'en doute. D'après mon père, une jeune fille de Hoorn fait également partie de ses prétendantes, mais il semblerait que je sois son premier choix. »

Elles observèrent des traîneaux qui remontaient le canal, tirés par des chiens. Eva frissonna. Sa coiffe ne la protégeait pas du froid, et elle rabattit la capuche de son manteau sur sa tête.

« Faites place, mesdames ! »

Un porteur s'approchait d'elles, les épaules chargées d'une énorme balle. Les deux jeunes femmes s'écartèrent d'un pas.

« Je ne veux pas que vous partiez, reprit Judith avec tristesse alors qu'elles rebroussaient chemin.

— Moi non plus », répondit Eva.

Un vent glacial se leva et il se mit à neiger.

« Je finirai vieille fille ! s'exclama Lysbet avec amertume. Qui voudra encore de moi ? J'ai vingt-cinq ans, je n'ai pas de dot et aucune perspective. Si je me marie, ce sera forcément en dessous de ma condition. Avec un marchand forain ou un aubergiste.

— Ne dis pas de sottise ! rétorqua Eva.

— C'est la vérité ! Père a toujours pu compter sur les relations d'oncle Pieter. Après sa mort, nous avons réussi à nous en sortir seuls pendant un temps, mais le patriciat commence à nous éviter. Tu n'as donc pas remarqué ? Tessel est l'unique personne qui nous invite encore aux dîners et aux bals. »

Eva songea en silence à Johan Bicker.

« Je ne vois pas d'inconvénient à ce que tu épouses Jan, décréta Lysbet. Il ne me laissait pas indifférente, certes, mais je n'étais pas attachée à lui à ce point. Et je comprends parfaitement son choix, car tu es bien plus belle que moi. En vérité, je me fiche pas mal de lui, mais je ne veux pas rester toute seule. »

Sa voix tremblait. Eva saisit sa main et chercha des mots réconfortants, mais rien ne lui vint à l'esprit. Finalement, elle s'enquit :

« Tu en es vraiment sûre ? Tu n'es pas amoureuse de lui ?

— Sûre et certaine. »

Lysbet sonda Eva d'un air interrogateur.

« Et toi ? Tu envisages d'accepter sa demande ? Tu l'apprécies, n'est-ce pas ?

— Disons que je ne le trouve pas inintéressant.

— Au point de l'épouser et de passer six mois en mer pour aller vivre à Batavia ?

— Pas nécessairement, mais j'essaie de le voir comme une occasion de découvrir le monde. Ce n'est peut-être que pour un temps… Jan a presque quarante ans. Qui sait, peut-être aura-t-il envie de revenir au pays dans quelques années. »

Lysbet observa de nouveau sa sœur.

« Tu as des sentiments pour lui ?

— Je pense en avoir, reconnut Eva. Mais j'ignore encore de quelle nature ils sont exactement. »

Au cours des jours qui suivirent, la jeune femme passa par tous les états. Elle fit de son mieux pour éviter Jan, ce qui s'avéra plutôt facile, car il fut souvent en déplacement hors de la ville pour régler quelques affaires.

Au début, Eva se sentit soulagée d'avoir un peu de répit, mais très vite elle s'aperçut que la présence calme et rassurante du gouverneur lui manquait. Lorsque la menace de guerre avec l'Espagne s'intensifia, elle éprouva *a fortiori* le besoin de lui faire part de ses inquiétudes.

Jusque-là, elle n'avait guère prêté attention aux affrontements. Elle avait quatre ans lorsqu'une trêve temporaire avait été conclue pour permettre aux deux pays de reprendre leur souffle. Avant ce cessez-le-feu, le prince Maurice avait chassé les Espagnols de toute la région située au nord des grands fleuves. Néanmoins, le sud de la République restait pour l'heure aux mains des ennemis.

Ceux-ci se dirigeaient à présent vers le nord, traversant les cours d'eau gelés avec leurs charrettes, leur infanterie et leurs cavaliers, ce qui suscitait une forte agitation à Amsterdam. Alors que des années s'étaient écoulées sans que l'on en parle vraiment, la guerre revint soudain sur toutes les lèvres.

Lors des réunions de famille, Eva se souciait moins que d'habitude de ses nièces et écoutait attentivement les récits de son cousin, Nicolaes Hasselaer. Capitaine de la milice bourgeoise d'Amsterdam, il était chargé de protéger la ville contre une éventuelle attaque des Espagnols. Il assura à Eva que les miliciens veillaient sur les murailles jour et nuit, équipés de leurs arbalètes.

« Prions pour le dégel, confia-t-il. La progression des Espagnols s'arrêtera alors d'elle-même. »

Au cours de ce mois-là, toutes les villes constituèrent des unités d'infanterie composées de citoyens prêts à prendre les armes dans le but de renforcer l'armée. Amsterdam ne fit pas exception et se dota elle aussi d'un solide régiment, mais le 21 mars le dégel s'amorça. Et même s'il fallut un certain temps pour que disparaisse l'épaisse couche de glace qui recouvrait rivières, étangs et lacs, il était devenu trop risqué de s'y aventurer. L'avancée des Espagnols s'interrompit et ils se replièrent enfin vers le sud, permettant à Amsterdam de respirer à nouveau.

Claes Ment mourut au début du mois d'avril. Il rendit son dernier souffle dans son sommeil, de façon inattendue. La veille, il s'était couché à la même heure que d'habitude, pour ne plus jamais se réveiller.

Sophia était inconsolable et incapable de s'occuper de quoi que ce soit. Eva et Lysbet ne ménagèrent pas leur peine pour la suppléer. Les deux sœurs ne voulurent pas laisser des mains étrangères faire la toilette de leur père et s'en chargèrent elles-mêmes avant de l'envelopper dans son linceul.

Elles retournèrent tous les miroirs et les tableaux de la maison, avant d'accueillir les membres de la famille et les amis pour la veillée funèbre. Margriet, la sœur de Sophia, et sa fille Balichje préparèrent plusieurs jours d'affilée de copieux repas pour toutes les personnes qui vinrent se recueillir devant la dépouille de Claes. Judith prêta également main-forte et soutint Eva par sa compagnie silencieuse.

Jan se présenta lui aussi pour exprimer ses condoléances à la famille.

« Vous êtes de retour ! s'exclama Eva à voix basse.

— Bien évidemment. J'étais à Hoorn, mais lorsque j'ai appris la nouvelle je me suis mis en route immédiatement. »

Il prit sa main et la recouvrit de la sienne.

« Je suis tellement navré, Eva. J'appréciais beaucoup votre père.

— Merci…

— Je sais que rien ne peut vous réconforter en ce moment, mais gardez à l'esprit que votre père a pu atteindre un âge respectable et qu'il est donné à peu de gens de s'éteindre paisiblement dans leur sommeil, sans maladie ni souffrance. »

Il avait raison, bien sûr, mais pour l'heure Eva était incapable de ressentir autre chose que la douleur et le manque. Pourtant, à travers son deuil, elle sentit aussi poindre un autre sentiment, qu'elle n'arrivait toutefois pas à décrire avec exactitude. Le mot « joie » était sans aucun doute trop fort, mais il s'en approchait.

« Je suis contente que vous soyez revenu, dit-elle. J'apprécie beaucoup votre soutien. »

Il lui adressa un signe de tête.

« Je resterai près de vous aussi longtemps que vous aurez besoin de moi. »

Trois jours plus tard, Claes Ment fut inhumé dans l'Oude Kerk. Les personnes venues lui rendre hommage étaient si nombreuses que beaucoup d'entre elles ne trouvèrent pas de place assise.

« Père n'aurait pas pu recevoir de plus beaux adieux », commenta Dierik avec émotion.

Être entourée de tous ces amis et connaissances était réconfortant. Malgré cela, Eva ne put empêcher ses larmes de couler abondamment lorsque les fossoyeurs descendirent le cercueil dans le trou avant de remettre les dalles du sol de l'église en place. Elle quitta lentement l'édifice, si bouleversée qu'elle manqua de heurter un pilier.

Jan la rejoignit. Il ne prononça pas un mot, mais elle sentait sa présence à ses côtés et, de temps en temps, sa main qui se posait sur son bras.

Ce soir-là, Sophia et ses enfants se réunirent autour de la cheminée, accablés de chagrin. Il était tard, la famille et les amis s'étaient retirés. La chaise de Claes restait douloureusement vide au milieu de l'assemblée.

« Et maintenant ? Qu'allons-nous faire ? demanda Sophia en observant les flammes. Je peux diriger l'entreprise et perpétuer les activités quelque temps, mais nous avons tant de dettes…

— Tout ira bien, mère. Je vais vous aider, promit Cornelis en lui prenant la main.

— C'est très gentil de ta part, mon fils, mais tu as ton propre travail et ta famille. J'ai besoin de quelqu'un qui puisse s'investir pleinement dans l'entreprise. Claes, Dierik et Gerrit sont encore trop jeunes, ils n'ont pas assez d'expérience. Je vais devoir engager un contremaître, mais comment vais-je le payer ? »

Gerrit se leva et regarda sa mère avec détermination.

« Je vais partir en mer avec la Compagnie des Indes, annonça-t-il. J'en ai parlé avec Jan Coen, je peux rejoindre l'équipage du *Galiasse*. Il est prêt à me donner une avance sur mon salaire. Elle sera pour vous, mère. Ensemble, nous nous en sortirons. »

Sophia posa les yeux sur son plus jeune fils et lui sourit.

« Oui, dit-elle. Bien sûr que nous nous en sortirons. »

7

Un mois plus tard, Jan se présenta pour demander à Eva si elle avait pris sa décision. Sophia les laissa seuls dans la pièce à vivre, mais la porte resta ouverte.

Ils se tenaient debout, l'un en face de l'autre, devant la cheminée. Jan ôta son chapeau et plongea son regard dans les yeux d'Eva, qui croisa les mains sur son ventre. Elle prit quelques profondes inspirations.

« Je suis navrée, commença-t-elle. J'ai beaucoup apprécié votre soutien après la mort de mon père et je suis sincèrement convaincue que vous feriez un excellent mari, mais je ne peux pas vous épouser.

— Et pourquoi cela ?

— Parce qu'un mariage impliquerait que je vous suive à Batavia, et je ne peux pas abandonner ma famille maintenant. Ma mère a tant de chagrin.

— Je comprends, cependant rien ne nous obligerait à partir immédiatement. Je peux vous accorder tout le temps dont vous avez besoin, Eva.

— Ce geste vous honore, mais quand bien même. Un jour viendra où il nous faudra nous en aller, et j'ignore si je serai capable de laisser tout et tout le monde derrière moi. »

Jan acquiesça d'un air triste.

« C'est beaucoup demander, j'en ai conscience.

— Trop, pour tout vous dire. J'en suis sincèrement désolée.

— Pas autant que moi, chère Eva. »

Il s'inclina légèrement et remit son chapeau en place.

« Si vous changez d'avis… »

Après ces derniers mots, un silence s'installa qu'Eva laissa s'éterniser. Elle baissa les yeux et ne les releva que lorsque Jan eut quitté la pièce.

Le printemps passa, et Jan continua de rendre régulièrement visite aux Ment. Il aida Sophia en lui prodiguant quelques conseils sur les affaires familiales et devint peu à peu un ami.

Eva se surprit à attendre sa venue avec impatience lorsqu'elle ne le voyait pas pendant plusieurs jours. Cette réaction l'amenait parfois à douter du bien-fondé de son refus.

Comme elle l'avait imaginé, Jan ne manifesta pas d'intérêt pour Lysbet ; elle n'entendit pas non plus parler de quelconques fiançailles avec une jeune femme de Hoorn ou d'ailleurs.

Souvent, la nuit, elle sondait longuement ses sentiments, remettant son choix en question, sans parvenir à trancher.

À la mi-juillet, le pays fut de nouveau frappé d'effroi : les Espagnols avaient commencé à assiéger Breda. Grâce à ses remparts et ses imposantes portes, la ville était réputée imprenable. Ambrogio Spinola avait donc décidé de recourir à la bonne vieille tactique de l'encerclement et de la famine.

Breda constituait un passage clé vers le nord de la République et Eva, comme tout le monde, était morte d'inquiétude.

Avec régularité, Jan se rendait à la cour à La Haye pour discuter des options stratégiques avec le prince. Il participait également à des réunions avec le Conseil des Dix-Sept de la Compagnie néerlandaise des Indes orientales, à Amsterdam, à Middelburg ou à Hoorn.

Eva savait que Jan était proche du prince Maurice, mais elle s'étonnait néanmoins que ce dernier suive à ce point ses recommandations.

« L'art de la guerre forme la base de leur amitié, commenta Claes fils. Maurice sait apprécier les fins stratèges, ce qu'est à l'évidence Jan.

— Être l'ami du prince, tout de même… » ajouta Sophia.

Au ton de sa mère, Eva comprit qu'elle déplorait sa décision de refuser le mariage. Sophia ne s'était jamais étendue sur le sujet, mais lorsque sa fille l'observait à la dérobée elle la voyait plongée dans ses pensées, pinçant les lèvres ou regardant dans le vide. La jeune femme comprenait qu'au fond sa mère se faisait du souci.

En même temps que son époux, Sophia avait perdu sa joie de vivre et se tourmentait davantage pour leur avenir. Souvent, elle s'occupait de la paperasse tard dans la nuit, quand elle croyait que la maison était assoupie ; il était arrivé à Eva de la surprendre en pleurs près de la cheminée. Elle était alors remontée à l'étage à pas de loup et s'était glissée dans son lit-clos, et il lui avait fallu des heures pour s'endormir.

« Le siège de Breda dépasse largement les frontières de la République, expliqua Jan un jour où il était rentré à Amsterdam. Toute l'Europe a les yeux rivés sur nous et nous soutient. Des notables de haut rang et des chefs d'armée affluent pour prendre la mesure de la situation et prodiguer leurs conseils. »

Tous s'étaient réunis dans la pièce que le soleil d'été emplissait d'une chaleur agréable, à l'arrière de la maison. Ils partagèrent un verre de vin et un peu de fromage, tandis que l'Amstel coulait paisiblement sous la fenêtre ouverte, par laquelle on percevait la rumeur de la ville.

« Et le prince ? Que fait le prince ? demanda Gerrit.

— Pour l'heure, pas grand-chose, je le crains. Une attaque contre les Espagnols se solderait par un bain de sang. Dix-huit mille hommes encerclent désormais Breda. J'ai conseillé au prince d'envisager la prise d'Anvers, où se situe le ravitaillement de l'armée espagnole.

— Astucieux, valida Dierik. Compte-t-il suivre votre conseil ?

— Je l'espère. »

Un silence pensif s'installa.

« Delft est actuellement frappée par la peste », reprit Sophia.

Tous levèrent les yeux, un autre silence, plus anxieux, succéda au précédent.

« Frappée à quel point ? demanda finalement Eva.

— Très gravement, une véritable épidémie. Les gens ne parlaient que de cela au marché ce matin. »

Jan avala une gorgée de vin et reposa le gobelet en métal sur la table.

« Il y a toujours eu des cas de peste quelque part. L'épidémie ne viendra pas nécessairement jusqu'ici. Delft reste à plusieurs heures de cheval.

— La peste voyage avec vélocité, rétorqua Sophia.

— Si elle arrive à Amsterdam, vous serez les bienvenus chez moi, à Hoorn.

— Merci, Jan. Vous êtes très aimable. »

Sophia lui sourit.

Comme elle l'avait craint, l'épidémie se propagea à la vitesse de l'éclair. De Delft elle gagna Rotterdam, Leyde, puis La Haye, et poursuivit sa progression à travers la Hollande.

À la fin de l'été, une gigantesque volée d'étranges oiseaux grisâtres s'invita dans le ciel d'Amsterdam. Personne ne savait exactement à quelle espèce appartenaient ces grandes créatures au bec crochu, sans doute portés par le vent du nord pendant une traversée au long cours.

Les plus âgés se souvenaient toutefois d'avoir assisté à l'arrivée d'une même volée d'oiseaux en 1602. On les avait alors appelés les crochebecs. Juste après leur passage, une épidémie de peste s'était déclarée et avait ravagé la ville.

Quelques volatiles firent leur nid en haut de la tour de l'église, ce qui attira une foule de curieux. À leur vue Eva fut prise d'angoisse, elle aussi.

« Vous n'allez tout de même pas craindre ces quelques bêtes à plumes, c'est absurde ! s'exclama Cornelis en observant la scène avec sa femme Marritge et leurs enfants. Nous avons déjà connu bien des cas de peste sans repérer un seul de ces oiseaux à l'horizon.

— Ils ne viennent peut-être que lorsque la situation est vraiment grave », suggéra sa sœur.

Marritge approuva.

« Il se pourrait même qu'ils fuient la peste et, ce faisant, la sèment partout où ils vont. »

Cornelis était visiblement dubitatif, mais il ne dit rien. Alors qu'ils s'éloignaient, Eva le vit observer de nouveau le ciel, le regard plus troublé cette fois.

L'administration de la ville d'Amsterdam prit des mesures. Les marchés furent interdits et la navigation fut en grande partie mise à l'arrêt. Les paysans et toute personne extérieure à la ville furent priés de rester hors de son enceinte. La peste, elle, refusa d'obtempérer.

Avant même que les premières victimes tombent, tous ceux qui pouvaient se le permettre quittèrent la ville. Ce fut le cas de la famille Ment.

Il n'était pas envisageable de se rendre à Hoorn, car la maladie y sévissait encore plus que dans la capitale, mais Nicolaes Hasselaer, qui possédait une propriété en dehors d'Amsterdam, le long de l'Amstel, proposa de les y accueillir.

Eva, Sophia et Lysbet faisaient leurs valises lorsque Jan Coen se présenta chez elles.

« Vous êtes sur le départ, à ce que je vois, commenta-t-il. Excellente chose. Où allez-vous ?

— Pas très loin, mais nous espérons que cela suffira », expliqua Sophia en glissant une pile de jupes dans un panier de voyage.

Elle leva le regard vers Jan.

« Et vous ? Vous ne comptez tout de même pas rester à Amsterdam, n'est-ce pas ?

— J'ai des affaires à traiter avec les gentilshommes de la chambre de commerce de Middelburg. Je resterai là-bas quelque temps. »

Les yeux de Jan se posèrent sur Eva, qui sortait du linge de l'armoire.

« Prenez bien soin de vous. »

Elle lui sourit, il en fit autant.

« Il est donc temps pour moi de vous quitter. J'espère vous revoir en bonne santé dans quelques semaines. »

Il s'inclina avec déférence et coiffa son chapeau.

Alors qu'il s'éloignait, Eva le suivit des yeux. Elle sentit à ce moment que sa mère l'observait à la dérobée et se tourna vers elle, mais Sophia se remit aussitôt à préparer ses valises.

L'été, Nicolaes Hasselaer aimait se rendre à Welgelegen, sa maison de campagne. D'une grande hospitalité, il y recevait régulièrement famille et amis. Il n'en fut pas autrement pendant l'épidémie, où sa porte resta grande ouverte, à la seule condition que ses hôtes arrivent avant que la peste s'invite dans leur ville d'origine.

Judith et sa famille s'y réfugièrent également. Ensemble, ils s'efforcèrent de faire contre mauvaise fortune bon cœur et de rendre ce séjour forcé aussi agréable que possible, même si l'anxiété était palpable.

Lorsqu'ils naviguaient en barque sur le fleuve, qu'ils s'amusaient à l'extérieur ou jouaient de la musique, ils apercevaient au loin les tonneaux de poix qu'on avait enflammés sur les remparts de la ville afin de repousser les vapeurs toxiques de la peste.

Ils se souvenaient alors que la mort n'était jamais loin. À tout moment, elle pouvait pénétrer dans leur petit monde de sécurité illusoire.

Heureusement, rien de tel ne se produisit.

Fin octobre, lorsqu'un puissant vent du sud-ouest se leva et que des pluies torrentielles vinrent nettoyer l'air ambiant, le fléau régressa rapidement. Les habitants qu'ils croisèrent sur l'Amstel et le long du fleuve affirmaient qu'en deux mois la peste avait fait douze mille morts à Amsterdam, mais que le pire était désormais derrière eux. Les familles Ment et Hasselaer prirent la décision de retourner en ville quand les tonneaux de poix furent retirés des remparts.

Déboussolée, Eva descendit la Warmoesstraat derrière la charrette qui transportait leurs affaires. Retrouver la ville après plusieurs semaines à la campagne, à être uniquement entourée d'arbres, de fleurs et de grands espaces, lui procurait un sentiment étrange.

Elle était, à juste titre, frappée par les nombreuses maisons vides, dont les portes avaient été marquées d'un « P » blanc.

Leur propre demeure les accueillit comme si rien ne s'était passé. Hormis l'intérieur quelque peu poussiéreux, ils pouvaient reprendre le cours de leur vie là où ils l'avaient laissé.

Après avoir rentré tous leurs paniers et boîtes, ils partirent à la rencontre du voisinage afin de savoir qui avait survécu à la peste et qui n'avait pas eu cette chance. Le soir, l'ambiance fut extrêmement pesante autour de la table. Tous avaient le cœur lourd en pensant aux morts, nombreux, qu'ils avaient à déplorer dans leur famille et leur cercle de connaissances. Ils remercièrent néanmoins Dieu d'avoir laissé la vie sauve aux autres, en lui adressant une très longue prière.

Ils venaient juste de terminer leur souper lorsque Joost et Mayke arrivèrent.

« Chers amis, quel bonheur de vous voir tous en bonne santé ! se réjouit Joost. Vous avez été bien inspirés de quitter Amsterdam. Nous avons heureusement fait de même. La peste a causé bien des ravages.

— Joost, Mayke ! s'exclama Sophia avec joie. Quel plaisir ! Tout va bien ? Les enfants aussi ? »

Mayke confirma que leur fils Joost et leurs filles Sara et Anna avaient par bonheur bien résisté à l'épidémie.

« Puis-je vous offrir un verre de vin ? proposa Sophia.

— Une prochaine fois, si vous voulez bien. Nous venions simplement vous saluer, répondit Mayke.

— En effet, compléta Joost. Et vous transmettre un message. »

Il se tourna vers Eva.

« Jan Coen a été très malade. »

Toute la tablée leva la tête avec effroi.

« La peste ? s'enquit Lysbet.

— Non, mais il a eu de très fortes fièvres qui ont bien failli lui coûter la vie. Il est désormais à Hoorn, chez sa sœur.

— Oui, je me souviens que vous connaissez assez bien sa sœur, n'est-ce pas ? » releva Sophia.

Joost opina du chef.

« Avez-vous parlé à Jan récemment ?

— Il y a quelques semaines, lorsqu'il était en voie de guérison. Il faudra du temps avant qu'il puisse revenir à Amsterdam. Il est encore très affaibli.

— Transmettez-lui nos amitiés lorsque vous le verrez, le pria Sophia.

— Nous n'y manquerons pas. »

Joost et Mayke saluèrent l'assemblée et se dirigèrent vers la porte d'entrée, raccompagnés par Eva.

« Joost, auriez-vous l'obligeance de souhaiter un prompt rétablissement à Jan de ma part également ?

— Bien entendu. Il désirait d'ailleurs que nous vous présentions spécialement ses salutations. Il a souvent demandé de vos nouvelles et semblait sincèrement inquiet pour vous.

— Dites-lui donc que je vais bien, que je le remercie et que j'espère le revoir bientôt à Amsterdam. »

Joost acquiesça de nouveau.

« Vous pouvez compter sur moi. »

Tandis que la ville se remettait de l'épidémie et que la vie reprenait ses droits, l'intérêt de la population pour la guerre avec l'Espagne se réveilla.

Breda était toujours en état de siège et, malgré le mauvais temps, les Espagnols n'étaient pas décidés à lâcher leur proie. Présents en nombre autour de la ville, ils n'avaient nullement l'intention de laisser l'armée du prince Maurice les déloger.

Frappé par une grave maladie du foie, ce dernier fut contraint de retourner à La Haye et d'abandonner Breda à son sort à la fin de l'automne.

Eva eut de la peine pour les habitants de cette ville encerclée par l'ennemi. Les histoires de son oncle Pieter, qui avait combattu les Espagnols sur les remparts de Haarlem avec sa tante Kenau Hasselaer, lui revinrent à l'esprit. Les descriptions qu'il lui avait faites de la famine, de la maladie et du désespoir qui régnaient dans la ville pendant les mois que dura le siège lui permettaient d'imaginer ce qu'étaient en train de vivre les habitants de Breda.

Ses propres inquiétudes quant à l'avenir eurent toutefois tôt fait de reprendre le dessus. La teinturerie et le magasin se portaient mal, et cette absence de plusieurs semaines n'avait pas arrangé les choses. Ils avaient dû puiser dans leurs économies qui étaient désormais bien maigres, alors qu'aucun nouveau client ne s'était présenté depuis des mois.

Sophia réunit ses enfants.

« Je compte vendre l'entreprise, annonça-t-elle. J'ai reçu une offre, qui ne nous permettra pas de rembourser entièrement nos dettes mais qui nous évitera de sombrer.

— Mais, mère, j'avais l'intention de reprendre les affaires plus tard ! s'écria Dierik.

— Il n'y a pas de “plus tard”, mon garçon. Tout ce que tu pourrais reprendre, ce serait une dette colossale. J'ai déjà pu m'organiser pour la cession. Tu pourras continuer de travailler dans l'entreprise et seras formé en tant que contremaître. Ce n'est pas la même chose que d'être son propre patron, j'en ai conscience, mais si tu montes en grade, tu auras plus d'avantages et moins d'inconvénients. »

Sophia regarda son benjamin.

« Et toi, Gerrit, tu souhaites toujours partir en mer ?

— Plus que jamais, confirma-t-il. Je veux naviguer avec Jan Coen, je veux voir les Indes.

— Sauf qu'il ne partira pas de sitôt. Il doit d'abord attendre d'être complètement guéri, et ensuite trouver une femme. Tu pourras commencer par du cabotage maritime vers la Norvège ou l'Italie. »

Gerrit approuva l'idée. Sophia porta alors son attention sur ses filles.

« Nous allons vendre la maison et vivre plus modestement. Avec l'argent que nous en tirerons, nous devrions pouvoir nous en sortir. Margriet a promis qu'elle ne me laisserait pas tomber.

— Mais, mère, vous ne pouvez tout de même pas dépendre de votre sœur ? Après la mort d'oncle Pieter elle ne s'est guère souciée de nous, alors qu'elle était à l'abri du besoin, objecta Lysbet.

— Je ne crois pas que nous en arriverons là, ma chérie. Mais si les dettes ne cessent de s'accumuler, je n'aurai pas le choix. C'est pourquoi nous devons vendre la maison dès que possible. Nous pouvons loger chez Cornelis et Marritge jusqu'à ce que nous en ayons trouvé une autre.

— Tout est donc déjà décidé. Nous pouvons faire nos valises », lâcha Eva, dépitée.

Elle balaya du regard la pièce à vivre, qui lui était si familière. C'était dans cette maison qu'elle avait passé son enfance, que sa famille avait vécu tant de jours heureux, là aussi que son père était mort.

Sa mère posa une main sur la sienne.

« Je sais, c'est difficile, ajouta-t-elle d'une voix douce. Mais c'est la seule solution. »

8

Une semaine après leur retour, Eva apprit que Jan était revenu à Amsterdam.

« Je l'ai vu descendre d'un coche et entrer dans sa maison, rapporta Gerrit. Il n'était déjà pas bien gros, maintenant il n'a plus que la peau sur les os, un vrai squelette.

— Un peu de respect, s'il te plaît, le réprimanda Eva, offusquée. Je te rappelle que cet homme a été gravement malade.

— Difficile de ne pas s'en rendre compte, en effet. N'ai-je donc pas le droit de le faire remarquer ?

— Tout dépend de la façon dont tu le dis, Gerrit. »

Eva s'avança vers l'armoire et attrapa sa pèlerine.

« Je m'absente quelques instants », annonça-t-elle.

Elle sortit sans s'étendre davantage sur sa destination. Jan habitait un peu plus loin dans la Warmoesstraat, presque au bout de la rue. En chemin, Eva rabattit sa capuche et garda les yeux fermement rivés sur le trottoir boueux. Même lorsqu'elle arriva devant la lourde porte de bois, elle ne tourna pas la tête.

Elle saisit le heurtoir et le laissa retomber. Une servante vint assez rapidement lui ouvrir et l'interrogea d'un coup d'œil. Sous son capuchon, Eva lui renvoya son regard.

« Je suis Eva Ment et je souhaiterais m'entretenir avec M. Coen, je vous prie. »

Avant même que la domestique ait pu répondre, des pas résonnèrent dans le couloir et Jan apparut, agréablement surpris de la visite.

« Eva ! Entrez donc ! » lança-t-il en passant courtoisement devant la servante, qui s'écarta.

Eva s'engagea dans le couloir, tandis que la jeune femme refermait la porte derrière eux, puis elle tira sa capuche et se sentit soudain très embarrassée. Qu'est-ce qui l'avait poussée à se précipiter de cette façon au domicile de Jan ? Il n'était pas convenable de se retrouver seule avec lui. Elle aurait plutôt dû lui envoyer une missive pour requérir sa venue chez elle.

Mais bon, elle était là maintenant, et il semblait en être ravi. Un sourire illuminait son visage émacié.

« Comment allez-vous ? Avez-vous tous bien résisté à l'épidémie ?

— Heureusement, nous sommes partis à temps. Et vous, cher monsieur Coen ? J'ai entendu dire que vous avez été très malade.

— Je suis donc soudainement redevenu "monsieur Coen" ? Voyons, ma chère Eva, nous nous connaissons désormais trop bien pour ces formalités. Appelez-moi Jan, je vous en prie. Puis-je vous offrir quelque chose à boire ? demanda-t-il en indiquant la porte de la pièce à vivre.

— Pardonnez-moi, je ne peux l'accepter. Je dois rentrer. En fait, je n'aurais pas dû venir vous voir.

— Pourquoi pas ? Nous ne sommes pas seuls, cette demeure est remplie de gens de maison à qui rien n'échappe, argumenta Jan en souriant. Quelle est donc la raison de votre venue ? poursuivit-il.

— J'ai une question à vous poser. À vrai dire, ce n'est pas vraiment une question. Je voulais vous faire part de quelque chose. »

Fébrilement, Eva cherchait ses mots.

« J'ai beaucoup réfléchi ces dernières semaines.

— À quoi donc ?

— À votre demande en mariage.

— Ah oui ?

— Je crois l'avoir déclinée un peu vite. J'avais sans doute besoin de plus de temps, ce n'est pas une décision à prendre à la légère.

— Vous avez entièrement raison. Je ne souhaitais pas non plus que vous fassiez votre choix sans y avoir mûrement songé. »

Ils se regardèrent un instant en silence.

« Si je disais oui, si je partais avec vous pour Batavia, serait-ce définitif ? reprit finalement Eva. Ou existe-t-il une chance que nous revenions un jour ? »

Le visage de Jan se fit pensif.

« Un retour au pays est très certainement envisageable. La vie sous les tropiques est merveilleuse, mais je comprends que l'idée de vous y installer à jamais vous effraie. Je n'exclus donc pas que nous revenions un jour, mais même dans ce cas nous y resterions de nombreuses années, Eva. Je me dois d'être honnête avec vous.

— Ma mère n'est plus toute jeune. Si j'accepte votre proposition, il est fort possible que je ne la revoie jamais.

— Je comprends, confirma Jan d'un air grave.

— Et puis il y a Lysbet.

— Lysbet ?

— Elle espérait que vous la demanderiez en mariage. Et j'avais songé qu'en vous éconduisant…

— Je ne me marierai jamais avec votre sœur, Eva.

— Et pourquoi ? Elle en serait sans aucun doute ravie.

— Eva, vous ne comprenez donc pas ? C'est avec vous que je souhaite faire ma vie. »

Ne sachant comment formuler ses pensées, Eva se tut quelques secondes.

« Avez-vous d'autres prétendantes ? s'enquit-elle enfin.

— Oui, en effet. Deux jeunes femmes, l'une de Middelburg, l'autre de Hoorn.

— Oh.

— Mais je n'ai encore demandé la main d'aucune d'elles. J'étais trop occupé à gérer mes affaires avec le Conseil des Dix-Sept, puis je suis tombé malade. En outre, avant d'entreprendre quoi que ce soit je tenais à m'assurer, dès mon retour à Amsterdam, que vous n'aviez pas changé d'avis. »

Un nouveau silence s'installa. Ils se regardaient, les yeux dans les yeux.

« Si je comprends bien, c'est de quitter les vôtres qui vous dérange. C'est bien ce qui vous fait hésiter, n'est-ce pas ? » finit par demander Jan.

Eva acquiesça.

« Dans ce cas, pourquoi ne pas inviter votre famille à venir avec vous ?

— Ma famille ? À Batavia ? hoqueta Eva, abasourdie.

— Parfaitement ! Batavia a besoin de résidents hollandais, et surtout de femmes. Je ne cesse de le clamer. Pour y établir une communauté durable et saine, il nous faut de jeunes hommes forts et de jeunes femmes en âge de se marier. Posez-leur la question, Eva. Demandez aux membres de votre famille s'ils accepteraient de faire le voyage avec vous.

— Jamais ils n'y consentiront. »

Jan lui saisit la main et y déposa un baiser.

« Posez-leur la question. »

La fin du jour approchait. Quand Eva rentra chez elle, sa famille était au grand complet. Lysbet dressait la table de la salle à manger, Gerrit avait troqué sa veste tachée de peinture contre une autre, plus propre. Il attisait le feu dans la cheminée.

Sophia entra dans la pièce, un pichet de vin à la main.

« Où étais-tu ? demanda-t-elle à Eva.

— Je suis allée chez Jan. »

Tout le monde se tourna vers elle.

« Chez Jan ? répéta Sophia.

— Je l'ai informé que j'avais reconsidéré sa demande en mariage, déclara la jeune femme. À vrai dire, ma décision est prise : je vais l'épouser. »

Tous furent frappés de stupeur. Sophia posa prestement son pichet et prit sa fille dans ses bras.

« Réellement ? C'est formidable, je n'osais pas l'espérer. Quelle merveilleuse nouvelle ! »

Sophia se tourna vers Dierik, qui venait d'arriver, et annonça :

« Eva va épouser Jan Coen !

— Ah oui ? Félicitations, sœurette !

— Je croyais que tu ne voulais pas te marier avec lui ? » s'étonna Gerrit en pénétrant lui aussi dans la pièce, tout sourire.

Tous se pressèrent autour d'Eva pour la féliciter. Seule Lysbet resta à distance, debout près de la table à manger. Une fois l'excitation initiale retombée, elle s'approcha à son tour et embrassa sa sœur sur la joue.

« Je suis heureuse pour toi, Eva, mais tu vas terriblement me manquer. »

Le silence qui suivit fut rompu par un long soupir de Sophia.

« Batavia, dit-elle dans un murmure. Mon Dieu ! »

Des larmes coulèrent sur ses joues.

Eva les informa de la proposition de Jan pendant le repas. À la stupéfaction succéda une sorte de cacophonie, tous se mirent à parler en même temps.

La jeune femme avait espéré que sa famille se montrerait disposée à envisager sérieusement la possibilité de l'accompagner à Batavia, mais seul Gerrit réagit avec enthousiasme.

« Quelle bonne idée ! Moi, j'en suis… Allons-y !

— Sans moi, répondit Claes. Quel intérêt ? »

Lysbet manifesta également peu d'ardeur.

« Qu'irais-je faire là-bas ?

— Trouver un mari, rétorqua Eva. Tu n'aurais que l'embarras du choix ! Viens avec nous, Lysbet. Ce serait merveilleux de faire ce voyage tous ensemble !

— Bien, mais seulement si mère se joint à nous.

— Moi, à Batavia ? reformula Sophia en ouvrant de grands yeux. J'ai soixante-trois ans. Vous n'allez tout de même pas vous mettre en tête qu'à mon âge je puisse songer à me lancer dans un tel voyage et à traverser les océans pour m'installer à l'autre bout du monde, n'est-ce pas ?

— Dans ce cas, je reste ici avec mère. »

Sophia observa sa fille aînée. Elle garda également le silence lorsque Dierik et Gerrit conversèrent avec entrain sur les avantages et les inconvénients d'un déménagement pareil.

« Je ne crois pas que Cornelis nous accompagnera. Sa vie est ici, avec Marritge et leurs enfants, dit finalement Sophia, coupant court à leur discussion.

— Moi, je suis partant », répéta Gerrit.

Sa mère le dévisagea, puis se tourna vers Dierik.

« Et toi ?

— Je n'en sais rien. Si ce n'était que pour quelques années, éventuellement…

— C'est parfaitement envisageable, argumenta Eva. Si tu ne te plais pas là-bas, rien ne t'empêche de rentrer au pays après quelque temps. Ce ne sont pas les navires qui manquent. »

Dierik contempla pensivement le vide devant lui.

« Je viens avec toi, Eva, insista encore Gerrit. Même si tu y vas seule. D'ici au départ j'aurai dix-huit ans, je pourrai faire ce que je veux. »

Sophia esquissa un sourire.

« Prends le temps d'y réfléchir, mon garçon. On ne s'engage pas dans un tel projet sur un coup de tête. »

Le lendemain soir, Jan leur rendit visite. On entendait s'élever de l'Amstel qui coulait en contrebas les cris des bateliers et le clapotis de l'eau fendue par les rames.

« Je comprends aisément votre hésitation, assura Jan. C'est une décision importante, qui va totalement changer vos vies. Elle n'est toutefois pas irréversible. Si vous n'arrivez pas à vous acclimater, vous pourrez embarquer sur le premier bateau.

— Parlez-nous un peu de la ville, Jan, réclama Sophia. Pour l'heure, tout ce que j'en sais, c'est qu'elle est très fleurie. »

La question semblait si candide qu'Eva laissa échapper un rire. Jan sourit lui aussi.

« Batavia a été construite sur le modèle des villes néerlandaises. La cité est bien plus petite, mais elle se développe rapidement. Elle compte une église, de belles maisons de pierre et des magasins. Mais, pour être honnête, la ville manque cruellement de femmes. La Compagnie ne pense pas assez à l'avenir. Les seigneurs ne s'intéressent qu'aux bénéfices tirés du commerce avec l'Orient. Or, pour faire bel et bien affaire avec cette région du monde, quelques allers-retours par an ne suffisent pas, il faut s'y installer à demeure, maintenir le contact avec les peuples autochtones et veiller à ce qu'aucun pays ne vienne s'emparer de nos ressources. En d'autres termes, un comptoir commercial est nécessaire sur place. C'est pourquoi j'ai créé Batavia. Toutefois, une ville uniquement peuplée d'hommes n'est pas viable. Ces marins veulent une épouse, ils aspirent à fonder une famille. J'ai essayé tant de fois de le faire comprendre aux seigneuries. Et savez-vous quelles personnes ils m'envoient ? Des femmes de joie et des voleuses à la petite semaine ! Comment voulez-vous ? Batavia a besoin de femmes respectables et vertueuses ! De préférence des jeunes filles sans attaches.

— Des orphelines ? questionna Eva.

— Par exemple. Plusieurs ont effectué le voyage il y a quelques années, mais ce n'est pas suffisant. »

Jan se tourna vers Lysbet.

« À Batavia, vous seriez accueillie avec tous les égards, Lysbet. Vous y trouveriez un mari aimant, exerçant un poste de haut rang », poursuivit-il.

La jeune femme réfléchit un instant, puis déclara :

« L'idée n'est pas pour me déplaire, mais seulement si ma mère nous accompagne. »

Les yeux de Jan glissèrent vers Sophia.

« Soyez assurée que vous ne manquerez de rien lorsque vous vous installerez à Batavia. Je veillerai personnellement à ce que Lysbet fasse un excellent mariage, et à ce que Gerrit, Dierik et Claes obtiennent des postes plus que respectables. »

Sur ces mots, il se leva et réajusta son pourpoint.

« Je vous remercie de votre hospitalité. Je vous laisse en discuter entre vous. Je comprends qu'il y ait matière à réfléchir. »

Si certains choix s'opèrent dans une impulsion, d'autres peuvent vous tarauder indéfiniment.

Dierik et Claes affirmèrent avec résolution qu'ils resteraient à Amsterdam. Lysbet prit quelques jours supplémentaires pour arrêter sa décision.

« Je n'ai pas l'intention d'attendre mes trente ans pour me marier, justifia-t-elle. Je veux un mari et des enfants, et si je dois aller jusqu'à Batavia pour les trouver, qu'il en soit ainsi. Comme l'a dit Jan, nous pourrons toujours revenir à Amsterdam. »

Elle se tourna vers sa mère.

« Mais je ne veux pas vous abandonner. Je ne pourrai pas. S'il vous plaît, mère, joignez-vous à nous.

— Et les garçons ? Je me retrouve donc à devoir choisir entre mes enfants ? se désespéra Sophia.

— On se débrouillera, lança Cornelis, venu à la maison familiale pour tenter de dénouer la situation. Au besoin, Dierik et Claes peuvent emménager chez nous. »

Marritge confirma d'un signe de tête.

« Nous avons de la place en suffisance. Et ce serait de courte durée, puisque Dierik partira sans doute rapidement. »

Tiraillée entre plusieurs sentiments, Sophia dévisageait sa belle-fille. Marritge posa la main sur son bras.

« Une mère se doit de rester avec les enfants qui ont le plus besoin d'elle. »

9

Sophia finit par céder : elle accompagnerait Gerrit et ses filles à Batavia.

Judith fut inconsolable lorsque Eva lui annonça la nouvelle.

« Vous allez tellement me manquer, sanglota-t-elle en essuyant ses larmes.

— Nous nous écrirons. Des navires font constamment le voyage et acheminent aussi le courrier. »

Eva passa le bras autour des épaules de sa cousine.

« Et nous reviendrons peut-être un jour, ajouta-t-elle.

— Mais dans combien de temps ? Des années et des années… » s'affligea Judith, dépitée.

Eva ne savait pas comment la réconforter. La séparation serait difficile, pour toutes les deux.

Les préparatifs commencèrent dès que la décision fut prise. Jan, qui leur rendait régulièrement visite, les invita toutefois à ne pas se précipiter.

« Il faudra encore du temps avant que nous puissions quitter le pays, mesdames. Les Anglais ne veulent pas me laisser partir si facilement.

— Pourquoi donc ?

— Parce que je leur ai fait perdre leur position dominante dans les Indes orientales. Ils espèrent probablement la récupérer pendant mon absence.

— Mais ils ne peuvent tout de même pas vous assigner à résidence ?

— Non, mais ils peuvent me mettre des bâtons dans les roues. Chaque fois qu'un navire néerlandais s'apprête à prendre le large pour les Indes, l'ambassadeur d'Angleterre vient aux États généraux pour signaler que je n'ai pas le droit d'embarquer. Et tous les bateaux qui passent par l'Angleterre sont contrôlés.

— Comment s'arrogent-ils le droit de vous donner des ordres ? s'indigna Eva.

— À leurs yeux, ils ont tous les droits. Toutes sortes d'accusations absurdes sont portées contre moi pour des crimes que j'aurais commis dans les Indes orientales. C'est évidemment ridicule, je pourrais dresser une liste tout aussi longue de crimes perpétrés par les Anglais. Quoi qu'il en soit, le roi Jacques a demandé aux États généraux que je reste à Amsterdam pour le moment et, soucieux de ne pas attiser les tensions, ils ont accepté. En attendant, les Anglais mettront tout en œuvre pour récupérer leur mainmise sur Java. »

Une ombre passa sur son visage. Soudain, Eva saisit pourquoi il tenait tant à ne pas s'éterniser. Il était guidé non par la nostalgie de Batavia, mais par la peur de perdre tout ce qu'il avait construit là-bas.

« Je n'arrive pas à comprendre comment les États généraux ont pu obtempérer à une telle injonction. C'était la dernière chose à faire ! s'emporta Jan. Nous entrerons en guerre avec l'Angleterre, et puis ? Il y va de notre commerce ! Pas de guerre, pas de commerce. »

Eva réfléchit un instant.

« Nous sommes en hiver, nous ne pouvons de toute façon pas partir maintenant, argua-t-elle. Et les Anglais non plus. Essayez donc de ne pas vous tourmenter, plutôt de vous refaire une santé. J'imagine que vous avez laissé Batavia entre de bonnes mains ?

— De très bonnes mains.

— Dans ce cas, vous n'avez probablement rien à craindre des Anglais. »

Il lui sourit.

« Si jeune, et déjà si perspicace. Je pense avoir fait le bon choix. »

Il toussa derrière sa main par besoin de se racler la gorge, mais il fut secoué par une interminable quinte de toux. Eva se précipita dans la cuisine et en rapporta un verre de vin. Jan était recroquevillé sur lui-même, toussant à s'en arracher les poumons. Elle lui tapota le dos et l'aida à avaler une gorgée de vin.

« Avez-vous consulté un médecin ? Ce rhume me semble tirer en longueur, remarqua-t-elle avec inquiétude.

— Ce n'est rien. Je peine à me réhabituer au climat néerlandais, expliqua-t-il d'une voix rauque. Surtout aux hivers ! Le froid est particulièrement mordant. »

Eva jeta un coup d'œil par la fenêtre. Jan avait raison ; du plus loin qu'elle se souvienne, l'hiver n'avait jamais été aussi rude. La neige et la glace recouvraient absolument tout.

« Il est grand temps de retourner sous les tropiques ! » sourit-elle.

Ils avaient d'abord projeté de se marier cet hiver-là, mais la mauvaise santé de Jan en décida autrement. Chaque fois qu'ils choisirent une date, ils durent finalement la reporter. Le gouverneur devint même si malade qu'Eva finit par craindre qu'il n'y ait pas de mariage du tout.

Des semaines durant, elle vint rendre visite à son futur époux avec sa mère ou Lysbet pour le soigner.

Il arrivait parfois que Jan souffre de délires fébriles, et elle tentait alors de le rafraîchir en posant des serviettes humides sur son front. Quand il dormait, elle restait à son chevet pour veiller sur lui des heures durant, le plus souvent seule, un livre à la main. Elle jouissait désormais de cette liberté, puisque les promesses de mariage avaient été échangées.

Pendant l'une de ces visites, elle s'installa à la fenêtre et observa l'activité sur le Damrak. Son regard glissa vers la droite, où des centaines de mâts de navires prisonniers de la glace se reflétaient dans les eaux gelées de l'IJ.

Était-ce son dernier hiver au pays ? Vivrait-elle à l'autre bout du monde l'année prochaine à la même époque ? Cette perspective était trop irréelle, elle ne parvenait pas à la concevoir.

La jeune femme sentit un frisson la parcourir, sans pouvoir déterminer s'il s'agissait de peur ou d'impatience.

Elle se retourna et observa le lit-clos, d'où émanait l'odeur aigre de la maladie. Si Jan venait à trépasser, tous ces projets tomberaient à l'eau. Comment réagirait-elle ?

Elle se rendit compte rapidement qu'elle en serait peinée. Outre bien sûr le fait qu'elle appréciait Jan et qu'elle ne désirait aucunement sa mort, elle serait aussi privée d'une chance unique de découvrir le monde et d'apprendre à connaître une autre facette d'elle-même. Maintenant que sa décision était prise, elle ne voulait pas devoir y renoncer.

Eva se signa. Des gémissements sourds s'échappèrent du lit-clos, et elle accourut aux côtés de Jan.

Jan finit par guérir, même si sa santé demeurait précaire, particulièrement lors des premières semaines de la nouvelle année.

Il se rétablit lentement et, le 25 février 1625, en compagnie de Sophia, ils se rendirent à l'hôtel de ville sur la place du Dam pour ratifier l'acte en vue de la publication des bans. Jan apposa sa signature d'une main encore un peu tremblante, appuyé sur la table à l'aide de son autre bras. Il se mit à tousser quand vint le tour d'Eva. Les commissaires municipaux aux Affaires matrimoniales, Cornelis Schellinger et Pieter Raep, le regardèrent avec inquiétude et s'enquirent de sa santé.

« Je vais bien, merci, affirma Jan, rassurant. Je récupère lentement, mais le froid n'aide pas.

— Même ici, à l'intérieur, il ne fait pas chaud, admit Cornelis Schellinger. Le bâtiment est trop vétuste, impossible de le chauffer correctement. Nous nous sommes installés si près de la cheminée cet hiver que nos vêtements sont troués de brûlures.

— Et on attend encore de la neige. J'aimerais ne pas tarder. »

Assise à côté de sa fille, Sophia regarda Eva inscrire son nom sous l'acte en lettres soignées. Elle fit ensuite glisser le livret vers les commissaires, qui les félicitèrent tous les trois.

« À partir de la publication des bans, toute personne opposée à cette union dispose de trois dimanches consécutifs pour apporter la preuve d'un empêchement éventuel, déclara solennellement Pieter Raep. Mais je vous rassure, nous comptons bien vous revoir. »

Tous rirent de la plaisanterie, qu'il devait adresser à chaque couple, et se levèrent. Dans le hall exposé aux courants d'air du bâtiment, les commissaires prirent congé des hôtes, tandis que Schellinger leur tenait la porte avec obligeance.

Dehors, il neigeait à gros flocons.

Dans les semaines qui suivirent, les températures remontèrent petit à petit, et Jan récupérait au même rythme. Toutefois, des rechutes régulières l'astreignaient à se reposer quelques heures chaque après-midi. Le mariage, programmé à la mi-mars, fut de nouveau reporté au 8 avril.

« Cette fois la cérémonie aura lieu, malade ou pas, décréta Jan. J'ai demandé si le service religieux pouvait se dérouler ici, à la maison.

— Je comprends. Cela vous évitera d'aller vous refroidir dans cette église glaciale.

— Ce n'est pas seulement à cause du froid, la puanteur qui y règne m'oppresse et me fait mal aux poumons. Les cryptes y sont ouvertes et refermées en permanence. On voit que l'hiver a été rude, avec tous ces enterrements. L'odeur est déjà perceptible sur le parvis. Je ne comprends pas comment les gens qui vivent dans les maisons en bordure de l'Oudekerksplein font pour supporter de tels miasmes. Nous allons nous marier à la maison. »

Eva ne dit rien. Personnellement, elle aurait préféré se marier dans l'église où son père reposait, mais il lui parut égoïste de le suggérer. L'important était que Jan aille mieux.

Le consistoire refusa d'autoriser la cérémonie de mariage au domicile de Jan. De colère, il décida de renoncer à l'église. Le mariage serait célébré à l'hôtel de ville, puis une réception serait organisée chez lui.

Le terme « réception » ne rend pas justice au formidable événement que furent les noces. Les habitants de la ville sortirent de chez eux pour voir passer la calèche tirée par quatre chevaux blancs. Le long de la rue, tous faisaient signe de la main, se bousculant pour apercevoir les mariés.

La tenue de Jan se composait d'un costume marron, orné de motifs floraux en brocart d'or. Eva était vêtue d'une robe de damas bleu-vert, décorée de broderies de fil d'or, aux manches en fine dentelle de Bruxelles. Ses doigts étaient endoloris par de lourdes bagues serties de pierres précieuses.

Tout le patriciat d'Amsterdam et de Hoorn se pressa à l'hôtel de ville, dont la salle était pleine à craquer. Le prince Maurice, gravement malade, ne put se déplacer mais envoya ses félicitations, ce que Jan apprécia grandement.

À la vérité, ce fut seulement ce jour-là qu'Eva mesura le prestige et l'estime dont jouissait Jan. Manifestement, tout le monde tenait à assister à la cérémonie. En l'espace d'une journée, de jeune femme anonyme, issue d'une famille de régents désargentés, elle devint la femme la plus en vue et la plus riche d'Amsterdam.

Johan et sa famille étaient également présents. Nommé peu de temps auparavant, Andries Bicker, son frère aîné, était l'un des quatre bourgmestres d'Amsterdam, et ce fut lui qui célébra l'union.

Eva savait que Jan ne supportait pas l'idée qu'un membre de la famille de Johan soit justement chargé de la cérémonie de mariage, mais il ne pouvait pas y faire grand-chose. Il n'avait d'ailleurs guère la force de s'y opposer.

Elle-même trouva que c'était un étrange coup du sort.

La réception et le banquet eurent lieu chez Jan, qui occupait l'une des plus belles demeures de la Warmoesstraat. L'espace ne manquait pas pour accueillir les nombreux invités. Il avait fait enlever le mobilier superflu, tout comme les portes intérieures, de sorte que l'avant et l'arrière de la maison ne formaient plus qu'une seule grande pièce.

Des domestiques se tenaient au garde-à-vous le long des murs ou se déplaçaient, des plateaux chargés de boissons dans les mains.

De longues tables encadrées de bancs avaient été disposées au milieu de la salle. Du canard, du chapon, du lapin et du poisson avaient été dressés dans des plats d'argent. Des œuvres d'art en sucrerie agrémentaient le buffet.

L'élégante décoration de la pièce conférait à l'ensemble un degré de luxe qui confinait à l'extravagance et qui laissa même pantois les notables les plus riches de la ville.

« Vous êtes une grande dame, à présent, commenta Judith lorsqu'elles se retrouvèrent un moment toutes les deux. Vous devriez voir la tête d'Agneta !

— Elle n'a pas à être jalouse. Elle, au moins, restera à Amsterdam avec sa famille.

— Vous avez raison », concéda Judith.

En d'autres circonstances, après le banquet les invités auraicnt festoyé et dansé jusqu'au petit matin, mais en raison de la santé de Jan, personne ne s'éternisa. Les derniers convives quittèrent les lieux à minuit, non sans plaisanter sur la nuit de noces à venir.

Ayant été informée par sa mère, Eva savait à quoi s'attendre. Ses nombreux verres de vin avaient fait leur œuvre, et elle se sentait un peu lasse lorsqu'elle se dirigea vers le lit-clos. Elle décida de prendre les choses telles qu'elles venaient.

La jeune femme sentit la main de Jan se poser sur son épaule et se laissa embrasser.

Elle se souvenait des baisers de Johan, pressés et gourmands ; ceux de son époux étaient bien plus calmes et maîtrisés. Il la déshabilla délicatement et retira ensuite lui-même ses vêtements à la même cadence.

Pour la première fois Eva put voir son corps nu, légèrement basané et assez maigre. En dépit de son apparence, Jan se révéla disposer d'une grande force. Elle sentit sa puissance la soulever lorsqu'il la porta jusqu'au lit-clos. Il l'allongea et l'embrassa de nouveau, avec douceur et tendresse. Elle entendit sa respiration s'accélérer, puis, comme s'il venait d'être rappelé à l'ordre, il s'interrompit et se mit à la caresser.

Eva se sentit envahie par une sensation délicieuse, une sorte de poussée intérieure. Elle sut alors qu'elle ne devait pas avoir peur, qu'elle était en sécurité dans les bras de cet homme, qu'il l'aimait d'un amour sans doute sincère et qu'elle pouvait s'abandonner à lui. C'est ce qu'elle fit.

10

Le lendemain matin, le domicile de Jan était en pleine effervescence. Le personnel de maison s'occupait du nettoyage, et une armée de porteurs s'affairait pour remettre armoires, tables, chaises et buffets à leur place. Jan supervisait les opérations tel un général donnant ses instructions, tandis qu'Eva déambulait dans les différentes pièces pour explorer son nouveau lieu de vie.

La demeure était immense et tout ce qu'elle voyait respirait l'opulence, des nombreuses armoires remplies d'argenterie et de porcelaine jusqu'aux murs tapissés de cuir doré et de tableaux. Entourées de chaises de facture espagnole, des tables en noyer étaient recouvertes de nappes coûteuses.

Un lustre que seuls les plus riches pouvaient s'offrir dominait la table à manger, et le salon regorgeait de mobilier et d'objets raffinés. Une pièce entière était même consacrée aux blasons et aux arbres généalogiques.

Deux semaines après leur mariage, Eva observait les portraits de famille dans l'un des salons quand Jan vint se poster à côté d'elle et passa son bras autour de ses hanches.

« Je ferai déplacer les portraits du grand mur pour y accrocher les nôtres. »

Surprise, la jeune femme se tourna vers son époux.

« Vous comptez nous faire peindre ? »

Il hocha la tête.

« Une de mes connaissances de Hoorn, Jacob Waben, est peintre. Il a réalisé le portrait de presque tous les régents de Hoorn. Je lui ai adressé la commande, il commencera lundi. J'aimerais recevoir les tableaux le plus tôt possible, pour être sûr qu'ils nous accompagnent à Batavia si d'aventure notre départ devait se confirmer, même si je n'ai encore aucune indication en ce sens. »

Eva ne s'inquiéta pas outre mesure de ces reports, car elle appréciait sa nouvelle vie. Grâce au soutien financier de Jan, sa famille était désormais à l'abri du besoin et, pour la première fois, elle réalisa combien il était agréable d'avoir de l'argent.

Les nombreux domestiques de la maison étaient constamment à son service et lui donnaient tout le loisir de lire des livres et de prendre des leçons de musique. Jan lui fit cadeau d'un clavecin et un professeur vint chez eux trois fois par semaine lui apprendre à en jouer.

Elle posait pour Jacob Waben une heure chaque matin. L'après-midi, elle se rendait à Amsterdam pour faire quelques achats en compagnie de Marie, une servante qui était également sa dame de compagnie. Sa garde-robe s'étoffa rapidement, se remplissant de cottes, de corsages, de gants, d'éventails et de bas de qualité. Une grande partie de ces vêtements provenait de la boutique de Joost, où elle n'avait jamais pu s'offrir quoi que ce soit auparavant.

Elle se consacra aussi pleinement au dernier passe-temps à la mode de l'aristocratie d'Amsterdam : la collection de curiosités. On vendait même un mobilier spécialement destiné à cet effet, que l'on appelait des cabinets : ces armoires et vitrines comportaient de nombreux compartiments et tiroirs pour y ranger des coquillages exotiques, des coraux et des pierres rares originaires de pays lointains.

Lorsque Jan se rendit compte qu'Eva prenait plaisir à cette activité il l'emmena à la Bourse, près de la place du Dam. Là, sous l'arche, se trouvaient des boutiques dont l'une proposait à la vente les objets les plus extravagants. Ceux qui provenaient des Indes étaient particulièrement prisés. Jan fit l'acquisition d'un cabinet de curiosités en bois noir et brillant, et l'installa dans le salon afin que les visiteurs puissent admirer la collection de son épouse.

Un après-midi, alors qu'Eva était à la Bourse avec Marie, elle tomba sur Agneta et Johan. Ils se tenaient près du présentoir à pierres précieuses, où Agneta contemplait un bloc de quartz rose.

Eva leur jeta un coup d'œil furtif, puis passa de l'autre côté de la boutique. Samuel, le propriétaire, alla à sa rencontre, fit une révérence et proposa aimablement de lui montrer ses dernières acquisitions, ponctuant chacune de ses phrases d'un « madame Coen ».

En entendant ce nom, Johan et Agneta firent volte-face. Eva les aperçut du coin de l'œil, se tourna brièvement vers eux et hocha la tête poliment.

Johan s'approcha d'elle et s'inclina.

« Eva ! Quel plaisir de vous revoir. Comment allez-vous ?

— Bien, merci. Je vous ai aperçu à mon mariage. Malheureusement, je n'ai pas eu l'occasion de m'entretenir avec vous, il y avait tant de monde !

— Il en est souvent ainsi en pareille occasion… En tout cas, c'était une belle fête et vous étiez éblouissante. Vous l'êtes toujours, d'ailleurs. »

Ses yeux glissèrent sur le bliaud de satin bleu qu'Eva portait à merveille et qui avait dû coûter une fortune.

« Il faut reconnaître que la parure y était pour beaucoup », piqua Agneta, qui les avait rejoints.

Elle esquissa un sourire affable.

« Mais Johan a raison, vous étiez magnifique, ajouta-t-elle.

— Merci, ma chère. Quand aurai-je à mon tour l'occasion de vous féliciter ? Votre mariage est toujours fixé, n'est-ce pas ?

— Oui, bien sûr, il a simplement été retardé. Nous avions tous deux pas mal de malades dans nos familles respectives, avec cette satanée peste… Mais nous ne sommes pas pressés. Nous devrions pouvoir nous marier en novembre. Ce serait un honneur si votre époux pouvait rehausser nos noces de sa présence. Nous le savons très occupé, mais pensez-vous qu'il pourrait se libérer ?

— Je crains que nous ne soyons déjà en route pour Batavia à cette période.

— Bon sang, mais bien sûr, vous partez vous installer à Batavia ! Ne redoutez-vous pas ce moment ? »

Agneta l'observait d'un air compatissant.

« Pourquoi le devrais-je ?

— C'est si loin ! À votre place, jamais je n'aurais pu quitter Amsterdam.

— Heureusement vous n'y êtes pas, ma chère.

— Vous comptez donc ne jamais revenir ? » questionna Johan.

Leurs regards se croisèrent.

« On ne peut jamais jurer de rien, mais notre intention est de poursuivre notre vie là-bas. Ma mère, Lysbet et Gerrit seront également du voyage.

— Je me le suis laissé dire, en effet. C'est une bonne chose, leur présence facilitera sans nul doute votre acclimatation. »

Agneta passa son bras sous celui de son fiancé.

« Nous ferions mieux de partir. Nous sommes attendus chez mes beaux-parents pour prendre le thé.

— En effet, confirma Johan. Ce fut un plaisir, Eva. »

Le regard du jeune homme se posa sur le bloc de quartz rose qu'Agneta tenait toujours dans ses mains, et il secoua rapidement la tête. Celle-ci remit la pierre en place, peinant à cacher sa déception.

« Au revoir, Eva. Bonne chance à Batavia », dit-elle en arborant son plus beau sourire.

Elle s'éloigna au bras de Johan, lui chuchotant quelques mots à l'oreille auxquels il ne réagit pas. Eva les suivit des yeux, puis se retourna quand ils eurent quitté le commerce. Marie attendait à quelques pas d'elle, de même que Samuel.

« Puis-je faire autre chose pour vous, madame Coen ? » voulut savoir le tenancier de la boutique.

Eva acquiesça et désigna le quartz rose.

« Emballez-le-moi, je vous prie. Il est splendide. »

Lorsqu'elle rentra chez elle, Jan avança à sa rencontre à grandes enjambées. Elle vit d'emblée sur son visage que quelque chose n'allait pas, et son cœur se mit à cogner dans sa poitrine. Elle tendit sa pèlerine à Marie et demanda anxieusement :

« Que se passe-t-il ?

— Le prince Maurice est mort. Je viens de l'apprendre.

— C'est terrible !

— Je ne vous le fais pas dire. Il était très malade, mais sa mort reste tout de même inattendue. »

Eva posa la main sur le bras de Jan.

« Je suis vraiment navrée pour vous. Je sais à quel point vous appréciiez le prince.

— Nous avions beaucoup de respect l'un pour l'autre, il avait l'esprit vif et était fin stratège. De plus, il avait promis de soutenir mes projets à Batavia. J'ignore à cette heure si son demi-frère en fera de même. »

Ils se rendirent dans le salon et Jan ordonna à un domestique de leur apporter du vin. Assis près de la cheminée, ils poursuivirent leur conversation.

« Quel genre d'homme est son frère, Frédéric-Henri ? interrogea Eva.

— Un fêtard invétéré, qui n'a pas l'étoffe d'un homme d'État. Maurice s'en agaçait au plus haut point. Il n'a jamais voulu assumer la moindre responsabilité. Ni pour son pays, ni pour sa famille, ni pour les femmes qu'il fréquentait. Avant sa mort, Maurice s'était empressé de lui trouver une épouse pour s'assurer une descendance légitime.

— La princesse Amélie est une femme belle et intelligente.

— Elle est tout à fait magnifique, certes, mais son intelligence reste à démontrer. À l'évidence, n'étant qu'une femme, elle n'entend rien aux affaires de l'État et aux stratégies de guerre. Je les rencontrerai très probablement avant de partir pour Batavia. Je m'attends aussi à ce que Frédéric-Henri me demande conseil à propos du siège de Breda.

— Avez-vous donc tant d'expérience en la matière ? »

Jan acquiesça.

« La construction d'un fort à Java ne faisait pas l'unanimité. Je suis parvenu assez rapidement à un accord avec le sultan, mais des tribus indigènes qui n'étaient pas sous son autorité ont tenté de nous mettre des bâtons dans les roues.

— La situation s'est-elle apaisée ?

— Je leur ai fait comprendre qui était le maître. Du reste, je ne m'inquiète guère pour les Javanais. Ceux qui créent en permanence des problèmes, ce sont les Portugais, les Espagnols et surtout les Anglais. Ils cherchent constamment à conquérir nos eaux et nos colonies. Il me tarde de retourner là-bas pour rétablir l'ordre ! »

Jan se leva et fit quelques pas jusqu'à la cheminée devant laquelle il se tint immobile, à observer les flammes d'un air morose.

« Vous êtes sûr que le roi d'Angleterre nous laissera partir un jour ? interrogea Eva.

— J'en doute. Il a indiqué que je devais rester au pays jusqu'à nouvel ordre, mais il ne semble pas disposé à se pencher sur mon cas pour le réviser.

— Si vous voulez mon avis, il ne le fera jamais. »

Jan lui jeta un regard en coin.

« Je vous rejoins sur ce point. Il se joue de nous. C'est ce que j'essaie de faire comprendre au Conseil des Dix-Sept. »

Eva laissa cette pensée en suspension quelques instants, puis considéra son mari.

« Jan, que s'est-il passé exactement pour que le roi d'Angleterre agisse de la sorte ? »

Elle n'obtint pas de réponse immédiate. Son mari continua à observer le feu, le visage impassible. Au moment où Eva commençait à se demander si elle n'était pas allée trop loin, il reprit :

« Ce qu'il se passe toujours lorsqu'il est question d'argent et de possessions. Les Anglais se sont approchés de Batavia avec leurs navires de guerre, et nous avons dû les envoyer par le fond depuis le fort.

— Des navires de guerre ? Pour faire commerce ?

— L'époque où les bateaux marchands pouvaient prendre la mer sans protection est révolue, ma chère Eva. Aujourd'hui, tous ceux qui font route pour les Indes orientales naviguent en escadre. Lorsque nous nous rendrons à Batavia, nous serons nous aussi escortés par des navires de guerre. Les Anglais font de même, puis utilisent leurs navires pour attaquer nos colonies sur place. Je dois alors me montrer impitoyable. Le roi d'Angleterre ne peut s'en prendre qu'à lui-même.

— Mais le roi se doute forcément que, s'il vous attaque, vous riposterez. Je ne saisis toujours pas.

— Dans ce cas, pourquoi vous obstiner ? »

Son ton était sec, comme s'il voulait écourter la conversation.

« En temps de guerre, personne ne se comprend. Une langue, une seule, permet de mettre tout le monde d'accord. »

Des cloches sonnèrent soudain le glas qui résonna, lent et sinistre, dans toute la ville. Une rumeur s'éleva depuis les eaux et les rues :

« Le prince est mort ! Le prince Maurice est mort ! »

Jan se mit sur pied et regarda Eva.

« Ne vous inquiétez pas pour le voyage, se radoucit-il. Je vous promets que nous serons en sécurité. »

Lorsqu'il quitta la pièce, Eva se leva à son tour et se posta devant la fenêtre. Perdue dans ses pensées, elle observa l'Amstel ; partout les drapeaux avaient été mis en berne.

Elle se demanda pourquoi Jan avait fui leur conversation. Et pourquoi grandissait en elle l'étrange impression qu'il ne lui avait pas tout dit.

Au cours des semaines qui avaient précédé leur mariage, Eva avait minutieusement étudié les cartes et relu tous les carnets de bord qu'elle avait en sa possession, mais elle s'était rendu compte que l'incertitude permanente l'inquiétait davantage qu'elle ne la rassurait.

Elle essaya donc de ne plus penser à Batavia et de se concentrer pour l'heure sur sa vie à Amsterdam, cependant la tâche s'avéra plus ardue qu'elle ne l'avait imaginé. Sur la place du Dam et autour de la Bourse, on entendait constamment parler des langues étrangères ; des tenues exotiques hautes en couleur, des bonnets de fourrure et des turbans apparaissaient régulièrement au milieu des habits sobres et foncés des Amstellodamois.

Eva n'avait pas l'habitude de lire les journaux, car il n'y en avait pas à la maison de ses parents, mais elle commença à parcourir ceux que Jan faisait acheter quotidiennement. Ces lectures éveillèrent son intérêt pour l'art de la guerre. Le siège de Breda focalisait l'attention, et le reste de la République pouvait suivre l'évolution de la situation grâce aux messagers qui parvenaient à traverser les lignes ennemies encerclant la ville. Après onze mois de siège, les réserves de nourriture de Breda étaient presque épuisées, les maladies gagnaient du terrain sur la population de plus en plus affaiblie. Tandis que le spectre de la famine grandissait, la dysenterie et le scorbut avaient déjà fait plusieurs centaines de victimes.

En mai, le prince Frédéric-Henri décida de tenter le tout pour le tout afin de libérer la ville. Son armée de cinquante mille hommes sembla d'abord sur le point de réussir, mais des renforts espagnols finirent par repousser l'assaut. Un mois plus tard, la ville capitula.

11

La reddition de Breda domina un moment les conversations. Puis, lorsqu'il apparut que les Espagnols n'avaient pas l'intention de poursuivre leur progression vers le nord, le sujet ne mobilisa plus l'attention générale.

Avec l'arrivée de l'été, Amsterdam changea de visage et la vie à l'extérieur reprit pleinement ses droits. Eva et Jan se rendaient régulièrement en bateau à Hoorn afin de rendre visite à la famille de ce dernier. Eva n'avait jusqu'alors guère eu l'occasion d'apprendre à connaître sa belle-mère Geertruida et sa belle-sœur Aafje, mais la période estivale permit de combler cette lacune. La Compagnie avait mis une splendide demeure à la disposition de Jan dans le quartier du port. Il l'avait d'abord meublée de façon rudimentaire, mais à mesure que le séjour se prolongeait Eva veilla à embellir les lieux.

Elle aimait la maison, claire et spacieuse, et la vue qu'elle offrait sur le port. Un enchevêtrement de voiles blanches tirant sur le jaune et le gris soustrayait partiellement aux regards les allèges, caravelles et flûtes amarrées le long du quai et de la jetée. On chargeait et déchargeait en permanence, le spectacle était sans fin.

« Aménagez l'endroit comme bon vous semble. Nous viendrons sans doute plus souvent ici si je suis nommé administrateur de la chambre de commerce de Hoorn », dit Jan.

Eva avait mis du temps à comprendre comment fonctionnait l'organisation de la Compagnie néerlandaise des Indes orientales, mais elle était maintenant bien au fait. Le Conseil des Dix-Sept formait l'administration centrale, composée de dix-sept gentilshommes originaires de six places commerciales : Amsterdam, Middelburg, Delft, Rotterdam, Hoorn et Enkhuizen. Chaque ville disposait d'une chambre de commerce gérée par des administrateurs, parmi lesquels était choisi chaque année un délégué qui devenait membre du Conseil des Dix-Sept afin d'assurer la gouvernance de la Compagnie.

L'une des exigences était toutefois que le délégué en question soit un citoyen de la ville où siégeait la chambre de commerce.

« Quel plaisir que vous soyez venus à Hoorn, lança Aafje alors qu'elle se promenait en ville avec Eva. Amsterdam est trop éloignée pour que nous puissions y aller avec les enfants. Vous envisagez donc de vivre alternativement ici et là-bas, si j'ai bien compris ?

— En effet. Jan doit régulièrement se rendre au siège de la Compagnie à Amsterdam, sans oublier évidemment ma famille, qui y réside aussi.

— En tient-il compte ? De votre famille ?

— Oui, beaucoup. Il ne souhaite pas que j'abandonne mes frères au pays. »

Aafje haussa les sourcils, et Eva s'étonna.

« Qu'y a-t-il donc ?

— Oh, rien, répondit Aafje. Êtes-vous heureuse, Eva ? reprit-elle après quelques secondes. Jan est-il un bon mari ?

— Très certainement. Pourquoi me demandez-vous cela ? »

Aafje lui adressa un sourire rassurant.

« Simple question. »

« Je voudrais vous montrer quelque chose, annonça Jan lorsque Eva revint à la maison. Gardez votre pèlerine. »

Il lui prit la main et ils quittèrent les lieux, traversant la ville par la Wijdebrugsteeg et Grote Oost jusqu'à la Gravenstraat. Il s'arrêta devant une bâtisse, à l'angle de la Wisselstraat.

« Je suis né ici. »

Eva observa l'habitation et sentit une curieuse émotion l'envahir.

« Quel genre de garçon étiez-vous ?

— Comme tous les petits garçons, je suppose. Je jouais dehors, j'aimais aussi aller à l'école.

— Vous aviez beaucoup d'amis à l'époque ?

— Pas vraiment, mais je n'en avais pas forcément besoin non plus. Je n'ai jamais aspiré à être entouré, j'ai toujours été un solitaire. Cela étant, j'avais bien quelques amis. Willem Bontekoe, notamment. Nous étions en classe ensemble et nous nous fréquentions beaucoup. Comme vous le savez, il est par la suite devenu navigateur. »

Jan resta un moment plongé dans ses pensées devant la maison familiale.

« Willem Bontekoe habitait-il aussi dans la Gravenstraat ?

— Non, il logeait au Veermanskade. C'est tout près, Hoorn n'est pas très grand.

— La Gravenstraat, répéta Eva d'un air songeur. N'est-ce pas également le nom d'une rue de Batavia ?

— La route principale, en effet. Vous avez bonne mémoire. Si cela n'avait tenu qu'à moi, j'aurais repris tous les noms de rue de Hoorn, mais la Compagnie ne l'entendait pas de cette oreille.

— Vous avez tout de même obtenu gain de cause pour la route principale. »

Il hocha la tête.

« J'ai pas mal insisté. »

Ils ne rentrèrent pas tout de suite à la maison. Sur l'Oude Doelenkade, Jan tourna à gauche et emmena Eva au Binnenluiendijk, où se trouvait le chantier naval. Ils furent accueillis de loin par la forte odeur qui se dégageait de la fonderie d'huile de baleine. En s'approchant, la jeune femme vit sur le quai des caisses remplies de peaux de phoque et de viande de baleine.

Elle regarda Jan, qui continua à marcher en silence jusqu'au bout du chantier. Les caisses et les paniers cédèrent la place à des piles de planches de bois. À l'extrémité du site s'élevait le squelette de ce qui allait probablement devenir un énorme navire.

Quantité d'hommes s'affairaient à la construction du vaisseau. Des dizaines de charpentiers mesuraient, rabotaient, calfataient. Marteaux, varlopes et scies produisaient mille bruits qui résonnaient dans le chantier.

Admirative, Eva leva les yeux vers les puissantes poutres qui formaient l'étrave du bateau.

« C'est magnifique ! s'exclama-t-elle.

— Je vous présente le *Galiasse*, qui nous conduira à Batavia. »

Ce soir-là ils dînèrent chez Aafje et son époux, Pieter Bruijnsz. Le couple vivait avec ses quatre enfants dans une belle maison sur le Veermanskade, près d'un pont, le Hoge Brug.

Eeltje, la sœur de Pieter, était également de la partie. À table, ils évoquèrent la construction du *Galiasse*. Dire qu'Eva et Jan allaient passer six mois en mer ! Leurs hôtes n'arrivaient pas à le concevoir.

Entre deux bouchées, Pieter se pencha vers son beau-frère :

« Nous devons vous faire part d'une grande nouvelle. »

Le regard de Jan se porta d'emblée sur sa sœur Aafje, et tous éclatèrent de rire.

« Non, pas ça ! répliqua Pieter. Pas encore, du moins ! La nouvelle en question concerne cette fois ma sœur à moi. Eeltje, tu veux le leur annoncer toi-même ? »

Âgée d'une trentaine d'années, Eeltje rougit comme une petite fille.

« Je suis fiancée à Willem Bontekoe. Nous nous marierons l'année prochaine.

— Ah, vraiment ? s'étonna Jan.

— Oui, cher beau-frère. Vous n'avez pas le monopole des amours tardives ! »

Pieter et tous les autres rirent à gorge déployée. Jan s'amusa également de la plaisanterie, mais avec plus de retenue.

« C'est une excellente nouvelle, dit-il finalement à Eeltje. Toutes mes félicitations !

— Merci, Jan. Willem et moi nous connaissons évidemment depuis longtemps. »

Eeltje se tourna vers Eva.

« Pieter et moi sommes nés dans cette maison, et Willem était notre voisin.

— Quelle belle histoire ! s'enthousiasma Eva.

— Il faut toutefois admettre qu'à Hoorn nous sommes tous un peu voisins.

— Où se trouve Willem en ce moment ? s'enquit Jan en déposant un morceau de canard dans son assiette.

— En mer. Il devrait être sur le retour à présent, à bord du *Hollandia*. Il m'a promis que ce serait son dernier voyage. Après notre mariage, il se lancera dans le commerce du bois.

— Fort bien, jugea Jan. Un homme se doit d'être auprès de sa femme et de sa famille. Je suis heureux d'apprendre qu'il est en route pour Hoorn, j'ai hâte de le revoir. »

« Ils sont tellement gentils, commenta Eva tard dans la nuit, alors qu'ils rentraient chez eux. Bontekoe… Ce nom m'est familier.

— Vous avez sans aucun doute entendu l'histoire de son navire qui a explosé au large de Java ? C'était il y a environ six ans.

— Mais bien sûr ! Tout le monde en a parlé à Amsterdam, à l'époque. Mais je ne me souviens plus exactement de ce qu'il s'était passé. C'était un incendie, non ?

— Le mieux est que vous posiez la question directement à l'intéressé, dit Jan en ouvrant la porte de leur maison. Willem n'a pas son pareil pour raconter cette histoire. »

La chaleur de l'été fit du bien à Jan, cependant, à mesure qu'il se rétablissait, le report de leur départ l'agaçait de plus en plus. Régulièrement, il tentait de convaincre le Conseil des Dix-Sept d'ignorer la demande du roi d'Angleterre, arguant que les Anglais abusaient de la situation et que, s'ils venaient à reprendre le monopole sur le commerce de la muscade et du poivre, la Compagnie y perdrait des millions. L'organe de gouvernance hésitait, mais, craignant la guerre, n'osait pas franchir le pas.

Le roi Jacques mourut, toutefois sa disparition ne changea rien au cours des choses. Son successeur, le roi Charles Ier, maintint la ligne de conduite imposée par son père. Chaque fois qu'un navire s'apprêtait à quitter le port pour les Indes, l'ambassade d'Angleterre organisait des inspections pour s'assurer que Coen n'était pas à bord.

Il était en effet plus sage de céder que de risquer une guerre avec les Anglais. La situation était calme dans les Indes orientales, aucun signe ne laissait présager que les ennemis ourdissaient une offensive contre Batavia.

L'été de 1625 fut émaillé de manifestations diverses au sein de l'aristocratie d'Amsterdam : banquets, dîners, mariages et enterrements. Jan et Eva furent conviés à toutes ces occasions et, à chaque apparition, accueillis comme des invités de marque. Les familles Bicker, de Graeff, Six, Pauw faisaient toutes partie de l'élite de la ville, mais aucune ne pouvait rivaliser avec la richesse et la position de Jan Coen. Il avait été un ami intime du prince Maurice et était à présent un proche de Frédéric-Henri. Tout le monde savait qu'il avait reçu une invitation au mariage de ce dernier avec Amélie de Solms-Braunfels, mais que sa santé précaire l'avait empêché d'y répondre favorablement.

Les égards avec lesquels il était traité s'appliquaient également à Eva. Il lui fallait encore s'habituer à son rang : à chaque signe de tête déférent, à chaque révérence cérémonieuse ou à chaque baisemain, elle repensait à toutes les occasions où, par le passé, elle avait été ignorée.

Seuls Judith et Johan n'avaient pas changé et se comportaient avec elle comme ils l'avaient toujours fait. Eva croisa Johan à la fête foraine du Botermarkt, celle-là même qui les avait réunis deux ans plus tôt. Agneta n'était pas avec lui cette fois-là et, en le voyant, Eva se figea sans trop savoir que faire.

« Bonjour, gente dame ! Quelle belle journée pour une fête foraine, n'est-ce pas ? »

Johan ôta son chapeau et déposa un baiser sur la main d'Eva.

« Absolument ! Agneta n'est pas avec vous ?

— Elle est chez elle, avec sa famille. Je suis venu me divertir en compagnie de quelques amis. Ils sont restés à l'auberge. Je vous ai aperçue au loin et j'ai vu là l'opportunité de vous parler seul à seule un moment. »

Ils se frayèrent un chemin à travers la foule animée du Botermarkt.

« De quoi souhaitiez-vous vous entretenir ?

— Rien de particulier, je voulais juste prendre de vos nouvelles. » Il hésita un instant. « Et aussi savoir si vous étiez toujours en colère contre moi.

— Je ne l'ai jamais été, Johan. Vous ne m'avez pas fait de promesse de mariage et ne m'avez jamais incitée à croire que vous envisagiez quelque projet sérieux me concernant.

— Non, c'est vrai. Mais je savais depuis des années qu'Agneta m'était pour ainsi dire destinée.

— Je l'ignorais en revanche totalement. C'est ce qui explique que la nouvelle de votre mariage m'ait quelque peu… surprise.

— Je peux l'imaginer, et j'en suis sincèrement navré. Je n'avais jamais pu m'excuser auprès de vous, mais soyez assurée que je regrette que les choses se soient passées de cette façon. »

Johan prit Eva par le bras et la guida pour contourner une flaque de boue.

« Comment allez-vous, alors ? Jan est-il un bon mari avec vous ?

— Très bien, merci. Jan est adorable avec moi.

— Tant mieux. »

Eva le regarda.

« C'est amusant, car figurez-vous que vous n'êtes pas le premier à me poser cette question. Pourquoi ne le serait-il pas ?

— Disons qu'il a sa réputation.

— Qu'entendez-vous par là ? Quel genre de réputation ? »

Ils gardèrent le silence au milieu des cris et de l'agitation. Johan avait soudain l'air mal à l'aise.

« Des histoires circulent. »

Il comptait visiblement se contenter de cette réponse, mais comme Eva le fixait avec impatience, il ajouta :

« Sur ses méthodes commerciales.

— Vous voulez dire la façon dont il a réussi à faire main basse sur le négoce des noix de muscade ? La muscade qui a permis à tous les gentilshommes de la Compagnie, y compris ceux de votre famille, de s'enrichir ?

— Savez-vous seulement *comment* il a pu s'arroger ce commerce ?

— D'une manière qui ne lui a probablement pas fait que des amis, surtout parmi les Anglais. D'où les tensions avec le roi Jacques, et maintenant avec le roi Charles.

— Le roi semble en effet avoir de bonnes raisons de nourrir des griefs contre lui. Votre mari se serait montré extrêmement brutal aux Indes, et pas uniquement à l'égard des Anglais. »

Un sous-entendu dans sa voix inquiéta Eva, mais en même temps l'irrita. Quelque chose en elle désirait mettre fin à cette conversation, bien qu'une autre partie d'elle-même veuille en savoir davantage.

« Si vous avez quelque chose à dire, dites-le, Johan.

— Très bien, si tel est votre souhait. Les indigènes qui n'ont pas accepté de conclure un contrat de travail avec la Compagnie y ont été contraints par la force. Le plus souvent au prix d'une violence extrême.

— Comment pouvez-vous le savoir ? Vous y étiez ?

— Non, mais mon frère siège au Conseil des Dix-Sept. Il connaît les faits et, vous pouvez me croire, ce qu'il en dit n'a rien d'un conte de fées. Je veux juste que vous soyez instruite du type d'homme que vous avez épousé.

— Je le sais mieux que quiconque. Jan est un bon mari, aimant, qui ne m'a jamais menti ni fait de fausses promesses. Si vous saviez toutes ces choses sur lui, pourquoi ne pas m'en avoir parlé avant ?

— Je les ignorais jusqu'à récemment, sinon je l'aurais certainement fait, rétorqua Johan. Demandez-lui donc simplement ce qui s'est passé sur les îles Banda. »

Eva ne toucha pas mot à Jan de sa conversation avec Johan et ne lui posa aucune question sur ces îles. Mais elle sortit un épais livre de la bibliothèque et commença à le feuilleter compulsivement sur la table de la pièce à vivre, jusqu'à trouver ce qu'elle cherchait. Les îles Banda, au nombre de dix, étaient situées dans la mer du même nom, à l'est de Java où se développait la noix de muscade, si précieuse pour la Compagnie.

Eva examina les dessins des épices exotiques, des arbres sur lesquels elles poussaient et des populations indigènes. Leurs représentants n'étaient que très peu vêtus. Elle vit aussi une image de quelques autochtones serrant amicalement la main d'un groupe d'Occidentaux. À première vue, le contrat commercial avec les Indiens avait été conclu en bonne intelligence. Les Anglais avaient-ils tenté de s'immiscer dans ces affaires, et Jan avait-il dû les en empêcher par la force ? Et alors ?

Eva referma le livre et le rangea dans l'armoire. Elle n'avait pas l'intention d'interroger Jan à ce sujet. S'il estimait qu'elle devait être informée de quoi que ce soit, il lui en parlerait de lui-même.

12

Nul n'a prise sur l'égrènement du temps. L'expérience avait appris à Eva qu'il ralentissait à mesure qu'elle voulait qu'il s'écoule et, dès qu'elle se résignait à subir son cours inéluctable, tout pouvait s'accélérer. Aussi s'efforça-t-elle, dans l'attente de leur départ pour Batavia, de se concentrer sur les repères qui jalonnaient sa vie au jour le jour, sans plus se projeter dans l'avenir.

Johan et Agneta s'unirent en novembre. Bien que le mariage fût moins fastueux que celui d'Eva et Jan, les noces furent tout de même célébrées en grande pompe.

Le reste de l'année fila comme l'éclair. On fêta la Saint-Nicolas, Noël, puis son vingtième anniversaire. L'hiver fut de nouveau rude, recouvrant le pays d'un épais manteau neigeux. La peste et la variole firent une brève apparition avant d'être chassées par le froid aussi vite qu'elles étaient venues.

Au cours de la première semaine de 1626, Eva commença à ne plus se sentir dans son assiette. Durant un mois entier, elle ne put presque rien avaler et se sentait si exténuée qu'elle dormait le plus clair du temps.

Avant même qu'un médecin ne le confirme officiellement, Sophia avait déjà posé son diagnostic : sa fille attendait un enfant. Jan ne fut pas très démonstratif lorsque Eva lui annonça la nouvelle, il ne la prit pas dans ses bras, ne la souleva pas dans les airs, mais la joie sincère qui se lut sur son visage fut suffisamment parlante.

Au fur et à mesure que son ventre grossissait, Eva se désintéressa de leur voyage vers les Indes. Elle passait désormais ses journées à penser au bébé à naître et, accompagnée de Lysbet et de sa mère, à sillonner la Kalverstraat pour acquérir tout ce dont elle aurait besoin au moment de sa naissance : panier de garde, berceau, tissus d'emmaillotage et petits habits.

Elle fit également des achats à Hoorn, en compagnie de Geertruida ou d'Aafje ; comme elle ne savait pas où elle accoucherait, elle se procura tout en double.

Geertruida était ravie de l'arrivée de cet enfant, même si elle regrettait qu'il grandisse à Batavia. Aafje, déjà mère de quatre petits, partageait son expérience avec Eva et lui prodiguait nombre de bons conseils pour atténuer les tracas liés à la grossesse. Elle connaissait par exemple un remède contre les nausées et accompagna sa belle-sœur à l'apothicairerie sur le Roode Steen.

Le marché aux fromages se tenait ce jour-là, il y avait foule autour du poids public.

« Savez-vous où vous accoucherez ? demanda Aafje alors que les deux jeunes femmes se faufilaient parmi les gens. À Hoorn ou à Amsterdam ?

— Tout dépendra du lieu où nous nous trouverons à ce moment-là, répondit Eva. Jan veillera à ce que nous ayons une ventrière et une gardienne aux deux endroits.

— À votre place, dans quelque temps j'éviterais de voyager. Il ne faudrait pas que l'enfant se décide à venir au monde en rase campagne ! »

Eva fit la grimace.

« Ne m'en parlez pas ! J'ai dit à Jan que je ne souhaitais pas partir pour Batavia avant la naissance.

— Il ne peut en être question, tout de même ! Dans tous les cas, j'imagine que ce voyage n'est pas à l'ordre du jour ?

— Il existerait apparemment une mince chance que nous prenions la mer prochainement, même si le roi Charles ne semble pas l'entendre de cette oreille. Il aurait exigé que nous restions sur la terre ferme pendant encore dix-huit mois. Mais les États généraux commenceraient à perdre patience et envisageraient de nous laisser partir malgré tout. Jan tente de persuader le Conseil des Dix-Sept et les États généraux de nous intégrer à la flotte qui larguera les amarres en septembre. Si cela se passe ainsi, soit mon bébé aura quelques semaines tout au plus au moment du voyage, soit j'accoucherai à bord.

— Quel que soit le cas, cette idée d'un départ à la fin de l'été me paraît particulièrement inconséquente.

— Je vous rejoins, pourtant Jan, lui, ne semble pas y voir d'inconvénient. Il a promis de faire embarquer le meilleur des médecins, mais tout de même.

Je souffre déjà de nausées, je n'ose pas imaginer la situation en haute mer ! Et il y a tellement peu de place à bord… Quoi qu'il en soit, si nous recevons l'autorisation de prendre le large, je n'aurai d'autre choix que de suivre Jan », conclut Eva avec résignation.

Aafje fronça les sourcils.

« Je crois que vous devriez aborder avec Jan la question de sa responsabilité, en tant qu'époux et futur père, Eva. Il vous entraîne, vous et votre famille, à Batavia, sans tenir compte des implications. Et, à l'évidence, il sous-estime tout ce que supposent une grossesse et une maternité. Si vous l'interpellez calmement à ce sujet et lui faites entendre qu'il n'est pas opportun de partir cette année, il devrait pouvoir comprendre. Et je dis bien *cette année*, car entreprendre un tel voyage avec un nouveau-né ne semble pas non plus la meilleure des idées.

— Nous verrons bien. Rien n'est moins sûr à ce stade, inutile pour l'instant de nous tracasser. Occupons-nous d'abord du mariage d'Eeltje !

— Avez-vous déjà rencontré Willem ?

— Deux fois, mais très brièvement. Eeltje et lui viennent dîner ce soir, nous pourrons faire plus ample connaissance.

— Très bien ! Permettez-moi juste un conseil : ne le lancez pas sur ce fameux naufrage, glissa Aafje en poussant la porte de l'apothicairerie. Sinon, vous y aurez droit toute la soirée ! »

Sa belle-sœur avait raison, mais Eva ne s'en soucia guère. Willem Bontekoe, revenu à Hoorn après un voyage en mer de plusieurs mois, était intarissable en anecdotes, qu'il se plaisait en effet à raconter.

La plus fascinante était sans nul doute son aventure à bord du galion *Nieuw-Hoorn*. Capitaine du navire, Willem était parti pour les Indes orientales en 1618, en même temps que deux bateaux plus petits commandés par la Compagnie.

Ils avaient déjà essuyé de nombreuses adversités en cours de route, dont plusieurs tempêtes violentes qui avaient lourdement endommagé leur vaisseau, mais le plus grand désastre était survenu lorsqu'ils avaient été sur le point d'achever leur traversée. Juste avant Bantam, un matelot avait accidentellement fait tomber une bougie enflammée dans un baril de brandevin. L'eau-de-vie s'était embrasée comme une torche, déclenchant à bord un terrible incendie.

« Nous avons bien essayé de le circonscrire, expliqua Willem, mais nous avions en cale cent quatre-vingts barils de poudre à canon. L'équipage n'eut d'autre choix que de se précipiter sur les chaloupes. Avant même que tous aient eu le temps d'évacuer, une déflagration d'une puissance inouïe pulvérisa le *Nieuw-Hoorn*. J'ai moi-même été projeté en pleine mer par la force de l'explosion. »

Eva connaissait un peu l'histoire, mais était impatiente d'en découvrir les détails.

« Comment vous en êtes-vous tiré, Willem ? interrogea-t-elle.

— On m'a aidé à sortir de l'eau et à monter dans une chaloupe. Environ un tiers de l'équipage a survécu à la catastrophe. Nous avons essayé de rejoindre la côte de Sumatra sur deux petits bateaux. Pour ça, nous avons fabriqué des voiles à l'aide de nos chemises, et nous naviguions en nous orientant grâce aux étoiles. La journée, nous détachions les chemises et les étendions à l'intérieur des embarcations pour récupérer l'eau de pluie, nous ne progressions pas énormément. Pour être honnête, personne ne croyait vraiment que nous réussirions à atteindre la terre ferme.

— Ils n'avaient rien à manger ni à boire », précisa Eeltje.

Willem fronça les sourcils, n'appréciant à l'évidence pas d'être interrompu.

« Après quelques jours, c'est en effet devenu un problème majeur. Une fois, nous avons eu la chance d'attraper quelques mouettes qui planaient à basse altitude, et une autre fois, un banc de poissons volants a carrément atterri dans le bateau ! Nous les avons dévorés crus, mais ce n'était pas suffisant pour tenir une semaine. À un moment, la faim était telle que les plus haut gradés commencèrent à saliver devant les plus jeunes matelots. »

Il se tut, saisit sa chope de bière et avala une gorgée.

Eva ne comprit pas tout de suite ce qu'il sous-entendait. Puis sa mâchoire se décrocha.

« Vous n'êtes pas sérieux ?

— Quand l'homme a faim, il peut vite retrouver son instinct animal, croyez-moi. Mais j'avais le sentiment que nous étions proches de la terre et j'ai réussi à persuader les hommes de tenir deux jours de plus. Dieu merci, à la fin du deuxième jour, nous avons effectivement aperçu une île.

— Et vous avez été sauvés.

— Pas le moins du monde ! Des problèmes d'un autre ordre se sont posés.

— De quel genre ?

— Des aborigènes, fit Eeltje.

— Auriez-vous l'obligeance de me laisser raconter l'histoire moi-même ? l'enjoignit son fiancé.

— Dans ce cas, pourriez-vous accélérer un peu la cadence ? Pardonnez-moi, mais j'ai déjà entendu ces péripéties des centaines de fois », répliqua la jeune femme.

S'abstenant de tout commentaire, Jan se resservit. Il n'avait pas particulièrement l'air d'apprécier le récit.

« Des aborigènes, oui, reprit Willem. Ils ont décoché une salve de flèches empoisonnées dans notre direction et ont tenté de nous encercler. Je vous épargne donc la version longue. Nous avons pu en réchapper *in extremis*, en abandonnant sur place, hélas, quelques matelots qui avaient été capturés. »

Il regarda soudain devant lui d'un air sombre.

« J'ai prié pour eux, espérant que leurs souffrances avaient été abrégées », ajouta-t-il avec solennité.

Un silence tomba.

Eeltje poussa un soupir.

« Je vous félicite, vous avez réussi à effrayer Eva ! »

Jan jeta un rapide coup d'œil à son épouse.

« Eva sait pertinemment que la plupart des galions arrivent à bon port.

— Bien entendu, s'empressa de confirmer Willem. Je ne voulais pas vous terroriser, ma chère Eva.

— Je ne le suis aucunement, lui assura la jeune femme. Poursuivez, je vous prie. Que s'est-il passé ensuite ? Comment avez-vous finalement rejoint Batavia ?

— À la rame. Nous avions pu charger des noix de coco dans la chaloupe avant de fuir, ce qui nous a permis de manger et boire. Je n'irai pas jusqu'à dire que ce fut un voyage d'agrément, mais le plus dur était derrière nous. Nous avons reconnu les deux montagnes de l'île de Java, nous savions donc où nous nous trouvions. Il ne nous restait plus qu'à traverser le détroit de la Sonde pour atteindre Batavia. »

Willem jeta un coup d'œil furtif à Jan, qui mangeait tranquillement comme s'il n'était pas concerné.

« C'est là qu'ils ont croisé une flotte de navires de guerre ! raconta Eeltje. Le commandant Frederick de Houtman, un officier originaire d'Alkmaar, les a aperçus et a envoyé une chaloupe à leur rencontre. »

Willem leva les yeux au ciel, mi-résigné, mi-exaspéré.

« En effet ! Il nous a fait monter à bord et a veillé à ce que nous atteignions sans encombre la rade de Batavia. Ensuite, nous avons été reçus par le gouverneur général des Indes orientales. »

Il fit un signe de tête en direction de Jan et brandit son verre comme s'il voulait trinquer à sa santé, mais celui-ci ne l'imita pas et se contenta de sourire.

« Je n'en croyais pas mes oreilles, confirma-t-il simplement. Un navire entièrement désintégré par une explosion.

— Ce fut en effet une perte énorme… Mais Jan s'est cantonné à parler d'accident regrettable. Il a fait remplir nos verres, a porté un toast à l'issue heureuse de cette mésaventure, expliquant que nous aurions tout aussi bien pu y laisser la vie, mais que Dieu en avait décidé autrement. Et nous sommes passés à autre chose.

— C'est pourquoi je n'ai pas peur, déclara Eva. Je fais confiance à Dieu pour qu'Il nous mène sains et saufs à bon port. »

Elle perçut, en prononçant ces mots, le signe de tête approbateur de son mari. Elle tourna son visage vers lui, lui sourit, puis reporta son attention sur Willem.

« Vous devriez écrire votre histoire. Je suis convaincue que beaucoup aimeraient la lire.

— Je trouve l'idée excellente, soutint Eeltje. Au moins, vous n'auriez plus à la raconter ! »

Willem joua avec sa barbichette, hochant la tête d'un air pensif.

« Un journal de bord… Pourquoi pas ? J'ai tout mon temps, maintenant que je ne navigue plus. Je vais y réfléchir ! »

Tard dans la nuit, Eva et Jan rentrèrent chez eux à pied dans l'obscurité.

« Quelle folle histoire, commenta la jeune femme. Willem a eu beaucoup de chance. »

Jan émit un son rauque difficile à identifier, une sorte de râle à mi-chemin entre l'assentiment et le dédain.

« Contrairement à la plupart des membres de son équipage qui sont morts d'asphyxie ou brûlés vifs, trancha-t-il d'un ton sec.

— On dirait que vous lui en voulez ?

— On ne peut rien vous cacher. Il a tout de même réussi à envoyer par le fond un galion entier, cargaison comprise. Combien pensez-vous que cet accident ait coûté à la Compagnie ? »

Eva s'arrêta et l'observa.

« Aucune idée, mais j'imagine que vous étiez malgré tout heureux de le voir arriver à Batavia sain et sauf, non ?

— De quoi aurais-je dû me réjouir exactement ? rétorqua son mari avec amertume. Je l'ai sanctionné en le mettant quelques années au commandement d'allers-retours sans intérêt entre les îles, mais il aurait mérité des coups de fouet pour une telle négligence. »

Le mariage d'Eeltje et Willem eut lieu le 1er mars. Jan et Eva retournèrent à Amsterdam dès le lendemain matin. Leur bateau traversa le Zuiderzee en quelques heures, passa par les ports de Scharwoude, Warder, Edam et Monnickendam, puis amorça un virage serré pour s'engager sur l'IJ.

Bien qu'elle ait apprécié son séjour à Hoorn, Eva était heureuse de revenir chez elle. Elle espérait pouvoir donner naissance à son enfant ici, dans l'environnement qui lui était le plus familier, et elle commença immédiatement à rassembler ce dont elle avait besoin pour accueillir son bébé dans les meilleures conditions.

Au fil du printemps, Jan se montra de plus en plus déterminé à prendre la mer. Chaque jour, il allait rendre visite au Conseil des Dix-Sept sur le Kloveniersburgwal, signifiant l'extrême nécessité de ne pas perdre de temps.

« La Compagnie doit se rendre compte que l'obstination des Anglais à me bloquer au pays nous instruit sur l'intérêt pour nous de me laisser partir. J'ai insisté sur ce point. Ils ont affirmé en avoir conscience mais rien n'y fait, les États généraux ne veulent pas risquer une guerre.

— Alors, nous ne partons pas tout de suite ? osa Eva sans chercher à cacher son soulagement.

— Non, confirma Jan d'un air sombre. Mais l'attente a tout de même assez duré. Dès que l'enfant sera né, nous prendrons le large, de gré ou de force. Je vais écrire au prince en ce sens. »

Il s'exécuta, mais deux jours après l'envoi de sa lettre leur parvint l'annonce de la naissance de Willem, premier enfant du prince Frédéric-Henri et de la princesse Amélie de Solms-Braunfels. La missive de Jan resta sans réponse. Il reçut en revanche une invitation à la fête de baptême du petit prince.

« Superbe occasion de porter l'affaire à l'attention de Frédéric-Henri, analysa-t-il. Nous n'aurions pu rêver mieux. »

Sans tarder, il commença à préparer son déplacement à La Haye.

Eva ne l'y accompagna pas. Enceinte de cinq mois, elle n'était pas en excellente forme. Les nausées s'étaient estompées, mais elle se fatiguait vite et l'idée d'un long voyage en coche sur des chemins cahoteux ne lui inspirait rien qui vaille.

« Restez à la maison et reposez-vous, lui conseilla Jan. J'ai donné des instructions aux domestiques, ils prendront soin de vous. Vous pourriez aussi demander à votre mère ou à Lysbet de venir passer quelques jours avec vous, ne vous sentiriez-vous pas moins seule ?

— Je vous remercie, mais ce ne sera pas nécessaire, elles habitent à un jet de pierre. Je me débrouillerai, ne vous inquiétez pas. Allez donc voir le prince et la princesse, et priez-les d'excuser mon absence. J'en suis réellement navrée, j'aurais aimé assister au baptême.

— Ah, vraiment ? Souvent, ces cérémonies consistent à se tenir assis de longues heures sur une chaise à l'église, puis à converser poliment quelques heures de plus lors d'un banquet terriblement soporifique. En toute honnêteté, si ce n'était par nécessité, je me garderais bien d'y aller. »

Eva se mit à rire de bon cœur.

« Toute personne normalement constituée considérerait une invitation au baptême royal comme un insigne honneur, mais vous, vous préféreriez rester à la maison ! Essayez donc de vous montrer *vraiment* ravi d'être présent, Jan. Et trouvez un compliment ou un autre à adresser au petit prince. »

Jan rentra une semaine plus tard, passablement hors de lui. Trop énervé pour s'asseoir, il raconta son histoire debout, en faisant les cent pas à travers la maison, encore vêtu de son costume de voyage.

« Le prince m'a écouté, mais je doute fort qu'il m'ait entendu ! Il m'a confirmé sa volonté de me voir partir au plus tôt, mais a ajouté que la décision était du ressort des États généraux. La période d'attente d'un an et demi imposée par les Anglais arrivera à son terme en mars prochain. D'ici là, nous devons nous montrer patients…

— Il est donc acquis que nous partirons en mars, et pas avant ? demanda Eva.

— Bien résumé, approuva Jan avec consternation. Vous pouvez compter sur moi pour lui faire tenir cet engagement. »

Si mars paraissait encore loin, Eva restait consciente que le temps passerait vite. Elle attendait son enfant pour septembre, après quoi il lui faudrait se remettre de l'accouchement et préparer le grand départ. À la réflexion, le délai entre les deux événements était bien court.

« Tu auras quand même tout l'hiver », tempéra Lysbet lorsque Eva évoqua le sujet en famille, plus tard dans la journée.

Sophia était d'accord avec sa fille cadette. Le temps était compté.

« De plus, nous ne sommes pas à l'abri d'un énième retournement de situation, commenta-t-elle. Il me semble opportun de réfléchir dès à présent à ce que nous laisserons ici et à ce que nous emporterons. Il nous faudra aussi prendre des vêtements d'enfant, de toutes tailles. Je doute fort que nous ayons l'embarras du choix à Batavia. »

13

Les deux derniers mois furent difficiles. Eva en avait assez d'attendre, il lui semblait que sa vie consistait uniquement à regarder le temps filer.

Judith venait régulièrement lui tenir compagnie et les cousines discutaient pendant des heures, conscientes qu'approchait le jour où elles ne pourraient plus converser que par écrit.

Lorsque le mois de septembre arriva enfin, Eva se coupa totalement du monde extérieur et se désintéressa des préparatifs pour Batavia. Son univers se résuma à sa maison et à son lit-clos, où tout était prêt pour l'accouchement.

Jan fut appelé à Hoorn deux semaines avant la naissance prévue.

« Je dois y aller, c'est une affaire urgente, justifia-t-il. J'imagine que vous préférez rester chez nous et ne plus voyager, à présent ?

— Ce que je souhaite avant tout, c'est que vous soyez là quand le bébé viendra au monde, Jan. Je sens que la naissance est imminente, et la ventrière est du même avis. »

Eva fit une grimace de douleur lorsqu'une contraction lui tirailla l'abdomen.

« J'aimerais également que Lysbet et ma mère nous accompagnent, ajouta-t-elle.

— Très bien, accepta Jan. Elles pourront loger chez nous. La maison est suffisamment grande. »

Il ordonna sur-le-champ à un domestique d'aller en informer Sophia et Lysbet, et à deux servantes de préparer leurs affaires pour un séjour à Hoorn un peu plus long qu'à l'accoutumée.

« Mon fils sera hoornois, proclama-t-il d'un air solennel. Tout comme son père. »

Eva avait vu juste : l'accouchement eut lieu plus tôt que prévu. Un matin de septembre, alors que le brouillard qui flottait sur la ville diffusait la lumière du soleil levant, les contractions qui l'avaient empêchée de dormir toute la nuit se firent plus régulières.

Bientôt elles devinrent plus violentes, et Eva ne fut plus en mesure de marcher dans la pièce pour soulager la douleur. Assise sur une chaise d'enfantement, adossée à des oreillers, elle endura les contractions.

La ventrière, Sophia et Lysbet ne la quittèrent pas une seconde et, dans la cuisine, Geertruida, Aafje et Pieter attendaient autour de la table. Dès le début des crampes, Jan avait déjà prévenu son entourage et fait dresser la table en vue d'accueillir les premières visites.

Pourtant, personne n'ignorait que le travail pouvait s'éterniser et durer parfois plusieurs jours, aussi les membres de la famille s'autorisèrent-ils à s'absenter brièvement à tour de rôle pour aller marcher un peu.

Au fil de la journée, les cris et les gémissements d'Eva gagnèrent en intensité.

« C'est si long ! s'inquiéta-t-elle en fin d'après-midi, entre deux assauts de contractions. Est-ce bien normal ? »

La ventrière l'examina de nouveau.

« Ne vous en faites pas, madame. Vous êtes jeune et forte, votre corps est tout à fait en état de mettre cet enfant au monde. J'ai vu des femmes bien plus frêles que vous s'en sortir très bien, vous n'avez aucune raison de vous faire du mauvais sang. »

Elle disait vrai. Deux heures plus tard, alors que les dernières lueurs du soleil couchant tombaient dans la pièce, Eva poussa une ultime fois de toutes ses forces. La ventrière recueillit l'enfant qui venait de naître.

« Une petite fille ! » annonça-t-elle en arborant un large sourire.

Elle lui nettoya le visage, l'enveloppa dans une serviette et la déposa sur la poitrine d'Eva.

Sophia et Lysbet se penchèrent sur le bébé, les larmes aux yeux.

« Oh, mon Dieu, comme elle est belle ! s'exclama Lysbet.

— Me voici une nouvelle fois grand-mère, ajouta Sophia, rayonnante, en caressant les courts cheveux noirs encore humides de sa petite-fille.

— Où est Jan ? Quelqu'un pourrait-il le prévenir ? » réclama Eva, épuisée au milieu des coussins.

Ce ne fut pas nécessaire, les pleurs de l'enfant et les cris de joie s'en étaient déjà chargés. Ses pas martelèrent le carrelage du couloir et il entra prestement dans la pièce, les yeux rivés sur le berceau.

Eva lui sourit, la ventrière se retourna.

« Toutes mes félicitations, monsieur Coen. Vous êtes le père d'une magnifique petite fille ! »

Jan s'approcha. Il observa Eva et l'être minuscule qu'elle tenait dans ses bras.

« Pas de fils, donc, conclut-il.

— Non, rétorqua son épouse. Mais une petite fille en parfaite santé : Geertruyt. »

Jan tira un tabouret et s'assit. Il étudia longtemps la frimousse de son enfant, puis hocha la tête et se leva.

Tandis qu'on faisait la toilette de la nouvelle mère et du nourrisson, Jan se rendit à la cuisine pour annoncer la nouvelle. Eva sourit en entendant la clameur et les félicitations qui fusèrent. Quelques instants plus tard, Jan apporta un roemer de vin chaud mélangé à de la cannelle, du sucre et des clous de girofle.

« Pour reprendre des forces », la motiva-t-il.

Eva en but une gorgée et rendit le verre à son mari avant de lever les yeux vers lui.

« Êtes-vous heureux d'avoir une fille ?

— Oui, répondit-il. L'enfantement s'est bien déroulé, vous êtes en bonne santé et Geertruyt aussi. Nous pouvons remercier le Seigneur. »

On accrocha à la porte le heurtoir de circonstance, une planche d'ébène recouverte de soie rouge et de dentelle, pour indiquer que les visiteurs étaient les bienvenus à l'occasion de la naissance de l'enfant. Au cours des jours qui suivirent, toutes les familles distinguées de Hoorn se présentèrent pour admirer Geertruyt et lui offrir un présent. Eva était allongée dans le lit-clos de la pièce à vivre, telle une princesse. Sa fille dans les bras, elle acceptait les cadeaux avec gratitude.

Outre la ventrière, Jan engagea aussi une gardienne, une intendante et, pour plus de sûreté, une nourrice. On espérait que l'intervention de cette dernière ne serait pas nécessaire, car selon le poète Jacob Cats : « Quand on a des enfants, on a droit au titre de mère ; quand on nourrit ses enfants, on est mère tout entière. »

Eva était de cet avis.

Par bonheur, Geertruyt but sans problème et n'eut pas besoin de nourrice. Le 26 septembre, la petite fille fut baptisée à la Grote Kerk de Hoorn. Deux semaines plus tard, toute la famille retournait à Amsterdam.

L'hiver s'écoula dans la douceur d'une vie de famille heureuse. Eva récupéra vite de l'accouchement, Geertruyt était en bonne santé et grandissait bien.

Fin janvier, le roi Charles d'Angleterre n'avait toujours pas prolongé l'interdiction en vigueur. Jan espérait secrètement que d'autres affaires lui avaient fait oublier cette échéance. Les États généraux décidèrent que Jan, Eva et sa famille partiraient aussi tôt que possible.

À la stupeur d'Eva, Marie lui annonça qu'elle ne souhaitait pas être du voyage.

« Mais j'ai besoin de toi ! Pourquoi ne m'en parles-tu que maintenant ?

— Je n'étais pas sûre de moi, madame. À présent, je le suis : je ne veux pas quitter les miens. »

Eva poussa un long soupir, même si elle comprenait le choix de sa dame de compagnie.

« Dans ce cas, je dois te chercher une remplaçante sans tarder. »

L'après-midi, lorsque son mari revint des bureaux de la Compagnie, elle lui fit part du problème.

« Allez donc à l'orphelinat, lui conseilla-t-il. J'ai déjà demandé l'autre jour à Nicolaes si quelques jeunes femmes souhaitaient partir avec nous pour les Indes. Il m'a répondu qu'il allait se renseigner, mais il ne m'a pas donné de nouvelles depuis. »

Eva acquiesça. Une orpheline serait effectivement plus encline à tout quitter. Son cousin Nicolaes Hasselaer, régent de l'orphelinat municipal, serait en mesure de trouver rapidement une solution.

Eva lui rendit visite dans sa demeure du Herengracht le jour même. C'était l'occasion pour elle de découvrir cette maison de construction très récente. Une dizaine d'années auparavant, le Conseil municipal avait commencé à réaliser des projets d'agrandissement d'Amsterdam, restés latents depuis quelque temps. En raison de la guerre avec l'Espagne, des centaines de réfugiés venant du sud de la République affluaient encore dans la capitale.

Les plus pauvres trouvaient logis dans un quartier aux ruelles étroites appelé Nieuwe Werck, où de petites maisons sortaient de terre comme des champignons.

Les plus riches, pour la plupart des marchands d'Anvers et de Bruxelles, s'installaient quant à eux dans de majestueuses demeures, le long des canaux nouvellement creusés, là même où s'étaient étendus pendant des siècles des prairies et des jardins potagers.

Les Amstellodamois aisés s'intéressaient également à ces immeubles fastueux ; Eva et Jan avaient eux-mêmes envisagé d'acheter une maison dans ce quartier avant de se raviser, compte tenu de leur prochain départ pour Batavia.

Le projet couvrait une grande partie du demi-cercle construit autour d'Amsterdam, et la résidence de Nicolaes se situait à son extrémité. C'était un magnifique bâtiment agrémenté d'une façade ornementale ornée d'un perron. Eva gravit les quelques marches avec admiration.

Nicolaes était justement chez lui et accueillit chaleureusement sa cousine.

« Comment allez-vous, ma chère Eva ? Vous avez bonne mine, lança-t-il en la précédant dans le petit salon.

— Très bien, je vous remercie.

— Et la petite Geertruyt ?

— Elle aussi ! Les nuits ne sont pas faciles, elle se réveille souvent, mais je suis fort heureusement secondée. »

Eva entra dans la pièce, qui était si spacieuse qu'elle n'eut pas à craindre de renverser l'un ou l'autre objet en raison de l'amplitude de sa cotte.

« Hélas, cette situation ne durera pas, déplora-t-elle. Nos domestiques ne quitteront pas Amsterdam, ce qui en soi n'est pas un problème, car à Batavia, nous aurons des indigènes à notre service. Mais ce seront tous des hommes, et nous avons désespérément besoin de bonnes.

— Je vois. Jan a déjà évoqué la chose. »

Nicolaes désigna avec amabilité une chaise au dos droit, mais Eva secoua la tête et le remercia. Il resta lui aussi debout.

« J'avais pris mes renseignements auprès des régentes, mais elles ne sont guère disposées à laisser partir leurs filles. Amsterdam se montre très protectrice à l'égard de ses orphelins. Si la pingrerie des marchands est notoire, leur générosité semble ne pas connaître de limites lorsqu'il est question d'orphelins. Ce qui, bien sûr, n'est pas surprenant. La plupart des marchands sont eux-mêmes régents ou l'ont été, tout comme leurs épouses. Aussi entretiennent-ils un lien particulier avec les orphelins, qu'ils n'aiment pas exposer à un avenir incertain.

— Je le conçois, répondit Eva. Mais, d'un autre côté, beaucoup de ces enfants se retrouvent dans des ateliers où ils doivent travailler quatorze heures par jour pour le reste de leur vie. J'en sais quelque chose, car mon père employait des orphelins dans sa teinturerie. Vous n'ignorez pas par ailleurs qu'il est encore plus difficile pour les filles de mener une existence décente. Toutes deviennent domestiques dans des familles aisées, où elles doivent souvent se soumettre à d'autres services, bien moins recommandables. Je peux vous assurer qu'un tel sort n'arrivera pas aux filles qui viendront avec nous. Ni dans ma maison ni dans d'autres. Elles seront placées sous ma protection, je vous en fais la promesse. »

Nicolaes acquiesça lentement. Il se dirigea vers la table d'écriture, saisit un bout de parchemin et une plume, et rédigea quelques lignes. Puis il en fit un rouleau qu'il tendit à Eva.

« Remettez donc ceci à la régente principale, Aegje Oetgens van Waveren. Elle se chargera de vous trouver quelques filles. »

Il la raccompagna ensuite jusqu'au vestibule. Une fois devant la porte, il se tourna vers elle.

« Prête pour le grand départ ?

— Plus ou moins.
— C'est une grande aventure.
— Sans aucun doute. »
Nicolaes l'observa attentivement.
« Vous ne regrettez pas votre décision ?
— Pas un instant, soutint Eva.
— Pas plus que votre mariage ? »
Les sourcils froncés, Eva dévisagea son cousin.
« Non, bien sûr que non. Pourquoi cette question ?
— La différence d'âge reste importante, et Jan n'est pas… » Nicolaes chercha ses mots. « … forcément facile.
— Vous n'êtes pas le premier à m'alerter, mais pour moi c'est un très bon mari.
— À la bonne heure. »
Il sourit et sembla sur le point d'ajouter quelque chose, mais il se ravisa. Il ouvrit la porte avec courtoisie.
Eva le salua, sortit, puis se retourna vers lui une fois sur le perron.
« Nicolaes, avez-vous déjà entendu parler des îles Banda ? »
Son cousin la considéra en silence.
« Oui, répondit-il après quelques secondes de réflexion. C'est un archipel des Indes orientales.
— Il semblerait que Jan y ait signé un contrat.
— En effet. Il y a obtenu le monopole du commerce au nom de la Compagnie.
— J'ai entendu dire que cet accord ne s'était pas négocié en douceur.
— Ce n'est jamais vraiment le cas…
— Non, concéda la jeune femme d'un air pensif. Les Anglais briguaient eux aussi ce monopole, mais

ils ne l'ont pas obtenu. Pourquoi ? Que s'est-il passé exactement ? »

Nicolaes fit un pas vers elle et posa sa main sur son épaule.

« Ne vous inquiétez donc pas pour cela, Eva.

— Je ne suis pas inquiète, je m'interroge seulement.

— Inutile de chercher à le savoir. C'est une affaire d'hommes.

— Dois-je comprendre que vous ne souhaitez pas me répondre ? »

Il la regarda avec amabilité.

« Effectivement, je n'en vois pas la nécessité. »

14

Eva se promenait le long des canaux, perdue dans ses pensées. Pourquoi se refermaient-ils tous comme des huîtres dès qu'elle évoquait les îles Banda ? Que s'était-il donc passé là-bas ? Jan avait dû y perpétrer des actes extrêmement répréhensibles – des agissements que même les habitants d'Amsterdam préféraient taire – pour s'attirer ainsi les foudres de la couronne d'Angleterre.

Fallait-il chercher à en savoir davantage, ou était-il plus sage de laisser tomber ? Elle opta finalement pour la seconde option. Nicolaes devait avoir raison : c'était une affaire d'hommes.

La jeune femme soupira et regarda autour d'elle. Elle se trouvait dans une partie du Herengracht tout juste achevée. À l'exception de quelques tas de crottin de cheval, le pavage était encore propre et les façades des maisons, décorées avec goût, se reflétaient à la surface du canal. Des arbres avaient été plantés le long de la rue, dans laquelle déambulaient des aristocrates élégamment vêtus. Coches et calèches allaient et venaient, accélérant pour traverser les ponts qui enjambaient le cours d'eau, tandis que des domestiques nettoyaient les perrons devant les habitations.

À hauteur du Leidsegracht, le pavage s'arrêtait et l'on pouvait distinguer le mur de la ville qui se profilait plus loin. Au-delà, on entendait les travaux d'excavation et de construction en cours.

Eva bifurqua à gauche, descendit la Heiligeweg, puis tourna de nouveau à gauche dans la Kalverstraat, qui était comme toujours très fréquentée car, même si quelques patriciens y vivaient encore, la rue devenait peu à peu un lieu de commerce et d'hôtellerie pour les voyageurs de passage. L'entrée de l'orphelinat municipal était presque cachée au bout d'une venelle que l'on pouvait aisément manquer.

Au-dessus de la porte, un poème de Joost avait été ciselé :

On croît, encore, encore,
En nombre et en ors
Au grand dol de nos Bienfaiteurs.
Franchis cette porte et déleste
Un tantet du fardeau funeste
En versant obole à cette demeure.

Eva aimait ce texte, elle en appréciait particulièrement les premiers vers. Après les épidémies de peste des trois années précédentes, le nombre d'orphelins avait considérablement augmenté. Les enfants de bonne maison que ne pouvait accueillir la famille qu'il leur restait étaient admis à l'orphelinat municipal, tandis que les moins nantis finissaient à l'aumônerie ou à la diaconie.

La jeune femme se présenta au portier, qui la laissa entrer en la saluant avec déférence. Le dortoir des garçons était plongé dans le silence, ils étaient probablement à l'école. Eva passa sous la galerie voûtée le long de la cour intérieure. À mi-chemin, la mère supérieure vint à sa rencontre.

« Madame Coen, mes hommages. En quoi puis-je vous être utile ?

— J'aurais souhaité m'entretenir avec l'une des régentes. Plus particulièrement avec Mme Aegje Oetgens van Waveren, si possible.

— Bien sûr, suivez-moi, je vous prie. »

La religieuse précéda Eva dans le couloir qui conduisait aux bureaux des régentes. Là, trois femmes plutôt âgées discutaient autour d'une tasse de thé. Leurs robes noires bordées de fourrure contrastaient fortement avec la blancheur de leur fraise et de leur coiffe. Eva les connaissait toutes, mais ne leur avait jamais adressé la parole. En raison de la stricte séparation des classes sociales, elle avait toujours observé ce milieu de loin sans jamais y être admise ; ces femmes nobles constituaient le cœur du patriciat.

Aegje Oetgens van Waveren était la plus âgée, suivie d'Annetge Backer. Dieuwertje Bicker, la sœur de Johan, était la plus jeune.

Les trois femmes se levèrent lorsque la mère supérieure annonça Eva, qui fut invitée à entrer. Il s'agissait là d'une manifestation du respect auquel Eva devait encore s'habituer, mais qui, somme toute, ne lui déplaisait pas. Elle salua les trois femmes d'un signe de tête et leur demanda poliment si elles avaient un moment à lui accorder.

« Très certainement, madame Coen. Veuillez vous asseoir. Prendrez-vous une tasse de thé ? proposa Aegje Oetgens van Waveren en désignant la théière en argent qui trônait au centre de la table.

— Bien volontiers, je vous remercie. »

Eva prit place et sourit tour à tour à Aegje, Dieuwertje et Annetge. Elle alla ensuite droit au but et transmit à la première le parchemin rédigé par Nicolaes.

« Vous cherchez des bonnes, résuma Aegje après avoir lu la lettre. Pour Batavia. »

Les trois régentes échangèrent un regard.

« Je crains que ce ne soit compliqué, avertit Dieuwertje, d'un ton qui, sans être inconvenant, n'était pas non plus tout à fait courtois.

— Et pourquoi donc ? rétorqua Eva.

— Parce que nous ne savons rien de ce qui attend les filles là-bas, à l'autre bout du monde, au terme d'un voyage qui sera en outre long et périlleux.

— Elles pourront toujours revenir si, d'aventure, elles ne s'y plaisent pas.

— Leur imposer pareil destin demeure une décision très importante, dont nous portons l'entière responsabilité. Voyez-vous, chère madame Coen, nous ne laissons pas partir nos filles aussi facilement que l'orphelinat de l'aumônier. J'en suis navrée.

— J'ai cru comprendre que le nombre d'orphelins avait presque doublé ces trois dernières années à cause de la peste, répondit Eva. Est-ce vrai ?

— En effet, déplora Aegje dans un soupir. Nous en sommes toutes très inquiètes. Pour une question de capacité d'accueil, mais également sur le plan financier.

— Combien d'orphelins vivent ici aujourd'hui ?

— Plus de sept cents, madame. Ils n'étaient encore que quatre cents voici trois ans.

— C'est effectivement beaucoup. Il me paraît bien difficile d'assurer l'avenir de tous ces enfants. Vous devrez trouver un travail décent et correctement payé pour trois cent cinquante filles. Mon mari et moi pouvons vous soulager de certains de ces soucis, madame Oetgens van Waveren. Je vous l'accorde, c'est un long voyage, mais je peux vous garantir qu'à quelques rares exceptions tous les navires arrivent à bon port. Et une fois à Java les filles ne manqueront de rien. J'y veillerai personnellement. Tout comme je veillerai à ce qu'elles puissent reprendre le premier bateau pour Amsterdam si elles en émettent le désir. »

Les trois régentes se regardèrent une nouvelle fois. Puis Dieuwertje se leva et remplit les tasses de porcelaine ; les deux femmes plus âgées continuèrent à se dévisager en silence.

« Sans oublier que vous pourrez, il va sans dire, compter sur une importante compensation financière, à hauteur de vos bons services », ajouta Eva.

Le visage d'Aegje trahit la réflexion dans laquelle elle s'absorba soudain.

« Quelle somme avez-vous en tête exactement, chère madame Coen ?

— Je laisse cette décision à mon mari, mais je peux vous assurer que les enfants qui resteront ici ne manqueront de rien non plus, ils mangeront à leur faim et seront vêtus pour plusieurs années. »

Aegje sourit à Eva.

« Dans ce cas, nous pouvons y songer. Que diriez-vous que Dieuwertje vous fasse visiter les lieux ?

Vous pourrez ainsi vous faire une idée plus précise des besoins de notre maison. »

Eva se leva.

« Avec plaisir. »

La visite commença par une pièce claire et spacieuse, où un grand groupe de fillettes, assises en cercle, apprenaient l'écriture et la broderie. Toutes portaient l'uniforme de l'orphelinat, composé d'une robe rouge et noir ainsi que d'une coiffe blanche en lin ; elles se redressèrent avec curiosité lorsque les deux femmes entrèrent.

Eva parcourut des yeux les visages menus, pleins d'espoir, et sentit son cœur se serrer. Si elle l'avait pu, elle les aurait toutes emmenées.

« Ne me présentez que les plus âgées », glissa-t-elle à la régente.

Dieuwertje la conduisit dans une autre partie du foyer où des filles effectuaient des travaux de couture, installées autour de longues tables. Les lieux n'inspiraient que calme et ordre, même si des chuchotements enthousiastes et des rires étouffés se faisaient entendre dans le sillage d'Eva.

Les filles, dont l'âge variait de douze à dix-huit ans, étaient habillées comme les plus jeunes orphelines, à la différence que leurs coiffes étaient en dentelle fine et qu'un tissu blanc couvrait leurs épaules.

Dans la pièce qu'Eva visita ensuite, on dispensait des cours de cuisine. Dieuwertje fournit à la jeune femme quelques explications sommaires sur ces activités, puis l'invita à la suivre dans un escalier qui menait à une salle voûtée où d'autres filles encore s'affairaient à la lessive.

Tandis que Dieuwertje s'entretenait brièvement avec la mère supérieure, une orpheline s'approcha d'Eva.

« Choisissez-moi, madame, dit-elle doucement. S'il vous plaît. »

Eva la considéra, interdite.

« Je sais repriser les vêtements et cuisiner, ajouta la jeune fille. Ma mère m'a tout appris ! Vous avez besoin d'une bonne, n'est-ce pas ? Prenez-moi, vous ne le regretterez pas ! »

Son comportement était impertinent, mais Eva ne s'en formalisa pas. Elle était même séduite par les reflets gris-bleu des prunelles de l'orpheline et par la douceur de cette voix qui la suppliait.

« Je cherche une fille qui soit prête à m'accompagner à Batavia », déclara-t-elle.

Les yeux de la jeune fille s'écarquillèrent.

« J'adorerais, madame !

— Tu en es sûre ? C'est un long voyage, et il peut faire très chaud sous les tropiques.

— Et ici, il fait bien trop froid ! Je n'en peux plus de voir ces murs autour de moi, nous ne sortons presque jamais. Je serai une excellente bonne, madame. La meilleure ! Les régentes ne me laisseront pas partir facilement, car mes ouvrages de couture leur rapportent beaucoup d'argent. Je fabrique aussi très bien la dentelle aux fuseaux, madame ! »

Eva sourit.

« Quel est ton nom et quel âge as-tu ?

— Je m'appelle Wendelmoet Simon, madame. Je viens d'avoir quinze ans. Je dois donc encore rester ici trois années complètes. »

L'intonation de sa voix laissait indiquer qu'elle pensait ne pas survivre à pareille épreuve, et Eva eut pitié d'elle. Elle ne pouvait néanmoins lui promettre quoi que ce soit et se contenta de hocher aimablement la tête. Elle se tourna vers Dieuwertje et la mère supérieure.

D'un geste sec, cette dernière renvoya Wendelmoet à sa place. Les yeux baissés, la jeune fille regagna sa table, saisit le lissoir qu'elle avait posé sur les charbons ardents et se remit à repasser les étoffes.

Avant de quitter la pièce, Eva fit volte-face et jeta un ultime coup d'œil à Wendelmoet qui l'observait, comme les dizaines d'autres orphelines.

De retour dans le bureau des régentes, Eva les complimenta pour leur bon travail et s'enquit de la jeune fille qui s'était adressée à elle.

« Wendelmoet Simon... répéta Aegje d'un air pensif. Vous êtes sûre ? Ce n'est pas la plus commode...

— Dans ce cas, vous serez sans nul doute ravie que je vous décharge de la corvée de son éducation », répliqua Eva.

Intimidée, Wendelmoet fit son entrée dans la majestueuse maison de maître de la Warmoesstraat. Eva souhaitait qu'elle se mette immédiatement à leur service afin que Geertruyt ait le temps de s'habituer à elle.

La veille de l'arrivée de la nouvelle bonne, Eva avait donné congé à Marie et fait préparer pour Wendelmoet la petite chambre aménagée sous les toits. En quittant l'orphelinat, la jeune fille avait reçu quelques habits, dont des blouses, des cottes et des bas.

Eva l'accueillit avec amabilité, ce qui eut pour effet de mettre Wendelmoet à l'aise.

Elle tomba instantanément sous le charme de Geertruyt, qu'elle prit sur ses genoux pendant qu'Eva lui posait quelques questions pour apprendre à la connaître. Était-elle certaine de vouloir les accompagner à Batavia ? Se rendait-elle compte qu'elle devrait tout laisser derrière elle ?

« Je ne laisserai pas grand-chose, madame, répondit Wendelmoet. Mes parents, mon frère et ma sœur sont morts de la peste il y a deux ans, ainsi que beaucoup d'autres membres de ma famille. Les quelques oncles et tantes qui ont survécu ne se sont jamais souciés de moi. Ils ne sont pas venus une seule fois à l'orphelinat.

— Amsterdam reste néanmoins ta ville, celle où tu es née et où tu as grandi.

— Mais c'est aussi la ville où sont tous mes souvenirs, où chaque rue me rappelle ceux que j'ai perdus, où j'ai sans cesse les larmes aux yeux. Vraiment, madame, je ne souhaite rien plus ardemment que tout quitter. »

Wendelmoet regarda Geertruyt, qui lui sourit. Elle la chatouilla gentiment sous le menton.

Eva observa la scène, le sourire aux lèvres, et se redressa.

« Très bien. Dans ce cas, Wendelmoet, sois la bienvenue chez nous. Je vais te montrer ta chambre. »

Alors que la situation n'avait guère évolué au cours des quelques années précédentes, tout s'était accéléré dès que la date du départ avait été annoncée. Eva se sentait prise d'une forme de fébrilité, secouée par une agitation intérieure qui l'empêchait de tenir en place. Elle était tantôt triste, en pensant qu'elle devrait dire adieu à son ancienne existence, tantôt impatiente à l'idée de partir à l'aventure et d'entamer cette nouvelle vie.

Avec l'aide de sa mère, elle poursuivit le grand tri, séparant ce qui devait les accompagner de ce qui pouvait rester au pays. Jan lui avait fait constituer une garde-robe flambant neuve.

« Vous êtes mon épouse et aurez à ce titre un statut particulier. Il vous faudra vous vêtir en conséquence, avait-il justifié. Le mieux est donc sans doute que vous vous débarrassiez de tous vos vieux habits. »

Néanmoins, elle ne le souhaitait aucunement. Une partie de l'Eva qu'elle avait été devait être du voyage à Batavia, au risque pour elle de se perdre complètement.

La mi-mars arriva enfin. Les bagages furent préparés et envoyés sur l'île de Texel, où le *Galiasse* les attendait. Entièrement vide, la demeure de la Warmoesstraat résonnait.

La veille du départ Eva se rendit à la vieille église, près de la tombe de son père. Elle contempla longtemps l'inscription.

Ci-gît
Claes Cornelisz Ment
Décédé le 4 avril 1624
alors âgé de 73 ans

« Les choses ont bien évolué depuis la dernière fois, père, dit-elle à voix basse. Je suis mariée. Je sais que vous étiez favorable à ce mariage et je sais aussi que, de là-haut, vous m'avez escortée de votre regard bienveillant. Nous pensons tous bien à vous, mère, Lysbet, les garçons et moi, et vous demeurerez dans nos pensées à jamais. Vous serez toujours auprès de nous et viendrez avec nous à Batavia, comme vous nous accompagnerez partout où nous irons. Au revoir, père. »

Elle essuya ses larmes et resta un long moment à observer la pierre tombale.

Ce fut en toute discrétion que, le soir venu, ils firent leurs adieux aux parents les plus proches. Les Anglais étaient nombreux en ville, et il n'était pas inconcevable que certains marchands les aient à l'œil.

Pleurant à chaudes larmes, Judith ne parvenait pas à relâcher son étreinte.

« Nous reviendrons. Un jour, nous reviendrons, lui chuchota Eva. Je vous le promets. En attendant, nous nous écrirons.

— J'ai quelque chose pour vous », annonça Judith en essayant de refouler ses larmes.

Elle extirpa une petite boîte du sac perlé qu'elle portait à la ceinture et la tendit à Eva. La jeune femme en sortit un collier en argent orné d'une magnifique gemme blanche.

« C'est une pierre de lune. Elle vous protégera de la maladie. J'ai entendu dire qu'il y en avait beaucoup sous les tropiques.

— Merci, ma chère cousine », répondit Eva en attachant le bijou autour de son cou.

Elle serra de nouveau Judith dans ses bras.

« Je le porterai toujours. Et une fois là-bas, je vous enverrai moi aussi un cadeau. »

Eva ne ferma pas l'œil de la nuit. Chaque fois qu'elle sentait monter la peur et l'incertitude, elle touchait la pierre de lune et se répétait les mots dont elle avait elle-même usé pour réconforter Judith.

Nous reviendrons. Un jour, nous reviendrons.

Si improbable fût-elle, cette perspective dissipa quelque peu son angoisse et apaisa les battements de son cœur. Elle se blottit contre Jan, qui dormait profondément. Alors qu'elle attendait le lever de l'aube, elle se concentra sur la respiration de Geertruyt.

15

Le lendemain, protégés par la pénombre du crépuscule, ils sortirent sans se faire remarquer. Sophia, Lysbet et Gerrit avaient passé la nuit chez Jan et Eva afin de partir en même temps qu'eux. Wendelmoet était également prête ; sa détermination des semaines précédentes à quitter le pays n'avait pas faibli.

Le canal de l'Oude Schans n'était qu'à une courte distance à pied. Les sens en éveil, Eva faisait tout pour s'imprégner une dernière fois de son quartier et de sa ville natale.

Derrière elle se dressait l'Oude Kerk ; en pensée elle salua son père.

Dans un silence pesant, ils marchèrent jusqu'à la Montelbaanstoren, où le bateau attendait pour les conduire sur l'île de Texel. Lorsqu'ils montèrent à bord, Jan échangea quelques mots à voix basse avec le capitaine, puis rejoignit les autres dans le rouf. Le navire partit immédiatement.

Alors qu'ils quittaient le port, Eva se pencha, espérant apercevoir une dernière fois la ville, mais elle ne put distinguer que la silhouette noire des murs.

•

Elle essaya de saisir l'expression sur le visage des membres de sa famille autour d'elle, mais il faisait trop sombre, là aussi. Elle n'entendait que le bruit de leur respiration, quelques soupirs de sa mère ou de Lysbet. Personne ne disait mot.

Peu à peu, l'aube pointa. Ils passèrent Marken, Volendam et, lorsqu'ils atteignirent Hoorn, le ciel était émaillé de taches roses.

Eva aurait aimé monter sur le pont un instant pour admirer la beauté de ce qui l'entourait, mais ils devaient rester cachés. Le navire dépassa Enkhuizen puis, une heure plus tard, Medemblik. À bord, la nourriture et les boissons ne manquaient pas, et les passagers se divertissaient en jouant aux cartes.

La jeune femme ne s'était pas jointe au groupe, préférant scruter le paysage, les ports et les villages qui défilaient, pour tenter de graver dans sa mémoire chacune de ces images.

Jusqu'alors, elle s'était convaincue qu'ils reviendraient un jour, mais soudain le doute s'immisça en elle. Aux yeux de Jan, Batavia était *sa* ville, celle à laquelle il appartenait. Il y avait fait ériger un fort, construire des maisons. Et s'il était acquis qu'ils y resteraient définitivement ?

Dans tous les cas, il était trop tard pour regretter. La seule chose qu'elle pouvait faire, c'était s'imprégner des paysages de son enfance avant de s'en aller.

Après Medemblik, les navires autour d'eux se raréfièrent et il devint possible de sortir du rouf, ce que tous firent instantanément.

Eva inspira l'air frais du large à pleins poumons. Jan vint se poster à ses côtés et lui indiqua un village au loin.

« Den Oever, commenta-t-il. Nous ne sommes plus très loin. »

Ils arrivèrent à Texel en fin d'après-midi. À bonne distance du rivage, là où l'eau était encore suffisamment profonde, une flotte composée de sept navires marchands et d'une frégate se tenait prête, ondulant sur les vagues.

On les emmena immédiatement vers le *Galiasse*.

Eva fut la première à s'avancer et à monter à bord. Elle leva les yeux pour observer la coque du navire qui la dominait, puis l'échelle de corde balançant au vent. Elle eut soudain des sueurs froides. Comment se hisser jusqu'au pont dans sa robe bouffante ? Et si elle retombait dans le sloop ou, pire, à la mer ? Elle ne savait pas nager.

« Laissez-moi vous aider, proposa Jan en passant son bras autour de sa taille. Je serai juste derrière vous et, sur le pont, des matelots sont prêts à vous assister pour franchir le bastingage.

— Et Geertruyt ?

— Je vais la prendre moi-même, ne vous inquiétez pas. »

Eva acquiesça, inspira profondément et se leva. Après avoir confié Geertruyt aux soins de Sophia, elle écouta attentivement les instructions de son époux, saisit l'échelle et posa le pied sur le premier échelon. Elle agrippa l'épaisse corde humide à pleines mains et entreprit de monter avec précaution.

Elle était terrifiée. Au-dessous, la mer tanguait d'un air menaçant, les vagues semblaient vouloir la happer et l'entraîner. Au-dessus s'élevait un mur de bois qui lui paraissait sans fin. L'échelle de corde se balançait dangereusement.

« Tout va bien, l'encouragea la voix de Jan. Continuez, Eva. Vous y êtes presque. »

Elle n'avait pas cette impression, mais poursuivit son ascension sans se poser de questions, s'interdisant de regarder en bas ou en haut, concentrée sur chaque mouvement de main ou de pied.

Soudain, sans crier gare, deux mains puissantes l'attrapèrent par les bras et l'aidèrent à franchir le plat-bord. Eva remercia les marins, soulagée.

Tandis que Jan redescendait, elle fit la connaissance du capitaine Reinier Palsrok, qui l'accueillit avec amabilité.

Ils n'échangèrent que quelques mots tandis que les autres passagers arrivaient un par un. Eva se pencha par-dessus le bastingage et regarda Jan se hisser avec Geertruyt. Il ne pouvait se tenir à l'échelle de corde que d'une seule main et, pendant toute la durée de l'ascension, la jeune femme retint son souffle. Elle saisit sa fille avec soulagement, puis observa Sophia et Lysbet. Elles montèrent rapidement, comme Gerrit. Vint enfin le tour des domestiques et, lorsque tous furent sur le pont, Reinier Palsrok s'adressa à l'assemblée.

« Soyez les bienvenus sur le *Galiasse*. Après cet effort, je ne doute pas que vous apprécierez un verre de vin, annonça-t-il. Mais laissez-moi d'abord vous montrer vos cabines. »

Il précéda le groupe de passagers jusqu'à un escalier, le monta et traversa ensuite un pont plus petit au bout duquel se trouvait une porte. Il l'ouvrit et invita ses hôtes à s'engager dans un étroit couloir. L'un après l'autre, en commençant par Jan et Eva, ils se virent attribuer des couchettes.

Eva entra dans la pièce sombre et regarda autour d'elle.

Jan hocha la tête en guise d'approbation. Quant à Eva, elle peinait à cacher son désarroi. La cabine était si exiguë qu'elle pouvait à peine s'y mouvoir, et ce peu de liberté fut encore réduit à l'arrivée des bagages. Mais elle se garda de tout commentaire et acquiesça lorsque son mari lui demanda si son nouveau lieu de vie lui plaisait.

Sa mère et Lysbet avaient encore moins d'espace qu'eux et devaient, pour accéder à leur couche, enjamber les coffres à bagages. La cabine de Gerrit, quant à elle, ne pouvait contenir qu'une couchette et un seul coffre. Il ne sembla toutefois pas s'en préoccuper et s'étendit immédiatement sur son lit. Wendelmoet dut se contenter du couloir.

Tandis qu'elle défaisait les bagages, Eva et sa famille suivirent la courbe des allées étroites vers la poupe, jusqu'aux quartiers du capitaine. Des banquettes recouvertes d'épais coussins avaient été fixées à la paroi de bois.

La nuit commençait à tomber. Par les hautes fenêtres, Eva pouvait apercevoir les lumières des lanternes disposées sur le quai. Elle regrettait de ne pas être autorisée à monter sur le pont, ne serait-ce qu'un bref instant.

« Trop risqué, avait décrété Jan. Personne ne doit savoir que nous sommes à bord. »

Ils restèrent deux jours dans la rade, en attente d'un vent favorable. L'équipage se regroupait progressivement dans un joyeux brouhaha. Eva et les membres de sa famille demeuraient pour leur part tapis dans la cabine du capitaine.

De temps à autre, quand la jeune femme voulait se distraire, elle se glissait dans le couloir et, de là, observait attentivement l'agitation qui régnait sur le pont. Leur embarcation était encerclée de chaloupes depuis lesquelles des marchands proposaient de la nourriture et des boissons. Les matelots, pliés en deux sur le bastingage, passaient leurs commandes en criant.

« Quel tumulte, hein ? lança Gerrit, venu contempler la scène à côté d'Eva.

— C'est incroyable. Ils sont serrés comme des sardines.

— Une bonne partie d'entre eux s'installeront ensuite sur le pont inférieur…

— Où ils n'auront pas beaucoup plus de place… Le moins que l'on puisse dire, c'est qu'ils n'auront pas énormément d'intimité.

— En effet. Hormis peut-être là-haut ! » compléta son frère en levant les yeux vers les vergues, au sommet des mâts.

Eva suivit son regard et fit la grimace.

« Je leur laisse bien volontiers ce privilège ! »

Le 19 mars, après deux jours d'attente, un vent d'est-sud-est se mit à souffler. Depuis le navire amiral, l'*Utrecht*, qui arborait le pavillon de la Compagnie, le capitaine David de Vries annonça le départ d'un coup de canon.

Sur le *Galiasse*, comme sur les navires proches, on déferla le grand hunier et les autres voiles, puis on leva l'ancre.

Cachée dans le couloir, Eva observait le spectacle, fascinée par l'effervescence de ces quelque deux cents hommes qui œuvraient de concert, se criant des instructions les uns aux autres par-dessus le claquement des voiles.

Un frisson d'excitation la parcourut lorsqu'elle vit les premiers navires entrer en mouvement. Alors que, jusqu'alors, le *Galiasse* se laissait flotter mollement sur la houle, il cessa soudain de tanguer et prit lentement le large, comme si la main de Dieu venait de le pousser à l'arrière.

De la rade, des coups de canon retentirent en guise de salut.

Eva se dirigea vers la cabine pour rejoindre sa mère et sa sœur sur la banquette. Sophia pleurait, et Lysbet essayait de la réconforter.

Gerrit était à genoux, le front appuyé contre la fenêtre.

« Larguez les amarres ! » s'exclama-t-il.

Contagieux, son enthousiasme dissipa en partie l'émotion qui les envahissait. Depuis deux ans, Eva savait que ce moment viendrait, elle avait eu le temps de dire adieu à sa ville et à sa terre, mais maintenant que l'heure était venue il lui semblait qu'elle n'était pas prête.

Peut-être était-il tout simplement impossible de

se préparer à un tel événement… Peut-être était-il préférable de se laisser mener là où les vents les porteraient, au sens propre comme au figuré.

« Aucun contrôle des Anglais… Ils ne se doutent de rien », fit remarquer Jan en observant le large, d'où les côtes de l'Angleterre pouvaient surgir à tout moment.

« Si le vent garde cette force, nous traverserons la Manche en trois jours, déclara Reinier Palsrok. Nous aurons franchi la partie la plus risquée. »

En tant que capitaine, il avait la responsabilité du *Galiasse*, mais Jan était son supérieur hiérarchique du fait de son rang de gouverneur général. C'était donc lui qui déterminait le cap et qui, à un moment donné, prendrait le commandement de toute la flotte. Les autres capitaines ignoraient encore qu'il était passager clandestin à bord du *Galiasse*. Seul Reinier était au courant.

Âgé de trente-cinq ans, c'était un fidèle compagnon de route du gouverneur. Les deux hommes partageaient de nombreux souvenirs d'enfance, et pouvaient discuter de Hoorn et de leurs amis communs des heures durant. Eva se demandait combien de grands marins au long cours la ville avait pu produire.

Elle-même aimait converser avec Reinier, un homme bon et joyeux, qui savait diriger un équipage en préservant le respect que tous lui vouaient. La présence d'une enfant à bord le réjouissait, disait-il, ce qui l'incita à parler de sa propre progéniture.

Un après-midi, il interrompit soudain son récit et fit un signe de tête vers la fenêtre. « L'Angleterre. »

Tous les yeux se levèrent vers les falaises de craie blanche qui se profilaient à l'horizon.

« L'Angleterre ! » répéta Eva d'un ton incrédule.

Lysbet s'avança vers elle.

« Difficile de croire que nous sommes si proches d'un autre pays, pas vrai ?

— Et dire que ce n'est que le début… Qui aurait imaginé que nous partirions un jour à l'autre bout du monde, Lys ! »

Eva scruta le visage de sa sœur.

« Tu as des regrets ?

— Ce serait un peu tard ! Non, aucun. J'ai longtemps hésité, mais je suis désormais convaincue d'avoir pris la bonne décision. En route pour l'aventure, petite sœur ! »

Eva acquiesça et sourit, mais elle connaissait suffisamment son aînée pour savoir qu'elle faisait semblant de se montrer plus forte qu'elle ne l'était. Elle lui saisit la main et la serra doucement.

En temps normal, une escale dans un port anglais aurait permis de charger des vivres supplémentaires, mais aujourd'hui les priorités étaient différentes : passer le cap sud des îles Britanniques le plus vite possible. Les jours qui suivirent furent exaltants, chacun restait à l'affût du moindre navire qui apparaissait au loin. La partie la plus étroite de la Manche, d'où l'on apercevait la ville de Calais d'un côté et le château de Douvres de l'autre, grouillait littéralement de bateaux. La flotte néerlandaise attira l'attention, mais aucun vaisseau d'inspection anglais ne s'approcha d'elle.

Néanmoins, Jan ne se détendit vraiment qu'en voyant les côtes de Normandie, laissant l'Angleterre loin derrière eux.

« Notre plan a fonctionné ! » constata-t-il.

Pour célébrer leur succès, il fit ouvrir un baril de vin rouge, et tous trinquèrent au commencement de leur vie nouvelle.

16

Jan, Eva, Sophia, Lysbet et Gerrit n'avaient toujours pas osé s'aventurer sur le pont supérieur du *Galiasse*. Trop de navires anglais fréquentaient cette partie de l'océan, mieux valait ne pas prendre de risques pour le moment. Le temps était froid et venteux, ils ne rataient de toute manière pas grand-chose.

Au cours de la première semaine, Eva eut toutefois du mal à supporter cet enfermement forcé. La houle faisant tanguer le bateau en permanence, elle pouvait à peine mettre un pied devant l'autre sans se cogner ou trébucher.

Elle passait le plus clair de ses journées assise derrière sa table d'écriture. Elle avait décidé de rédiger un journal de bord et prenait note de la vitesse du navire, de la direction du vent et de ce qu'elle avait l'occasion d'observer des côtes étrangères.

« S'il ne tenait qu'à moi, j'accosterais dans chaque port, dans chaque ville, lança Wendelmoet en lisant par-dessus son épaule. Juste pour voir à quoi ressemblent les cités de France et d'Espagne. »

Eva tourna la tête vers la bande de terre que l'on apercevait au loin.

« Elles ne doivent pas être si différentes des nôtres. Mais il me plairait aussi de les découvrir ! »

À la fin de la deuxième semaine ils atteignirent les eaux espagnoles, où la mer se fit de plus en plus houleuse. Eva ne s'attendait plus à avoir le mal de mer, mais l'océan s'avéra trop agité pour son estomac. Désireux de s'éloigner le plus possible des côtes ibériques, Jan et Reinier n'avaient d'autre choix que de se confronter aux turbulences de l'Atlantique.

Si Eva était constamment nauséeuse, elle n'était pas la seule. Lysbet se retrouvait régulièrement penchée sur le cabinet d'aisances ; quant à leur mère et à Gerrit, ils avaient le teint livide.

« Un peu d'air frais nous ferait le plus grand bien, soutint Sophia. Je ne peux même plus me concentrer sur mon ouvrage de couture. Nous sommes secoués en tous sens ! Combien de temps ce calvaire va-t-il encore durer ? »

Elle jeta un regard au capitaine, absorbé dans ses cartes.

« Plus très longtemps, répondit finalement Reinier d'un ton rassurant. Voilà seize jours que nous sommes en route, nous devrions arriver aux îles Canaries dans un peu plus d'une semaine. Nous pourrons alors nous rapprocher de la côte, où la mer sera calme.

— Peut-on donc sortir prendre l'air ? » demanda Lysbet.

Reinier éluda la question.

« C'est à Jan d'en décider. »

Une série d'averses torrentielles s'abattirent sur le bateau, au point de détremper les ponts et les voiles. À l'intérieur tout était humide, à commencer par le papier du journal de bord d'Eva. L'encre bavait lorsqu'elle essayait d'écrire, mais elle ne se plaignait pas et prenait son mal en patience. Jan avait précisé qu'ils arriveraient bientôt sous des latitudes plus clémentes. Elle n'était plus nauséeuse, mais ressentait constamment les balancements de tangage et de roulis du bateau dans son bas-ventre. Le chirurgien navigant lui avait conseillé de se nourrir par petites bouchées et de ne pas résister aux mouvements du navire. À partir du moment où elle s'était efforcée de s'abandonner davantage au rythme de la mer et qu'elle avait veillé à ne pas trop manger, elle s'était sentie mieux.

Une sorte de routine quotidienne s'installa. Le matin, ils se levaient aux alentours de 9 heures et prenaient un petit déjeuner léger composé de biscottes et de fromage de Leyde. Ensuite, Eva, Lysbet et Sophia écrivaient des lettres, lisaient ou cousaient, tandis que Reinier initiait Gerrit à l'art de la navigation.

Pendant ce temps, Wendelmoet faisait la lessive et chassait les puces et les cafards des coffres à linge.

À l'heure du déjeuner, ils mangeaient encore quelque chose, puis Reinier leur indiquait sur la carte le nombre de milles parcourus et la route qu'ils emprunteraient les jours suivants.

Vers 4 heures, ils buvaient le thé, accompagné de gâteaux ou de biscuits, puis ils se divertissaient ou jouaient de la musique. Pour finir, ils dînaient ensemble à 8 heures du soir dans la grande cabine du capitaine.

Le seul avantage de devoir rester à l'intérieur, pensait Eva, était que Jan disposait de tout son temps pour Geertruyt. Sur la terre ferme, il était souvent absent et ne s'occupait guère de sa fille, mais il semblait à présent rattraper les semaines perdues.

Geertruyt avait six mois, elle riait et babillait beaucoup. Elle était ravie lorsque son père la chatouillait ou la prenait sur ses genoux pour jouer « à dada ». Elle appréciait particulièrement d'être dans ses bras quand il déambulait dans la cabine, au milieu des cartes du monde et des estampes représentant des villes lointaines. Un plan de Batavia était affiché et Jan ne manquait jamais une occasion de rappeler à sa fille, en s'arrêtant devant, où se trouvait sa future maison.

Les passagers étaient attirés par cette carte, qu'ils contemplaient régulièrement en imaginant à quoi ressemblaient réellement les rues et les places qui y figuraient. D'ailleurs ils n'avaient pas grand-chose d'autre à faire.

Peu à peu, le temps s'éclaircit. Le soleil se montra de plus en plus souvent et sécha les ponts.

Le matin du 10 avril, Eva se réveilla avec le sentiment que quelque chose avait changé. Elle jeta un œil sur le côté, mais Jan était déjà sorti du lit. Geertruyt n'était plus là non plus, et Eva réalisa subitement qu'il faisait bien jour. Avait-elle dormi si longtemps ?

Elle s'habilla à la hâte, ajusta sa coiffe et se rendit à la cabine du capitaine, où elle ne trouva personne.

Une immense clameur venue de l'extérieur la fit sursauter ; elle prit la direction du couloir, où elle tomba nez à nez avec Wendelmoet.

« Je venais justement vous chercher, madame. Tout le monde est sur le pont ! lança la jeune fille. Nous avons passé l'Espagne et le Portugal. Monsieur votre mari vient tout juste d'annoncer à l'équipage et aux autres capitaines de la flotte que nous étions à bord ! »

Eva poussa la porte qui donnait accès à la dunette et cligna des yeux. Le soleil brillait dans un ciel d'un bleu éclatant.

Jan se tenait sur la partie la plus haute du gaillard arrière, où il hissait le drapeau amiral.

Des salves d'honneur retentirent de toutes parts en provenance des navires dont les capitaines avaient reconnu le gouverneur général.

Eva monta les escaliers pour rejoindre son mari et le serra contre elle.

« Enfin libres ! s'exclama-t-elle.

— Il était temps ! approuva Jan en passant son bras autour de ses épaules. J'ai demandé aux capitaines de se réunir ici pour le conseil naval. À partir de maintenant, je reprends l'amirauté. »

Le *Texel* fit quelques manœuvres pour signaler à l'ensemble de la flotte que tout le monde était attendu sur le *Galiasse*. L'un après l'autre, les capitaines montèrent à bord et saluèrent Jan.

« Moi qui me réjouissais d'être aux commandes, pour une fois ! Et voilà que j'apprends que le grand Jan Coen est de la partie ! s'amusa un homme blond aux larges épaules. Vous êtes restés à l'intérieur tout ce temps ? Cela n'a pas dû être commode… »

Il s'inclina devant Eva et se présenta.

« David de Vries, chère madame. Pour vous servir.

— David a été l'un des premiers à explorer les côtes de l'Amérique, expliqua Jan. Il avait à peine vingt ans lorsqu'il a acheté son propre bateau et qu'il est revenu du Nouveau Monde.

— Un voyage magnifique, commenta le navigateur en arborant un large sourire.

— Dont il me plairait de connaître les péripéties, à l'occasion », répondit Eva en lui rendant son sourire.

Elle salua ensuite les autres capitaines qui vinrent se présenter.

Tous savouraient le plaisir de ne plus être enfermés. Au terme de la réunion, le *Galiasse* vint se positionner à l'avant-garde de la flotte. Appuyée sur le bastingage, Eva respirait l'air marin à pleins poumons.

« Quelle libération, ça fait du bien ! » s'exclama Lysbet en s'approchant de sa sœur.

Sophia les rejoignit en compagnie de Geertruyt.

« En plus, le temps est radieux, ajouta-t-elle. On se croirait en été ! »

Geertruyt contemplait avec émerveillement les agrès du navire que la houle déplaçait d'avant en arrière. Elle tendit ses petites mains vers les voiles qui claquaient au vent.

« Quel bonheur ! Vous ne me verrez pas beaucoup à l'intérieur aujourd'hui », reprit Eva en levant le visage vers le soleil.

Elle soupira de plaisir.

Quelques jours plus tard, les Canaries apparurent à l'horizon et tous se précipitèrent sur le gaillard d'avant.

Une bande de terre verdoyante s'étendait au loin, surplombée par d'énormes masses rocailleuses. Eva savait ce qu'étaient les montagnes, elle en avait lu des descriptions et vu des images, mais elle n'aurait jamais imaginé qu'elles fussent aussi gigantesques. L'eau de l'océan était d'un bleu vif.

« Regardez-moi cette beauté ! lança-t-elle à Jan. Allons-nous débarquer ?

— Hélas, non, ma chère. Nous progressons bien grâce à l'alizé et nous avons encore des provisions en suffisance. Nous ferons escale un peu plus loin, aux îles du Cap-Vert. »

Déçue, Eva observa l'archipel et sa baie bleu azur. Ils passèrent si près qu'elle put apercevoir des gens sur les plages et des bateaux de pêche mouillés dans les ports, ainsi que des arbres aux formes curieuses – sans doute des palmiers. Lysbet montra avec enthousiasme une volée d'oiseaux à la tête verte, à la queue jaune et au corps blanc.

Soudain des bancs de poissons volants vinrent cerner le navire, sautant hors de l'eau pour disparaître aussitôt dans l'écume blanche.

Plus tard dans la journée, c'est un groupe de dauphins qui prit longuement la flotte en filature, batifolant au milieu des embarcations. Eva et Lysbet ne savaient plus où regarder, se donnant sans cesse des coups de coude et pointant du doigt ce qui les émerveillait. Après toutes ces semaines d'enfermement, elles étaient ébahies.

Le soir, juste avant la tombée de la nuit, Eva resta un peu sur le pont avec Jan. Geertruyt dormait, tandis que dans la cale et sur les ponts inférieurs les matelots s'activaient dans la lumière déclinante.

Depuis le gaillard d'avant, la jeune femme admirait le bleu dont les mille nuances se déployaient autour d'elle à l'infini sur la surface ondulante, qui bruissait et heurtait doucement les flancs du navire. Le bras de Jan entourant ses épaules, elle observait avec fascination cette vaste étendue d'eau qui devenait peu à peu bleu-violet, cependant que l'horizon se teintait d'un rose éclatant entre le ciel et l'océan.

Eva poussa un long soupir.

« Qui aurait cru que le monde puisse être si beau ?

— Attendez donc de voir les Indes », répondit Jan en la serrant contre lui.

17

Il fit de plus en plus chaud à mesure que les jours passaient. Le soleil, qu'ils avaient d'abord tant désiré, commençait à devenir difficile à supporter. Sans le moindre coin d'ombre pour se protéger des rayons ardents, ils naviguaient sur les eaux de l'Atlantique en direction du Cap-Vert. Seul le vent apportait une once de fraîcheur, ce qui n'empêchait pas la peau d'Eva de se dessécher. Ses lèvres, en particulier, étaient constamment gercées. Elle alla demander un remède au chirurgien du navire ; celui-ci lui prescrivit d'appliquer un onguent gras dont elle ignorait l'origine, qu'elle préférait d'ailleurs ne pas connaître.

Une semaine après avoir dépassé les Canaries, ils arrivèrent au Cap-Vert et se dirigèrent vers Ilha do Maio.

Appuyée au bastingage, Eva regarda l'île se rapprocher. Les rayons du soleil sublimaient les teintes jaunes et orange des bâtiments du port. Un peu plus loin, des palmiers disséminés sur une plage d'un blanc immaculé dansaient sous la brise.

« C'est magnifique ! s'exclama Eva.

— C'est d'ici que provient notamment le sel que nous utilisons à Amsterdam, expliqua Jan. C'est un bon commerce pour les Portugais.

— C'est une colonie portugaise ? Je l'ignorais… Pouvons-nous débarquer ? demanda Sophia.

— Oui, mais les Portugais ne se préoccupent guère de cette partie de leur territoire, précisa Jan pour répondre à la première question. On y trouve paradoxalement surtout des Anglais.

— Des Anglais ? Ce n'est pas un problème ?

— Plus ici. Le coin est surtout peuplé de marchands qui ne s'intéressent qu'au commerce. Cela étant, même la ville s'appelle Porto Inglês, c'est vous dire ! »

La flotte jeta l'ancre dans les eaux cristallines, un peu à l'écart du port. Les passagers et les officiers furent autorisés à descendre à terre, contrairement aux simples matelots qui reçurent l'ordre de rester à bord, le port étant trop petit pour accueillir les centaines de membres des différents équipages : Jan ne voulait pas avoir d'ennuis avec les Portugais et les Anglais.

Sophia ne se sentait pas très bien et demeura dans sa cabine, à la différence d'Eva qui ne pouvait cacher son impatience de fouler cette terre inconnue. Elle confia Geertruyt à Jan, puis descendit elle-même dans la chaloupe par l'échelle de corde. Lysbet et Gerrit suivirent. Ils furent alors conduits jusqu'à une longue jetée qui s'avançait dans la mer.

C'était la première fois en cinq semaines qu'ils posaient le pied sur la terre ferme.

« Comme c'est incroyable ! s'esclaffa Lysbet. J'ai l'impression de tituber sur un sol instable !

— C'est ce qui s'appelle avoir le pied marin ! » rétorqua Gerrit.

Malgré les consignes, des hommes d'équipage attachés à d'autres navires descendirent de chaloupes et vinrent grossir le groupe déjà important qui s'était formé sur le quai. La chaleur était accablante.

Jan ordonna à quelques soldats d'escorter son épouse et les membres de sa belle-famille pour qu'ils explorent les lieux en toute sécurité, tandis que lui et les capitaines s'occupaient d'organiser le ravitaillement.

Eva observa le port, les sens en éveil. Elle n'entendit parler qu'anglais. Des groupes d'hommes à la peau sombre transportaient sur leurs épaules des caisses remplies de sel, qu'ils chargeaient sur des chaloupes.

Un homme de haute taille et une femme, aussi blonds l'un que l'autre, s'approchèrent d'Eva. Derrière eux trottinaient trois enfants rieurs qui ne tenaient pas en place.

L'homme fit une révérence, le panache de son chapeau suivant le mouvement.

« Pardonnez-moi de m'adresser à vous sans annonce préalable, chère madame Coen. Je m'appelle Jacob Bontius, et voici mon épouse Agniet. Accepteriez-vous que nous nous joignions à vous ?

— Certainement, répondit Eva avec amabilité. Très volontiers, même. Bontius, ce nom ne m'est pas inconnu. Avons-nous déjà eu le plaisir de nous rencontrer ?

— Pas encore, chère madame. En revanche, il n'est pas impossible que vous ayez entendu mon nom au détour de l'une ou l'autre conversation. Je suis médecin et j'ai été désigné par la Compagnie pour diriger l'hôpital de Batavia.

— Vous voyagez donc avec la même flotte que nous. Sur quel vaisseau êtes-vous ? demanda Eva.

— Sur l'*Utrecht*, madame, répondit Agniet. Notre surprise a été entière lorsque nous avons appris que vous étiez à bord du *Galiasse*. Le voyage vous agrée-t-il jusqu'ici ? »

Du regard, Eva invita Lysbet et Gerrit à se joindre à la conversation, et tous discutèrent un moment des bons et moins bons aspects de la traversée.

« Voyager avec une enfant si jeune ne doit pas être simple, supposa Agniet en caressant la joue de Geertruyt. Quel trésor ! Quel âge a-t-elle ?

— Bientôt huit mois, répondit Eva. Elle a été adorable. Heureusement, à cet âge, les enfants n'ont pas encore besoin de beaucoup d'espace pour se défouler. Le confinement doit être plus difficile à supporter pour d'autres… » ajouta-t-elle avec un coup d'œil vers les deux garçons et la fillette qui jouaient à chat derrière eux.

Jacob se retourna et appela d'une voix forte :

« Cornelis, Jan, Joanna ! Venez dire bonjour à Mme Coen ! »

Les enfants accoururent sur-le-champ et saluèrent à l'unisson, essoufflés, mais polis.

« Père, qui sont ces gens noirs ? » voulut savoir la petite fille en désignant un groupe d'hommes de couleur qui, enchaînés les uns aux autres, transportaient de lourdes caisses vers les chaloupes.

Bontius suivit son regard.

« Des esclaves, ma chérie. Ils sont chargés des besognes les plus éprouvantes. »

À l'évidence, le visage de Joanna trahissait son incompréhension, mais avant qu'elle eût le temps de répondre l'un de ses frères vint tirer sur le ruban de son chapeau et les trois têtes blondes repartirent jouer sans plus attendre.

« Des esclaves, répéta Eva d'un air pensif.

— S'agit-il des premiers habitants de cette île ? s'enquit Gerrit.

— Il n'y a aucun autochtone sur cet archipel, expliqua Bontius. Ces îles étaient désertes lorsque les Portugais les ont découvertes au siècle dernier. Ces esclaves ont été amenés sur place par les Anglais qui avaient besoin de main-d'œuvre pour récolter le sel de mer. »

Tous observèrent un instant le lent va-et-vient de ces hommes ployant sous le poids de leurs fardeaux. De temps en temps, sous le claquement du fouet du commandeur, ils accéléraient brièvement avant de reprendre leur marche languissante.

« Comme ce travail doit être harassant sous ce soleil brûlant, compatit Gerrit.

— Et encore, ceux-là ne sont que les porteurs. Imaginez un peu le labeur de ceux qui passent leurs journées à pelleter ! »

La voix de Bontius était empreinte d'une profonde commisération.

« La République, poursuivit-il, n'autorise pas l'esclavage, mais dans une grande partie du monde la pratique est courante.

— À Batavia aussi ? questionna Eva.

— Je le crains, madame.

— On dirait que vous désapprouvez ? »

Bontius acquiesça.

« Je plains ces pauvres bougres… Nous vivons dans un drôle de monde, madame. »

Ils s'arrêtèrent à l'extrémité du port. Devant eux s'étendait une plage de sable blanc où venaient se briser des vagues d'un bleu éclatant. Un peu plus loin, de l'écume fraîche s'élevait du chaos rocheux.

« Admirez ce spectacle ! N'est-ce pas splendide ? » s'extasia Lysbet.

Eva observa un moment le paysage, ses pensées toujours occupées par les esclaves, jusqu'au moment où son regard tomba sur un énorme coquillage pris dans le ressac. Elle releva sa robe et fit un pas vers la plage, mais Jacob Bontius l'arrêta.

« Laissez-moi vous l'apporter. »

Sans attendre son accord, le médecin s'avança dans le sable et entreprit d'attraper la coquille du mollusque sans se mouiller, ce qu'il réussit finalement à faire après quelques tentatives. Théâtralement, il tendit son trophée à Eva en faisant la révérence.

« *Strombus gigas*, annonça-t-il mystérieusement. Un strombe géant. Un splendide spécimen, qui plus est. »

La jeune femme lui adressa un large sourire.

« Merci infiniment, docteur. Quel dommage que nous ne voyagions pas sur le même bateau, ajouta-t-elle en regardant alternativement Jacob et Agniet. Votre compagnie m'eût été des plus plaisante.

— Nous nous reverrons au Cap ! répondit joyeusement Agniet. D'après le capitaine de Vries, nous y resterons quelque temps. »

Ils prirent le souper à l'auberge, en compagnie de tous les capitaines, officiers et passagers. La soirée fut agréable, Eva apprécia ce moment de convivialité. Après des semaines de promiscuité en famille, elle était heureuse de s'entretenir avec d'autres personnes.

Ils mouillèrent deux jours dans la rade. Le sel, l'eau potable, la bière et la viande qu'ils avaient achetés furent chargés dans les cales, les voiles et les agrès qui en avaient besoin furent réparés. Au matin du troisième jour, la flotte reprit la mer.

Le séjour à terre, si court fût-il, fit un bien fou à Eva, qui se sentit apaisée et prête à affronter la suite de la traversée.

Elle posa le coquillage sur sa table d'écriture et poursuivit la rédaction de son journal de bord.

« La conque de la reine ! lança Jan en entrant. Magnifique !

— Je l'ai aperçue sur la plage. Enfin, au bord de l'eau, pour être exacte. Jacob Bontius m'a aidée à la récupérer.

— Bontius, un homme d'une grande gentillesse, commenta Jan. Et un excellent médecin, qui plus est. Je l'ai recommandé au Conseil des Dix-Sept, il sera responsable des chirurgiens de l'hôpital de Batavia.

— C'est en effet ce qu'il m'a expliqué. Sa femme me semble également très engageante. Quel plaisir de savoir que des compatriotes sont aussi du voyage.

— Lorsque nous arriverons au Cap, vous pourrez faire plus ample connaissance. »

Jan s'apprêtait à quitter la cabine, mais il fit volte-face dans l'embrasure de la porte.

« Comment se porte votre mère ?

— Elle a vécu des jours meilleurs. Elle souffre beaucoup de la chaleur. »

Il hocha la tête.

« Je demanderai conseil à Jacob. »

Eva referma son carnet. Elle traversa le couloir jusqu'à la cabine de Sophia et s'assit sur le bord de son lit.

« Vous sentez-vous mieux, mère ?

— Non, pas du tout. Et dire que ce sera pire à Batavia. Je n'ose même pas y songer... répondit Sophia, allongée sur sa couche, un linge humide sur le front.

— J'imagine que les choses seront différentes une fois là-bas, où vous aurez une maison spacieuse et fraîche. Sur le bateau, nous n'avons hélas aucune échappatoire.

— Mais nous n'y serons pas avant des mois », déplora sa mère d'un air soucieux.

Eva sentait sa peau collante de sueur, mais n'en était pas incommodée outre mesure.

« Je vais chercher Wendelmoet, elle pourra vous éventer et vous procurer un peu de fraîcheur.

— Elle est en train de laver mes vêtements. Je préférerais qu'elle finisse d'abord.

— Dans ce cas, je vais m'en charger », décida Eva en saisissant l'éventail qu'elle portait toujours à la ceinture.

Elle commença à l'agiter délicatement devant le visage de sa mère. Les yeux fermés, Sophia tenta de profiter de l'amélioration toute relative apportée par le déplacement d'air.

« Merci, ma chère, dit-elle au bout d'un moment. Ça ira pour l'instant. Sommes-nous en train de naviguer ? Je ne ressens rien.

— Le vent est faible, il nous faudra du temps pour atteindre la haute mer. Je viendrai vous chercher lorsque nous y serons. Sur le pont, grâce au vent du large, vous devriez vous sentir mieux. »

Sophia acquiesça et referma les paupières.

18

Plus ils se rapprochaient de l'équateur, plus la chaleur s'intensifiait. L'équipage transpirait à grosses gouttes sous le soleil de plomb. Même si les rayons ne pénétraient pas dans les cabines et dans la cale, l'absence d'air frais avait progressivement transformé les lieux en une véritable fournaise, de jour comme de nuit, et plus personne ne fermait l'œil.

Le matin, au petit déjeuner, le beurre coulait sur la table. Dès qu'ils avaient terminé de manger, les passagers montaient sur le pont supérieur.

Une toile fut tendue au-dessus de la dunette. De là ils avaient vue sur la cale, où s'affairaient les membres de l'équipage. Eva aimait les observer pendant leur travail, et son admiration pour les matelots ne cessait de croître depuis leur départ.

Perchés sur les vergues ou occupés à quelque besogne sur l'un des ponts, ils bavardaient toute la journée dans un jargon émaillé de termes marins qu'elle assimilait progressivement.

Au niveau du gaillard d'arrière, la jeune femme et sa famille étaient à l'étroit, mais, dans la cale et au niveau du gaillard d'avant, les matelots étaient littéralement entassés. Il y avait des hommes partout, même plusieurs en haut du gréement, en équilibre sur les vergues, accrochés aux cordages, toujours à l'affût d'une rafale ou d'une secousse inattendue de leur embarcation.

Il arrivait que l'un deux perde l'équilibre et se fracasse la tête sur le pont, ou qu'un autre tombe à la mer. En ce cas, la mort était inévitable car, quelle que soit la vitesse du navire, il était impossible d'opérer un demi-tour avant que le malheureux se noie.

Ils finirent par passer l'équateur, mais cette étape importante ne fut pas célébrée, le vent étant trop faible et le *Galiasse* ne progressant pas assez vite. De plus, la chaleur épuisait les réserves plus rapidement que prévu.

Des poulets vivants avaient été emportés pour nourrir les passagers et les officiers, qui pouvaient par ailleurs étancher leur soif avec du vin, mais les simples matelots, eux, étaient moins bien lotis.

Avec la température croissante, la puanteur dans le gaillard d'avant devint vite insoutenable. Chaque fois que l'écoutille s'ouvrait, l'odeur nauséabonde de deux cents hommes en sueur s'en échappait. L'humidité était extrême, et l'équipage devait en plus partager la place avec les rats.

Jan faisait régulièrement asperger le sol de vinaigre et brûler des baies de genièvre, mais la pestilence revenait aussitôt.

La nourriture et l'eau furent rationnées. Parmi ce qu'il restait de l'équipage, bon nombre de marins tombèrent malades.

« De quoi souffrent-ils exactement ? » demanda Eva au chirurgien de bord, sans pouvoir cacher son inquiétude.

Le médecin répondit d'abord par un soupir.

« Il faudrait plutôt chercher ce dont ils ne souffrent pas, se désola-t-il finalement. Typhus, fièvre jaune, dysenterie, scorbut et j'en passe. Comme vous avez pu le remarquer, l'hygiène sur le bateau est exécrable… Et toute cette viande salée est un poison pour l'organisme. Mais que voulez-vous ? Nous n'avons pas le choix… C'est la seule manière d'éviter que la nourriture soit avariée… »

Les marins ne ménageaient pas leurs efforts pour attraper des poissons, et ils y parvenaient parfois. Un jour, ils réussirent même à harponner un dauphin. L'animal fut hissé à bord sous les hourras et immédiatement dépecé. Quelques jours plus tard, un banc de poissons volants atterrit à même le pont, tel un cadeau de Dieu. L'équipage se précipita pour les dévorer sans attendre.

Une fois encore, Jan examina la carte avec le capitaine.

« Nous nous trouvons à cent cinquante lieues marines de Robbeneiland. Si les vents sont favorables, nous serons au Cap dans une semaine, expliqua Reinier. Mais il va falloir qu'ils forcissent sérieusement !

— Une semaine… répéta Jan. D'ici là, tout le monde à bord aura le scorbut.

— Sans doute, confirma le capitaine. Je le crains, moi aussi. »

Eva se leva et se rendit sur le pont. Le vent était en effet bien insuffisant et le bateau, toujours embrasé par le soleil, faisait quasiment du surplace. Dans la cale, les matelots au repos étaient allongés les uns contre les autres, amorphes et affaiblis.

Des pas résonnèrent derrière la jeune femme, et Jan vint se poster à côté d'elle.

« Vous tenez le coup, ma chère ? »

Elle hocha la tête, sans grande conviction.

« Il nous faudra donc encore deux semaines avant de franchir le Cap ?

— Au moins, oui.

— Gerrit m'a confié que la mer pouvait être déchaînée à cet endroit.

— Il a dit vrai. Les courants doivent passer par une ouverture relativement réduite, un bout d'océan étroit, coincé entre le pôle Sud et le cap de Bonne-Espérance. Une masse d'eau gigantesque s'engouffre dans ce couloir. En outre, des vents provenant de deux directions différentes peuvent provoquer de violentes tempêtes. Ce passage risque en effet d'être assez mouvementé. Ce n'est pas toujours le cas, on peut avoir de la chance, mais d'autres dangers nous guettent, comme des rochers à fleur d'eau et des icebergs dérivant depuis le pôle. En somme, pas mal de problèmes dont nous devrons tenir compte. »

Le regard de Jan se porta sur l'horizon et son visage s'assombrit.

« En voilà déjà un premier... »

Eva suivit son regard et le souffle lui manqua. Au loin, le ciel avait pris la couleur du plomb. Une énorme masse nuageuse se déplaçait devant le soleil et s'approchait lentement d'eux, comme une menace imminente.

« Tempête ! » hurla le matelot en vigie depuis le nid-de-pie.

Eva sentit ses jambes se dérober. Le vent se leva d'un coup, agitant autour de sa tête les rubans de sa coiffe. Le gréement grinça, les voiles claquèrent. Jan tourna les talons et rejoignit Reinier, qui venait de monter sur la dunette.

Le capitaine scruta le ciel et cria ses instructions, au son desquelles les matelots se mirent en branle. Ils commencèrent à courir dans tous les sens, se précipitant sur les manœuvres dormantes pour réduire la toile. Des voiles furent affalées et mises en cape, d'autres, plus petites, hissées au contraire pour que le navire soit toujours gouvernable. Le *Galiasse* diminua sa vitesse.

Tout ce qui traînait sur les ponts disparut ou fut noué en hâte à la mâture. Jan énonçait lui aussi ses consignes, tout en aidant ceux qui en avaient besoin.

Au milieu de toute cette agitation, Eva restait figée, les yeux braqués avec angoisse sur la tempête qui approchait. Brusquement tout s'obscurcit et les vagues, soulevées par le vent, se mirent à cogner la coque tels des coups de fouet.

Les nuages qui s'étendaient au-dessus du *Galiasse* absorbèrent les dernières lueurs du jour.

Eva était comme hypnotisée. Même lorsque les premières gouttes tombèrent, elle demeura immobile. Une rafale arracha sa coiffe et souleva sa robe. L'instant d'après, elle faillit être renversée par une puissante bourrasque, mais parvint tout juste à garder l'équilibre.

« Allez donc à l'intérieur ! » lui cria Jan.

Luttant contre le vent, la jeune femme s'engouffra dans l'écoutille et emprunta le petit escalier qui menait au pont inférieur. La pluie commença à marquer les planches de bois de taches grosses comme des pièces de monnaie, et soudain tout se déchaîna.

La poupe du *Galiasse* s'enfonça dans l'océan, le gaillard d'avant dressé vers le ciel, puis le navire retomba violemment sur l'eau avant d'être de nouveau lancé dans les airs par une autre vague. Une masse d'écume bouillonnante déferla le long de la proue.

Eva se rua dans l'escalier et traversa tant bien que mal le couloir, projetée comme un pantin contre les parois.

Le vent forcit encore, ébranla tant et plus le navire. Un énorme coup de tonnerre lui déchira les oreilles. Elle entendit au même moment des pleurs d'enfant et se précipita dans sa cabine, mais n'y trouva personne.

Elle courut dans la grande cabine du capitaine à l'arrière, où Lysbet faisait les cent pas, Geertruyt dans les bras.

« Elle hurlait ! » expliqua-t-elle sur le ton du reproche.

Sans répondre, Eva prit sa fille et la pressa contre sa poitrine.

La mer était tellement démontée qu'elle perdit l'équilibre. Lysbet lui attrapa le bras et l'aida à atteindre la banquette.

Assises côte à côte, les deux sœurs observèrent le déchaînement des éléments depuis le tableau arrière, à travers les hautes fenêtres de la cabine du capitaine. Elles ne voyaient que des flots furieux qui venaient se briser contre l'étambot, les vitres en mille giclures de liquide et d'écume, et se demandaient en silence si le verre résisterait à cette pression.

« Où est Jan ? s'enquit Sophia.

— Sur le pont, il assiste le capitaine.

— Je vais les aider, moi aussi ! » annonça Gerrit en se dressant d'un bond. Mais la main de sa mère le retint.

« Toi, tu restes ici !

— Je veux aider, mère ! Une paire de bras supplémentaire ne sera pas inutile dans cette situation.

— Je suis d'accord, mais pas les tiens ! Ces hommes connaissent leur métier et leur bateau, ils savent précisément ce qu'ils ont à faire. Tu ne réussirais qu'à les ralentir.

— Laissez-moi au moins aller voir comment ils s'en sortent, mère. Je veux savoir ce qu'il se passe là-haut.

— Hors de question ! trancha Sophia. C'est trop dangereux, tu risques de passer par-dessus bord. »

Elle n'avait pas terminé sa phrase qu'un éclair traversa la cabine, immédiatement suivi d'un coup de tonnerre et d'un craquement assourdissant, puis de hurlements.

Gerrit se dégagea d'un mouvement sec et se précipita hors de la cabine.

« Gerrit ! Reviens ici ! lui cria sa mère, mais il ne l'écouta pas.

— Je vais le chercher ! décréta Eva en confiant Geertruyt à Sophia.

— Non ! Reste là, Eva !

— Ne vous inquiétez pas, mère. Je ne compte pas m'aventurer sur le pont. Je vais essayer de trouver Jan et lui demander de nous renvoyer Gerrit. »

Eva fit quelques pas mais à ce moment le navire donna de la bande, projetant à grand fracas la table et les chaises dans un coin de la cabine.

La jeune femme se releva avec peine et tituba à travers le couloir, prenant appui sur les murs, jusqu'à l'escalier. Au-dessus de sa tête, le vent hurlait entre les manœuvres dormantes et les marabouts. Les vagues déferlaient sur le bastingage, la cale était inondée.

Eva aperçut son petit frère sur la dunette, qui s'apprêtait à descendre les marches vers le pont inférieur.

« Gerrit ! »

Elle n'osa pas le suivre et chercha désespérément son mari des yeux, mais dans l'obscurité de la tempête et au milieu des trombes d'eau elle ne pouvait distinguer personne. Une autre déferlante submergea le pont et emporta l'enclos des poulets, qui disparurent dans les flots déchaînés.

Soudain, Gerrit réapparut sous un rideau de pluie ; un large sourire lui barrait le visage.

« Sacré déluge, hein ! »

Eva n'en croyait pas ses yeux : il s'amusait !

« Où est Jan ? questionna-t-elle par-dessus le tumulte.

— Aucune idée ! Tu veux que j'aille le chercher ?

— Non, retournons en bas. Viens ! »

Elle le prit par la main, mais le navire fit une nouvelle embardée qui la précipita contre son frère. Il perdit l'équilibre et l'emporta avec elle dans sa chute.

Eva rampa sur le pont pour tenter de rejoindre l'escalier, mais tout à coup elle fut prise d'une étrange sensation de flottement. Alors qu'elle tenait ses mains fermement arrimées aux planches du pont, elle sentit une vague géante soulever le *Galiasse*, qui sembla s'envoler vers la noirceur des cieux, toujours plus haut, comme si le Seigneur Lui-même tirait le vaisseau à lui.

Elle parvint à saisir la rampe, Gerrit fit de même.

« Vite, en bas ! » articula-t-il, tandis que le bateau paraissait désormais planer au-dessus de la mer en furie.

Ils se précipitèrent dans la cage d'escalier puis descendirent les marches quatre à quatre. Ils étaient à mi-chemin quand la vague relâcha sa proie, et le *Galiasse* plongea en plein océan dans un chaos indescriptible.

Eva et Gerrit dévalèrent les dernières marches à plat ventre. Étalée sur le pont inférieur, son frère sur elle, Eva ouvrit les yeux. Une énorme masse d'eau qui s'engouffrait par l'écoutille les submergea. Le couloir fut inondé.

Eva parvint à se redresser et à s'asseoir au milieu du torrent d'eau et d'écume, toussant et cherchant de l'air. Un autre choc à bâbord la renversa de nouveau, sa tête heurta la paroi. À l'aide de ses pieds et de ses mains, elle réussit à se laisser glisser jusqu'à la cabine du capitaine, Gerrit derrière elle.

Là aussi, la débâcle régnait, rien n'était plus à sa place, les ornementations gisaient en morceaux, les meubles étaient endommagés. L'eau n'avait heureusement pas atteint la pièce. Assis par terre tous ensemble ils s'arc-boutèrent lorsque le *Galiasse* se remit à monter.

Geertruyt hurlait à pleins poumons. Eva se précipita et prit sa fille dans ses bras, ce qui eut pour effet de calmer progressivement l'enfant.

« Les dégâts sont importants ? demanda Lysbet, dominant les hurlements du vent et du bois.

— Impossible à dire, on n'y voit rien à cause de la pluie.

— Le grand mât est fendu, intervint Gerrit. Encore un problème à régler. »

Sophia restait silencieuse, priant dans son coin, les yeux fermés. Elle ne les ouvrit qu'en entendant des bruits de pas dans le couloir.

« Tout va bien ici ? »

La haute silhouette de Jan remplit l'embrasure de la porte. Eva s'avança vers lui.

Geertruyt arrêta de pleurer et tendit les bras vers son père, qui la saisit et la serra contre lui. Ses yeux se posèrent alors sur le front d'Eva.

« Mais vous êtes blessée ! » s'écria-t-il d'un air horrifié.

Eva toucha machinalement la plaie.

« Simple égratignure, ne vous en faites pas. Gerrit nous a dit que le grand mât était cassé…

— En effet, mais on peut le réparer. Nous avons suffisamment de bons charpentiers à bord. Il y aura sans doute d'autres dommages. Pour tout vous dire, je ne m'étais encore jamais retrouvé dans pareille tempête.

— Le bateau tiendra-t-il le coup ? insista Lysbet sans cacher son inquiétude.

— De toute évidence ! affirma Jan. Ce type de vaisseau est très résistant, vous pouvez me croire. De plus, nous l'avons orienté de manière qu'il affronte la tempête de dos, plutôt que de côté. Nous évitons ainsi que les vagues nous fassent chavirer. »

À ces mots le *Galiasse* s'éleva de nouveau, soulevé par la mer. Sophia poussa un gémissement et s'agrippa à la table renversée.

« Que Dieu nous garde », murmura-t-elle avant de se remettre à prier.

Tandis que le navire atteignait le sommet de la vague, ils joignirent tous les mains. Jan s'assit par terre avec Geertruyt, et Eva vint se blottir contre lui. Il referma un bras autour d'elle. La jeune femme savait qu'il ne s'agissait que d'une illusion de sécurité, mais sentir son époux auprès d'elle la réconfortait. Si c'était la fin, au moins ils seraient unis.

Une fois la crête atteinte, un calme étrange s'installa, comme si le *Galiasse* flottait dans l'air, libéré des tourments. Puis ce fut la vertigineuse descente au milieu des cris.

Le bateau retomba sur les vagues tumultueuses avec une brutalité inouïe et tous furent projetés les uns contre les autres, ou contre les murs. Partout le bois se craquait et se fendait.

Eva gisait, hébétée, au milieu de la pièce, à plat ventre. Sous elle, elle sentit remuer Geertruyt et s'empressa de la dégager.

« Eva ! Vous n'avez rien ? »

Déformé par l'inquiétude, le visage de Jan apparut au-dessus d'elle. Elle secoua la tête dans un gémissement.

« Et Geertruyt ?

— Plus de peur que de mal. »

Jan attira sa femme vers lui, puis balaya la pièce des yeux. Tous affichaient des mines effarées, mais personne ne semblait souffrir de blessures graves.

« Combien de temps ce calvaire va-t-il encore durer ? balbutia Eva d'une voix enrouée. Dites-moi que ce sera bientôt fini, je vous en supplie… »

De nouveau, Jan enlaça ses épaules, mais ne répondit pas à sa question.

De nouveau, le *Galiasse* se cabra.

19

Pendant des heures, la tempête ballotta l'imposant navire marchand comme s'il s'agissait d'un fétu de paille. Le *Galiasse* subissait inlassablement la colère de mère Nature.

Le tumulte finit néanmoins par cesser. La sombre masse nuageuse s'éloigna, une traînée de lumière souligna l'horizon. La mer restait très houleuse, mais le bateau était redevenu gouvernable.

Eva sortit sur le pont. Le vent maltraitait toujours ses vêtements, moins brutalement. De temps à autre, le soleil perçait la couverture grise et venait caresser le bois et les voiles détrempées du *Galiasse*.

La jeune femme écarta une mèche de cheveux de son visage et soupira. Son corps plein d'ecchymoses et d'écorchures était endolori, elle n'avait pas encore retiré toutes les échardes. Surtout, elle était exténuée.

Tout le monde, dans le bateau, l'était, mais les matelots n'avaient pas le temps de se reposer. Il fallait évacuer l'eau de mer des cales, réparer la voilure, la mâture et les agrès, remplacer le mât d'artimon, calfater la coque et la proue. La situation n'était pas plus réjouissante pour le reste de la flotte. Toutes les embarcations avaient été lourdement malmenées et mises hors service.

On prit le temps d'effectuer l'ensemble des réfections et, lorsque tous les navires furent prêts, un coup de canon annonça le départ.

De la dunette, Eva regarda hisser les voiles. Quelques mouettes qui s'étaient posées sur le gréement s'envolèrent en ricanant. Le vent bomba les voiles et le *Galiasse* s'ébranla. L'instant d'après, il avait retrouvé sa vitesse de croisière, et le voyage se poursuivit comme si rien ne s'était passé.

Au vu des conditions météorologiques, il était évident qu'on se rapprochait du Cap. Le vent soufflait fort, la mer était agitée, et ceux qui n'avaient pas de raisons d'être dehors restaient à l'abri à l'intérieur. Toutes voiles dehors, la flotte fendait les vagues à pleine vitesse, faisant jaillir des gerbes d'écume qui arrosaient les ponts.

Dans les cabines, l'air devint plus humide et suffocant. Une odeur pénétrante de vêtements moites et de sueur imprégnait l'atmosphère. Aux étages inférieurs, c'était encore pire ; les relents de bas en laine et d'uniformes crasseux, de nourriture avariée, d'eau croupie et de vomissures remontaient vers le pont en s'infiltrant entre les planches.

Un nombre croissant d'hommes tombaient malades, leurs dents se déchaussaient et ils souffraient d'ulcères que l'on n'arrivait plus à soigner.

Exciser les chairs noircies et les tissus nécrosés était devenu une routine quotidienne pour le chirurgien du navire.

Pendant leur temps libre, les matelots qui n'étaient pas abattus par la maladie attrapaient des rats dans la cale. Ils les saignaient et les saumuraient, puis les accrochaient aux enfléchures des haubans pour qu'ils sèchent. Frits dans du saindoux, ils constituaient un repas appréciable.

Eva se surprit à guetter de plus en plus l'apparition de la terre ferme. En attendant que cette espérance se réalise, elle tenait toujours son journal de bord avec le même soin, elle lisait beaucoup, et Wendelmoet lui apprit à faire de la dentelle aux fuseaux. Néanmoins, ces distractions ne suffisaient pas à dissiper son agitation intérieure.

Depuis leur départ d'Ilha do Maio, ils avaient navigué deux mois et demi sur l'Atlantique et, pendant tout ce temps, ils n'avaient été entourés que d'eau.

Chaque soir, avant d'aller se coucher, Eva allait sur le pont et scrutait l'horizon pendant un moment. Jusqu'aux dernières lueurs, elle espérait voir apparaître au loin une bande de terre.

Au début de la traversée, la jeune femme avait passé des nuits relativement bonnes, mais, depuis la tempête, le sommeil peinait à la gagner. Ainsi souffrait-elle davantage des nuits que des jours, quand le navire et l'obscurité ne formaient plus qu'un tout qui lui donnait l'impression de l'engloutir.

Durant ses insomnies, elle prenait également conscience du peu qui la séparait finalement du fond de l'océan : des poutres de bois criblées de clous rouillés et de planches enduites de goudron. Il était difficile de ne pas penser au naufrage et à la noyade lorsque tout autour de vous clapotait et craquait à ce point.

Ses angoisses s'estompaient au lever du jour, même si elle restait toujours en alerte, scrutait constamment le ciel et s'inquiétait dès que le vent forcissait. Elle se souciait peu en revanche du manque croissant de vivres. Elle avait remarqué que ses robes épousaient moins bien ses formes mais elle n'osait pas se plaindre, au vu des pauvres marins affamés et affaiblis, tassés dans les cales.

Toutefois Jan observa que l'humeur de sa femme s'assombrissait progressivement. Un soir, alors qu'elle était blottie contre lui, il lui caressa les cheveux, l'embrassa sur le front et dit :

« Tenez bon, ma chère. Vous avez été si courageuse et si forte jusqu'ici. Je sais que le voyage vous pèse, et je le comprends fort bien. Nous serons bientôt au Cap.

— Et ensuite ? demanda Eva. Nous n'y ferons qu'une brève escale, n'est-ce pas ?

— Non, certainement pas.

— Combien de temps, alors ? Quelques jours ou moins ? »

Eva connaissait mieux que quiconque l'empressement de Jan à retrouver Batavia et ne se berçait pas d'illusions sur la durée de leur passage au Cap.

« Je dirais environ trois semaines. Pensez-vous que ce soit suffisant pour permettre à tout le monde de se refaire une santé ?

— Vous n'êtes pas sérieux ? lâcha-t-elle en se redressant, appuyée sur son coude, pour tenter de lire dans l'obscurité l'expression du visage de son mari.

Comptez-vous vraiment rester si longtemps là-bas ? insista-t-elle. Me le promettez-vous ?

— Vous avez ma parole. »

À ces mots, Jan l'attira vers lui, glissa sa main sous sa robe de nuit et sentit ses côtes saillantes.

« Il faut que vous repreniez des forces. »

Le lendemain, Reinier annonça qu'il ne se sentait pas bien. Il entra dans la cabine au moment du petit déjeuner, le visage livide.

« Quelque chose ne va pas ? » s'enquit Lysbet.

Le capitaine fit la grimace.

« Je préfère vous épargner les détails de mon état pendant votre repas, qui plus est en présence de dames. »

Malgré les questions de l'assistance, Reinier refusa d'en dire davantage et quitta la cabine. Jan le suivit et, lorsqu'il revint, il semblait soucieux.

« Que se passe-t-il ? voulut savoir Eva. Le scorbut ?

— Pas selon le chirurgien du navire. Diarrhée, sang dans les selles, crampes d'estomac. Il penche plutôt pour la dysenterie.

— La dysenterie ? répéta Eva. C'est contagieux, non ?

— En effet, confirma Jan. J'ai demandé au capitaine de rester sur sa couchette pour le moment. Il pourra être soigné. Tout membre d'équipage qui souffre des mêmes symptômes, vous y compris, doit le signaler immédiatement et fera l'objet d'un isolement. C'est hélas la seule façon d'éviter l'épidémie. »

La cale avant n'offrait évidemment pas la place nécessaire pour isoler quelqu'un. Les cas de dysenterie se multiplièrent donc, presque tous les matelots tombèrent malades et, à partir de l'annonce de Reinier, aucun jour ne passa sans qu'un marin emporté par la maladie ne fût enveloppé dans un linceul et jeté à la mer.

On racontait qu'observer la cérémonie portait malheur, et Eva n'avait de toute façon aucune envie d'assister à ces scènes funèbres.

Bien qu'elle craigne l'arrivée d'une nouvelle tempête, le vent fort avait au moins l'avantage de chasser l'odeur des cadavres.

L'état de Reinier empira. Il ne retenait plus rien, ni liquide ni solide, et s'affaiblissait de jour en jour.

Début juillet, une volée de mouettes survola le navire, signe que la terre ferme n'était plus très loin, et la tension à bord grimpa d'un cran, chacun faisant le décompte des heures.

Tous scrutaient constamment le large et, lorsque le matelot en vigie cria « Zostères ! », tous ceux qui le pouvaient encore se précipitèrent sur le pont. À la surface de l'eau, ils distinguèrent des amas d'herbes à la tige creuse à la dérive, ce qui, selon Jan, ne pouvait que révéler la proximité du littoral.

Peu après, on signala des phoques, puis des oiseaux, toujours en plus grand nombre. Quand une bande de terre bleue apparut finalement à l'horizon, une clameur éclata.

Jan fit charger les canons, et onze brèves salves retentirent au-dessus des flots ; les autres navires l'imitèrent.

Eva contempla les impressionnantes montagnes qui se dressaient sur la côte.

« Ça, expliqua Jan en pointant le gigantesque massif, c'est la montagne de la Table. Et juste devant, le pic rocheux, c'est la Tête de Lion. Vous la voyez ? »

Eva acquiesça en silence, subjuguée par la beauté du panorama : une baie aux eaux limpides bordée d'une large plage de sable blanc, derrière laquelle s'étendait un paysage montagneux verdoyant.

« Des gens vivent ici ?

— Oui, les Khoïkhoï. Dans la République, on les appelle aussi les Hottentots. Ne prenez pas peur s'ils accourent vers nous sur la plage. Ils sont très curieux, très demandeurs de tabac, mais vous n'avez rien à craindre, ils ne sont pas dangereux. Il nous faut toutefois d'abord gagner la terre en toute sécurité », ajouta-t-il en pointant des bancs de sable et des rochers.

Des bourrasques firent danser les galions sur les crêtes des vagues, des moutons d'écume vinrent lécher les coques et arrosèrent les ponts.

Le *Texel* demanda des instructions. Jan invita David de Vries à se frayer en premier un passage parmi les récifs. Reinier était trop mal en point, et compte tenu de son expérience et de sa connaissance des lieux, David était la personne tout indiquée pour prendre la tête de la flotte.

« Heureusement, le temps est relativement calme aujourd'hui, se réjouit Jan. Car les tempêtes peuvent être d'une rare violence.

— Calme ? répéta Gerrit d'un air incrédule. Si je lâche la rambarde, je m'envole par-dessus bord !

— Visiblement, nous ne sommes pas assez aguerris… observa Eva en réajustant son châle. Ce n'est certainement pas pour rien qu'on surnomme cet endroit le cap des Tempêtes. »

Malades ou pas, tous les matelots furent envoyés sur le gréement. Ils finirent par maîtriser la voilure après s'être démenés avec les cordages humides et les voiles battant au vent. L'un après l'autre, les navires se dirigèrent vers la baie.

Tout le monde était à présent sur le pont. Les doigts crispés sur le bastingage, Eva examinait avec anxiété les rochers qui affleuraient.

L'*Utrecht* ouvrit la voie, suivi par le *Galiasse*. Eva jeta un coup d'œil à Jan qui regardait la côte se rapprocher, les mains sur les hanches.

Le bâtiment frôlait les récifs, glissant derrière l'*Utrecht* sur les eaux translucides. Les autres bateaux de la flotte les rejoignirent.

« Nous avons réussi ! Nous sommes au Cap ! »

Dans la cale, les marins, mobilisant le peu d'énergie dont ils disposaient encore, exultaient, se serraient la main, se tapaient sur l'épaule, tout sourires.

« Je n'avais pas un bon pressentiment, mais tout est bien qui finit bien. »

Même si le vent n'était pas très fort dans la baie, Sophia dut chercher appui sur la balustrade. Elle était pâle, dans sa robe désormais bien trop large.

« Jan a promis que nous resterions ici quelques semaines, mère. Nous avons trop de malades pour repartir tout de suite, et le bateau a besoin de réparations, annonça Eva.

— Et où allons-nous dormir ?

— À même la plage ! Un camp est en train d'être installé.

— Est-ce vraiment une si bonne idée ? » questionna Lysbet, les yeux fixés sur le rivage.

Eva fit un quart de tour et regarda dans la même direction. Sur le sable se tenaient des dizaines d'hommes à la peau sombre, armés de lances.

20

Jan et les autres capitaines ne semblaient pas s'inquiéter outre mesure de l'accueil que pouvaient leur réserver les autochtones. Ils furent les premiers à descendre et s'inclinèrent devant les indigènes en guise de salut. Derrière le bastingage, Eva observait la scène, quelque peu tendue.

Elle poussa un soupir de soulagement lorsque les Khoïkhoï se penchèrent à leur tour et que l'un d'eux s'avança d'un pas pour offrir un présent aux visiteurs.

Les chaloupes opérèrent un demi-tour pour repartir chercher les officiers et les passagers demeurés à bord du galion.

« Je ne sais trop que faire, dit Sophia sans pouvoir cacher son inquiétude. Je crois que je vais rester à bord pour le moment. Vous aussi ?

— Certainement pas ! Si Jan affirme qu'il n'y a rien à craindre, nous pouvons lui faire confiance. Je ne passerai pas une seconde de plus ici, trancha Eva.

— Je vais garder Geertruyt un peu avec moi, alors. Elle risque d'être effrayée par… ces gens.

— Ce ne sera pas nécessaire, intervint Jan. Ils sont curieux, mais extrêmement accueillants. Prenez notre fille avec vous, Eva. »

Cette dernière ignora le regard désespéré de sa mère pour écouter son mari. Une chaloupe attendait contre la coque du *Galiasse*, l'échelle de corde fut déroulée tandis qu'Eva interrogeait sa sœur des yeux.

« Je vais également rester un peu ici, déclara finalement Lysbet.

— Comme tu voudras. Moi, j'y vais.

— Moi aussi ! » s'exclama Gerrit, qui avait déjà une jambe au-dessus du parapet.

Il posa le pied sur le premier échelon.

Eva entama la descente dès que son frère eut sauté dans la chaloupe. L'instant d'après, on lui tendit la main pour l'aider à s'installer dans l'embarcation instable, tandis que Jan la rejoignait avec Geertruyt. D'autres gradés arrivèrent encore et, lorsque le bateau fut complet, deux matelots plongèrent les rames dans l'eau claire et les conduisirent jusqu'à la côte.

Les Khoïkhoï leur faisaient signe depuis la plage. Quelques-uns s'avancèrent dans l'océan et tirèrent la chaloupe sur le sable.

Les indigènes se bousculaient pour voir les passagers. Eva suscitait un intérêt particulier, ils la pointaient du doigt et riaient. Mal à l'aise, elle demeura assise dans la barque, serrant Geertruyt contre sa poitrine. Ce ne fut que lorsque Jan lui tendit la main qu'elle se redressa et accepta son aide pour sortir de l'embarcation. Elle ne quittait pas son mari d'une semelle.

Aux Khoïkhoï toujours hilares, elle s'efforça de sourire en retour. Elle ne voulait pas les dévisager, mais, comme eux ne s'en privaient pas, la jeune femme se résolut à oublier les convenances et les observa à son tour avec curiosité.

Plutôt petits, les indigènes avaient tous les cheveux foncés. Des dessins étaient peints sur leurs corps. Ils portaient des bijoux et des ornements en ivoire, souriaient sans cesse et parlaient avec volubilité. Mais c'était surtout leur tenue qui déroutait Eva, ou plus exactement leur absence de tenue. Ils avaient le torse nu, les hommes comme les femmes. Tandis que celles-ci s'accommodaient d'un pagne, les hommes dissimulaient leur sexe sous un morceau de peau d'animal, ni plus ni moins.

Eva s'efforçait de détourner le regard vers la plage, qui paraissait s'étendre à l'infini, interrompue çà et là par des saillies rocheuses sur lesquelles se brisaient les vagues.

Le soleil se reflétait sur le bleu de l'océan ; elle en fut éblouie et dut protéger ses yeux de sa main. Ravie de sentir la terre ferme sous ses pieds et la chaleur lui caresser la peau, elle poussa un long soupir.

Si elle avait été seule, elle se serait agenouillée, elle aurait pris le sable à pleines poignées et l'aurait laissé s'écouler entre ses doigts, elle s'y serait roulée comme une petite fille. Mais elle se contenta de faire quelques pas, d'observer le paysage autour d'elle et de sourire.

Au cours de la cérémonie de bienvenue accomplie par les Khoïkhoï, d'autres présents furent échangés, puis tout le monde se mit à l'œuvre. Il était déjà midi, il ne restait plus énormément de temps avant le crépuscule.

Un premier groupe d'hommes entreprit de construire des tentes et des huttes, tandis qu'un deuxième partait chasser. Un troisième longea le littoral à la recherche d'œufs de pingouins et revint même avec une tortue géante.

Dès que les Khoïkhoï eurent vent du très grand nombre de malades à bord, ils s'organisèrent promptement et apportèrent de la luzerne lupuline, de l'oseille ainsi que de l'eau potable dans des poches en cuir.

Jan ordonna que les matelots restent sur le navire. Ils ne furent autorisés à venir à terre qu'en alternance, une journée, par petits groupes.

Les malades furent installés sur la plage, où ils se virent prodiguer des soins dans une tente séparée des autres. Jacob Bontius donna ses instructions aux chirurgiens. Il sortait justement de la tente de l'hôpital de campagne lorsque Eva le croisa. Elle remarqua immédiatement ses traits tirés, son air épuisé.

« Les malades sont si nombreux, vous devez être débordé… dit-elle, compatissante. Où est votre femme ? Je n'ai pas encore eu le plaisir de la voir depuis que nous sommes arrivés au Cap. »

Jacob tourna la tête vers ses enfants, assis à l'ombre d'un arbre.

« Agniet est malheureusement décédée, annonça-t-il à voix basse.

— Mon Dieu ! Je suis tellement navrée… J'ignorais qu'elle avait été malade.

— Elle ne l'était pas, elle est morte pendant la tempête. Elle a fait une chute du haut des escaliers et s'est brisé le cou. »

Eva garda le silence quelques secondes, et reprit :

« Je n'ai pas les mots. Mes plus sincères condoléances, docteur.

— Merci, madame Coen. C'est horrible, en effet, surtout pour les enfants.

— Si je peux faire quoi que ce soit… » proposa Eva. Après une courte pause, elle demanda : « Où se trouve Agniet à présent ?

— À bord. Nous avons fabriqué un cercueil avec l'aide d'un menuisier, elle repose dans la cale. Dans notre malheur, nous avons au moins eu la chance d'être proches du Cap, sinon l'océan aurait été sa dernière demeure. Elle sera enterrée demain. »

Eva posa la main sur l'avant-bras du médecin.

« Je prierai pour vous. »

Le jour qui suivit fut consacré aux funérailles, d'abord celles d'Agniet, puis vint le tour des autres victimes du scorbut qui avaient péri depuis leur arrivée au Cap.

Reinier Palsrok ne survécut pas non plus. Déshydraté, affaibli, son état considérablement dégradé, il perdait sans cesse connaissance jusqu'au jour où il ne se réveilla plus.

Le capitaine fut inhumé avec tous les égards. Depuis le *Galiasse* s'élevèrent des salves de coups de canon et une croix en bois fut apposée à côté de sa sépulture.

Ensuite, les matelots nettoyèrent les navires de fond en comble. Ils récurèrent les ponts et assainirent toutes les surfaces au vinaigre. Les réserves de nourriture avariée furent jetées à la mer, les dégâts causés par la tempête à la mâture et à la voilure réparés.

Eva comprit soudain pourquoi Jan avait si facilement donné son assentiment pour cette escale prolongée au Cap.

Les Khoïkhoï apportèrent des tortues, des fruits et de l'hydromel, ravis du tabac qu'ils reçurent en échange.

Eva n'avait plus peur d'eux, d'autant qu'ils se montraient d'une grande amabilité avec Geertruyt. À chacune de leurs visites, ils la couvraient de petites attentions et lui offraient des fleurs ou des jouets en bois.

Même Sophia et Lysbet commencèrent à se sentir à l'aise en leur présence après une période de méfiance.

Jan proposa à son épouse et à sa belle-famille de leur faire découvrir les lieux au cours d'une balade. Alors que le groupe marchait sur un sentier sablonneux qui conduisait aux huttes des Khoïkhoï, Jan s'arrêta devant une énorme pierre sur laquelle une inscription était gravée. Il la retourna et un trou apparut, à l'intérieur duquel se trouvait une boîte en métal.

« Si vous avez des lettres, posez-les ici. Le premier galion les prendra sur sa route de retour vers la République. Lorsque nous sommes arrivés, j'ai récupéré les courriers adressés à Batavia. C'est un système primitif, mais il fonctionne. »

De retour au camp, chacun se mit à écrire. Un peu de mobilier avait été déchargé du bateau, et Eva avait demandé qu'on lui apporte sa table d'écriture afin qu'elle puisse poursuivre la rédaction de son journal de bord.

En repensant à ses frères et à Judith, elle éprouva d'abord l'impression qu'ils étaient auprès d'elle, il lui parut même entendre leurs voix. Submergée par le sentiment de manque, elle posa sa plume d'oie. Non, ils n'étaient pas là, ils étaient incroyablement loin, dans un monde complètement différent du sien. Comment imaginer qu'à Amsterdam la vie suivait son cours normal, sans elle ?

Elle sentit le regard de sa mère sur elle et tourna la tête. Sophia, qui roulait son parchemin, lui adressa un sourire triste.

« Si seulement ton père avait au moins su que nous envisagions de partir si loin… soupira-t-elle.

— Il aurait été fier de vous, mère. Il en faut du courage pour tout quitter et entreprendre un tel voyage, surtout à votre âge.

— Je ne te le fais pas dire ! confirma Sophia. Et nous n'en sommes qu'à la moitié… Parfois, je me demande ce qui m'a pris de m'embarquer dans une telle expédition… »

Eva ne se posait pas cette question. Elle profitait du moment présent et de leur escale au Cap. Le soir, elle se serrait contre Jan, en silence ils écoutaient le bruissement des vagues et leur fracas contre les rochers. Autant de sons qui lui étaient familiers, comme s'ils étaient encore en train de naviguer, mais libérés de l'affreux tangage qui donnait la nausée et des craquements menaçants du navire.

La journée, elle allait chercher des coquillages et des fragments de coraux sur la plage. Les Khoïkhoï lui avaient aussi offert une carapace de tortue.

Elle mangeait des fruits inconnus, délicieusement sucrés, et des poissons multicolores, qu'elle trouvait en réalité trop beaux pour servir de déjeuner. À l'ombre des palmiers, elle jouait dans le sable avec Geertruyt, profitant de sa candeur et de sa bonne humeur. Sa fille semblait revivre depuis qu'elle avait retrouvé sa liberté de mouvement et qu'elle pouvait respirer l'air frais du rivage toute la journée. Elle riait aux éclats en désignant du doigt les singes qui s'aventuraient sur le camp pour chaparder de la nourriture. Lorsque la mer était calme, Eva l'accompagnait souvent et elle trempait ses petits pieds nus dans les vagues qui mouraient sur le sable.

Les enfants de Bontius appréciaient la compagnie de Geertruyt, ils jouaient fréquemment ensemble. Eva ne savait pas comment gérer leur chagrin après la mort de leur mère. Elle essayait de les soutenir en leur portant la plus grande attention possible.

« Risquons-nous de rencontrer d'autres tempêtes quand nous reprendrons la mer ? demanda Joanna alors qu'ils ramassaient des coquillages.

— Aucune idée, répondit Eva avec sincérité. C'est aussi mon premier voyage !

— Mère ne voulait pas partir aux Indes. »

Cornelis lança dans l'eau les quelques coquillages qu'il avait dans la main.

« Elle voulait rester à Leyde. »

Un silence tomba, au cours duquel Eva regarda sa fille ramper dans le sable.

« Et vous, madame ? questionna Joanna.

— Moi aussi, j'ai eu beaucoup de mal à tout quitter.

— Mais vous êtes contente de partir vivre à Batavia ?

— Disons que je suis curieuse de voir à quoi cela ressemble.

— Si mère était encore là, je serais comme vous. Mais maintenant, j'ai envie de rentrer à la maison. »

Jan, le benjamin de la fratrie, était assis dans le sable un peu plus loin et cachait son visage entre ses genoux.

Eva alla prendre place près de lui et posa la main sur son épaule.

« Si vous êtes tristes ou si vous avez besoin de quoi que ce soit, vous savez que je suis là pour vous. Ici, sur le bateau et à Batavia. D'accord ? »

Jan hocha la tête et vint se blottir contre elle.

21

Fin juillet, après qu'ils eurent passé près d'un mois au Cap, Jan annonça qu'ils allaient reprendre la mer. Les vents étaient favorables, les malades guéris, les cales des navires remplies de noix, de fruits et de viande séchée.

Deux jours avant le départ, Wendelmoet demanda à Eva si elles pouvaient marcher un moment le long de la plage. Elle était nerveuse et, même si Eva ne se réjouissait pas à l'idée de se promener lorsque le soleil était à son zénith, elle accéda à sa requête.

Après quelques minutes de silence, Wendelmoet s'arrêta près d'un amas de rochers.

« Bon, autant vous le dire d'emblée. Sur l'un des bateaux, l'une de mes amies se fait importuner.

— Importuner ? Mais qui donc ?

— Dina. J'ai fait sa connaissance ici, à l'escale. Nous nous entendons très bien, elle et moi. Hier, elle m'a confié qu'elle redoutait de repartir, car son cauchemar allait recommencer.

— Quoi exactement ? Des inconvenances ?

— Pire, madame. »

Wendelmoet laissa passer un silence seulement troublé par le clapotis de l'eau entre les rochers, puis ajouta :

« Tous les matins, elle prie pour ne pas tomber enceinte. »

Eva tressaillit.

« Tu es sûre de toi ?

— Il y a aussi un témoin. Joris de Wit, l'un des matelots : il a tout vu.

— Elle s'appelle Dina, tu dis ?

— Oui, madame. Elle vient de Den Helder, où elle travaillait comme bonne chez une dame qui ne la traitait pas convenablement. C'est pour cette raison qu'elle a décidé de partir à Batavia… Et voilà qu'elle doit maintenant affronter tout ça…

— Qui est l'auteur de ces horreurs ? Et sur quel bateau ont-elles eu lieu ?

— Sur le *Nassau*, madame. »

Eva tenta de rassembler ses pensées. Gerbrand Dieleman, le capitaine du *Nassau*, était un homme respectable, extrêmement correct, jamais il n'aurait violé une femme. Elle fit part de ses doutes à Wendelmoet.

« Il ne s'agit pas du capitaine, madame, mais du second, le premier lieutenant Hugo Vlaarkamp. Il lui a dit que, de toute façon, personne ne la croirait si elle en parlait à quelqu'un. Pour être honnête, je pense qu'il n'a pas tort… Enfin, peut-être qu'on la croirait, mais personne n'interviendrait. Le capitaine Dieleman laisse lui aussi parfois traîner les yeux avec un peu trop d'insistance. J'ai pu le remarquer lorsque nous avons débarqué.

— Mais il n'a pas les mains qui se baladent, rassure-moi ?

— Non, en effet. Mais il ne fait rien pour mon amie… »

Eva prit quelques profondes inspirations.

« Tu as très bien fait de m'en parler. Pourrais-tu demander à Dina de venir me voir ?

— Je crois qu'elle a très peur que le premier lieutenant ne vous aperçoive en train de discuter ensemble. Il l'a menacée et semble la tenir constamment à l'œil.

— Eh bien, fais simplement comme si tu avais besoin de son aide et amène-la dans ma tente, je te prie. »

Eva retourna au camp, résolue à tirer cette affaire au clair. Wendelmoet alla chercher son amie.

Dans l'intimité de sa tente, Eva s'entretint longuement avec Dina. La jeune fille lui fit bonne impression même si la situation avait de quoi faire frémir, notamment parce que Dina était encore plus jeune qu'Eva ne l'avait imaginé. Quand elle apprit qu'elle n'avait que quatorze ans, sa colère en fut décuplée.

Il n'y avait aucune raison de douter de la véracité des propos de Dina. Cependant, par mesure de prudence, Eva interrogea également Joris de Wit. Le garçon parut très embarrassé, mais confirma son témoignage.

« Pourquoi n'avoir rien dit ? Pourquoi ne pas avoir protégé Dina ? demanda Eva sur le ton de la révolte.

— Le sous-officier est un dur à cuire, madame. Et je ne suis qu'un simple matelot. Le dernier en rang. Personne ne m'aurait cru, et ma vie à bord serait devenue un enfer.

— À présent, c'est celle de Dina qui est un enfer. Écoute, je vais m'en charger, mais je compte sur toi pour que tu t'en tiennes à cette version lorsqu'on te reposera la question.

— Pourrais-je dans ce cas être muté sur un autre bateau, madame ?

— Je vais voir ce que je peux faire pour t'apporter satisfaction », promit Eva avant de partir chercher Jan.

Il s'avéra qu'il était sur l'un des navires et qu'il y resterait tout l'après-midi, mais Eva était trop en colère pour attendre si longtemps. Elle réclama donc qu'on la conduise en chaloupe et monta à bord. Un membre de l'équipage l'aida à passer le bastingage et l'informa que son époux était dans la cale. À sa demande, il l'y accompagna.

Debout au milieu des caisses, Jan écarquilla les yeux lorsqu'il la vit arriver.

« Un problème ?

— J'en ai bien peur. »

Jan intervint directement et sévèrement. Il fit d'abord venir Dina et Joris à bord, et échangea avec eux à tour de rôle. Il convoqua ensuite séance tenante le capitaine Dieleman et Hugo Vlaarkamp.

Eva n'était pas présente à ces entretiens, mais elle connaissait l'aversion de Jan pour l'inconvenance ainsi que son intransigeance au sujet de la discipline et du respect des règles, et elle savait que le sous-officier serait lourdement puni.

Elle avait raison. Le capitaine reçut une vive réprimande et un avertissement, Vlaarkamp fut fouetté sur la plage, sous les yeux de tous. Dina et Joris, quant à eux, purent poursuivre le voyage sur le *Galiasse*.

Les derniers jours avant le départ baignèrent dans une atmosphère étrange, due à cette sombre histoire. Eva fut soulagée lorsqu'on leva le camp et que les voyageurs regagnèrent les galions en chaloupe.

« J'espère que cette sanction servira de leçon et que les filles sur les autres navires en bénéficieront », glissa Wendelmoet.

Eva jeta un œil furtif à l'embarcation dans laquelle se trouvait Vlaarkamp. Des traces de sang étaient clairement visibles à travers sa chemise.

« Je l'espère aussi. »

Ils montèrent à bord. Les matelots, grimpés sur les agrès, dégagèrent les vergues, les instructions fusèrent sur le pont, les voiles captèrent le vent et gonflèrent. Les navires se mirent en mouvement et reprirent leur route, au rythme de l'inévitable tangage.

Au bout de deux semaines, la mer se fit progressivement moins agitée. Puis, au milieu de l'océan Indien, le vent tomba d'un coup. Les embarcations ralentirent jusqu'à ne plus avancer du tout.

« Que se passe-t-il ? » interrogea Eva sans comprendre, les yeux rivés sur les voiles molles.

« Nous nous trouvons dans ce que l'on appelle un *doldrum*, un pot au noir, c'est-à-dire une zone de convergence équatoriale où le vent peut disparaître brutalement. Ces périodes de calme plat alternent avec des épisodes de vents violents et de pluies diluviennes.

— Combien de temps cela va-t-il durer ?

— Il arrive que certains navires restent encalminés des jours, voire des semaines, avant de pouvoir repartir. C'est fâcheux, mais nous n'avons pas le choix, nous sommes contraints d'attendre que le vent revienne. »

Fâcheux était un faible mot. Sans vent, ils se retrouvèrent dans une sorte d'été sans fin. Impossible d'échapper au soleil qui dardait ses rayons au-dessus de leurs têtes et à la chaleur suffocante.

Jan fit tendre des toiles au-dessus des ponts pour apporter un peu d'ombre aux passagers et les protéger. Même si le *Galiasse* avait été restauré au Cap, les membres de l'équipage eurent de quoi s'occuper les premiers jours en réparant ce qui devait l'être encore. Eva et sa famille les observaient à l'œuvre.

Mais, une fois les voiles déchirées rafistolées, les épissures consolidées, les joints et les interstices des ponts calfatés, l'ennui gagna tout le monde. Le temps se traînait, la flotte dérivait mollement sur la mer d'huile, prise au piège dans l'immensité d'un bleu intense.

La vue était différente chaque soir et Eva ne manquait jamais de venir admirer le coucher du soleil, spectacle toujours extraordinaire : une boule de feu incandescente s'enfonçait dans les eaux, entraînant une infinie variation de teintes rouges, jaunes et roses. Où qu'elle regarde, le ciel et l'océan s'embrasaient. Le navire lui-même devenait orange. Au cours de ces quelques minutes de pure beauté, elle oubliait les tracas du voyage.

Pour se distraire dans la journée, on mettait à l'eau les chaloupes et les passagers des divers bateaux de la flotte se rendaient mutuellement visite tandis que les matelots restaient à bord, ronflant dans des hamacs qu'on avait tendus sur les ponts ou jouant aux cartes.

De temps à autre, une légère brise venait chatouiller un étendard et apportait un bref espoir, mais toujours de courte durée.

Il fallut attendre neuf jours : alors que les manœuvres commençaient à se dessécher et à craquer, la flotte sortit de l'apathie où elle avait été plongée. Jan n'eut même pas besoin de donner d'ordre : les marins avaient perçu le roulis du bateau et s'étaient spontanément précipités dans les haubans.

Les voiles se bombèrent et les galions se remirent en branle dans la clameur générale.

Ils naviguaient à l'estime. Gerrit expliqua qu'en partant d'une position connue on estimait la localisation en se servant d'informations telles que la vitesse et la direction du bateau, évaluées à l'aide d'un sextant et d'un compas. Le temps était mesuré avec un sablier ou une horloge. Il fallait aussi tenir compte de facteurs comme les courants, les vents et les marées, qui pouvaient affecter le parcours. La disposition des étoiles était également utile. On ne savait jamais avec exactitude où se situait le navire en temps réel, cependant les résultats de ces techniques suffisaient.

Poussés dans le dos par des vents d'ouest, ils fendaient l'océan Indien. Tout semblait enfin se dérouler sans encombre, mais Eva comprit que le commandement avait un nouveau motif d'inquiétude quand tous les capitaines se retrouvèrent à bord du *Galiasse* pour des réunions de plus en plus fréquentes.

Alors qu'elle faisait mine de coudre et de tricoter tranquillement dans la pièce voisine, Eva laissait traîner l'oreille pour capter les conversations. Les hommes étaient rassemblés dans la cabine du capitaine et, à travers la porte, on pouvait percevoir leurs voix. De temps en temps, le bruit du vent ou le craquement de la coque couvraient quelques paroles, mais on saisissait l'essentiel des propos.

La tempe collée à la porte, Gerrit ne voulait pas en rater une miette.

« Ils ne savent pas exactement quand ils devront changer de cap, rapporta-t-il en murmurant, comme s'il transmettait un secret d'État. C'est plutôt ennuyeux, car nous naviguons droit sur l'Australie. À un moment, nous devons virer à bâbord pour remonter vers le nord.

— Ils verront bien la côte, non ? intervint Sophia qui, quoique toujours pâle et maigre, s'habituait très progressivement à la chaleur et à la navigation.

— Certes, mais il y a des récifs coralliens à quelque distance de la côte, et personne n'a l'air de pouvoir dire avec suffisamment de précision dans combien de temps nous y serons. Tout dépend de la vitesse du bateau. Jan argumente pour changer de cap dès à présent, mais les autres capitaines pensent que c'est prématuré. »

Dans la cabine voisine, le ton montait, certains élevaient la voix. Jan finit par mettre soudainement fin à la discussion : avec fermeté, il signifia à ses compagnons que la flotte mettrait le cap sur le nord dès le lendemain, et la réunion fut terminée.

Dès que tous les capitaines furent repartis, Jan rejoignit son épouse et sa belle-famille dans leur cabine. En entrant, il balaya du regard la pièce où régnait un silence religieux. Eva, Lysbet et Sophia cousaient, Gerrit faisait mine d'admirer une estampe au mur.

« Vous avez tout entendu ? » demanda Jan, pas dupe.

Sophia releva la tête de son ouvrage.

« Nous sommes navrés. Il faut dire que vous n'étiez pas discrets.

— Les capitaines doivent encore s'habituer à me trouver au commandement. »

Jan s'avança vers sa table d'écriture et examina les cartes des mers étalées sur le plateau.

« Nous nous trouvons approximativement ici », annonça-t-il.

Tous approchèrent pour écouter ses explications.

« Nous faisons cap sur les îles Abrolhos, au large de l'Australie. Dès notre départ, Reinier m'avait mis en garde contre les brisants et les récifs coralliens qui affleurent à cet endroit et sont particulièrement traîtres pour les navires. Nous devrions y être dans deux jours. Nous pourrions donc patienter encore vingt-quatre heures, mais je préfère être prudent.

— Ce qui me semble être une sage décision, approuva Sophia. Je ne comprends même pas pourquoi nous ne remontons pas vers le nord dès maintenant, si nous savons que ces récifs nous attendent.

— Nous voulons profiter aussi longtemps que possible de l'alizé. Si nous mettons le cap trop tôt vers le nord, nous risquons de perdre plusieurs semaines, ce que personne ne souhaite ; le voyage est déjà assez long.

— Cap sur Java dès demain, donc ! » résuma spontanément Eva.

Puis, soudain, comme si elle venait de prendre conscience de ses propres mots, un franc sourire se dessina sur son visage. Elle regarda autour d'elle et ajouta :

« Autrement dit, nous y sommes presque !

— Encore une ou deux semaines », précisa Jan.

Il tourna les talons et s'approcha de la vitrine, où il prit un pichet de vin rouge. Il posa ensuite cinq roemers sur la table, qu'il remplit les uns après les autres.

« À la dernière ligne droite ! » s'exclama-t-il.

Ils levèrent leurs verres et trinquèrent.

22

Tôt le lendemain matin, Eva fut tirée du sommeil par un bruit effroyable de raclage et de craquement, comme si on traînait la coque du *Galiasse* sur des rochers. Elle bondit de son lit.

Jan était déjà levé, mais Geertruyt dormait encore, la bouche ouverte et ses petits bras relevés au-dessus de la tête.

Eva hésita. Ne devait-elle pas d'abord aller se renseigner avant de réveiller sa fille ? Alors qu'elle s'habillait, la réponse s'imposa d'elle-même : des cris éclatèrent de toutes parts sur le navire et tirèrent Geertruyt de son sommeil.

Eva la souleva et sortit dans le couloir, où elle trouva Sophia et Lysbet en chemise de nuit.

« Que se passe-t-il ? demanda sa sœur, affolée.

— Habille-toi vite ! Je crois que nous avons heurté le récif. Et va prévenir Gerrit ! »

Eva traversa le couloir à la hâte, Geertruyt dans les bras, et poussa la porte qui menait à la dunette. Il ne faisait pas encore tout à fait jour, mais les matelots s'activaient déjà sur le pont. Jan, penché sur la passerelle de commandement, les mains sur le bastingage, criait ses instructions.

Devant le *Galiasse* se présentait un îlot aride et rocailleux, entouré de récifs. Le bateau avançait toujours, il n'était donc pas coincé, mais l'affreux bruit de raclage du bois contre les pierres ne laissait aucun doute sur le tirant d'eau à cet endroit.

Sur ordre de Jan, les matelots jetèrent plusieurs canons par-dessus bord pour alléger le *Galiasse*.

Sophia, Lysbet et Gerrit débouchèrent sur le pont à la hâte, leurs vêtements mal ajustés.

Un récif affleurait à tribord, telle une mâchoire aux dents acérées prête à déchiqueter sa proie. Eva surveillait leur progression avec anxiété. Elle se rendit compte que le danger provenait non seulement des roches visibles en surface, mais d'autres aussi, submergées.

Derrière eux, l'*Utrecht* était également en mauvaise posture. Les autres galions avaient heureusement eu le temps de virer et leurs équipages se tenaient prêts à mettre les chaloupes à l'eau pour porter secours aux passagers du *Galiasse* et de l'*Utrecht* si leurs navires venaient à se briser sur les écueils.

Le dernier canon du *Galiasse* fut englouti par les eaux ; l'*Utrecht* lâchait lui aussi du lest. Déchargés de ce poids, les navires continuaient à avancer prudemment.

Bientôt un fracas et des craquements résonnèrent en cale, le galion trembla de toutes parts, mais ne fut pas stoppé.

La bouche sèche, Eva serrait Geertruyt contre sa poitrine en observant les étocs, tranchants comme des rasoirs, qu'ils frôlaient.

Si, au cours des mois qui avaient précédé, elle s'était habituée aux gémissements du bois, les sinistres grincements qu'elle entendait maintenant provoquaient en elle une vague de panique.

Plusieurs déferlantes vinrent se jeter contre le navire comme s'il était un intrus qu'il fallait chasser et, doucement, le *Galiasse* sortit des récifs. Plus aucun frottement ne le secoua, mais Jan restait sur ses gardes. Il ordonna à quelques hommes de descendre en cale afin de vérifier que la coque était intacte et qu'aucune brèche n'avait ouvert de voies d'eau menaçant leur flottabilité.

Jan ne commenta pas l'incident, mais à sa mâchoire serrée Eva comprit qu'ils avaient frôlé la catastrophe.

Au fur et à mesure qu'ils approchaient de l'île de Java, une chaleur humide s'invitait lentement sur le navire sans que la faible brise qui leur permettait d'avancer amène beaucoup de fraîcheur.

L'océan avait progressivement pris des teintes d'un vert clair parsemé de zones bleu azur. De grands oiseaux à la queue effilée survolèrent la mâture, au loin se dessinait la côte des îles Cocos. Ils ne manqueraient pas d'apercevoir bientôt leur destination.

Deux jours plus tard, tout le monde se pressait contre la rambarde. Retenant sa respiration, Eva regarda les hautes montagnes recouvertes d'une jungle luxuriante s'approcher peu à peu. Des dizaines d'embarcations plus petites flottaient autour des navires sur les eaux transparentes.

« Enfin, nous y sommes… » pensa-t-elle.

Mais ce n'était pas encore tout à fait le cas. Batavia se trouvait sur l'autre versant de l'île et pour y arriver il leur restait à traverser le détroit de la Sonde, qui séparait les deux îles de Sumatra et de Java, ainsi que l'océan Indien de la mer de Java, ce qui prit deux jours supplémentaires. Une fois de l'autre côté, ils longèrent le littoral jusqu'à Batavia.

Eva et sa famille ne quittaient plus le pont, non seulement parce que personne ne voulait manquer une miette des splendeurs du paysage qui défilait sous leurs yeux, mais aussi en raison de la moiteur étouffante qui régnait dans les cabines. La toile des voiles les protégeait du soleil, et tant qu'ils progressaient, une faible brise les rafraîchissait imperceptiblement.

Depuis la dunette, Jan scrutait le littoral à travers une longue-vue. Eva vint se poster près de lui.

« Un tout dernier virage à tribord et nous y serons, expliqua-t-il. Après ce massif rocheux, Batavia sera en vue. »

En effet, les rochers passés, le fort apparut, imposant, majestueux, entouré de bastions qui s'avançaient jusque dans la mer. Des drapeaux portant l'emblème de la Compagnie flottaient au sommet des créneaux.

Jan replia sa longue-vue, et une étrange expression se dessina sur son visage. Bien qu'il soit si près que leurs bras se touchaient, il semblait ailleurs, très loin de son épouse.

« Nous y sommes », annonça-t-il d'un ton solennel.

Une brise tropicale poussait paisiblement la flotte vers l'entrée du port. On largua l'écoute et on amena les voiles. Les ancres s'enfoncèrent doucement dans les eaux claires et atteignirent le fond.

Sur le quai, l'approche des navires avait provoqué une grande agitation. Des soldats se postèrent en sentinelles et les habitants se pressèrent pour admirer le spectacle que formait ce ballet de mâts, de voiles et d'étendards.

Peu après, une allège avança jusqu'à eux et aborda le *Galiasse*, dont le pavillon de commandement dansait au gré du vent. Un fonctionnaire colonial se hissa à bord par l'échelle de corde et demeura interdit lorsqu'il comprit que c'était le gouverneur général lui-même qu'il avait en face de lui.

« Nous ne vous attendions pas, monsieur, s'excusa-t-il en le saluant. Dans le cas contraire, nous aurions mieux préparé votre arrivée.

— Je le conçois fort bien, ne vous en faites pas. Auriez-vous l'obligeance d'informer M. De Carpentier de ma présence ? Le voyage a été long, nous aimerions débarquer dans les meilleurs délais. »

Le fonctionnaire s'inclina de nouveau et prit aussitôt congé.

Une heure plus tard, les capitaines, officiers et passagers foulèrent enfin la terre ferme. Devant une fanfare et une garde d'honneur, Pieter De Carpentier, un grand homme mince aux cheveux blonds et portant une barbichette, accueillit d'abord Jan et Eva. Il était habillé en pourpoint sombre et fraise blanche, comme s'il se trouvait au port d'Amsterdam, malgré la chaleur.

« Quelle agréable surprise ! s'exclama-t-il en souriant. Le secret de votre retour a été bien gardé, monsieur Coen. Et je constate de surcroît que vous n'êtes pas revenu seul.

— En effet, cher Pieter. Permettez-moi de vous présenter Eva, mon épouse, répondit Jan. Ainsi que notre fille Geertruyt, répondit-il en se tournant vers Wendelmoet, qui portait l'enfant dans ses bras.

— Toutes mes félicitations, monsieur ! Soyez la bienvenue à Batavia, madame Coen. J'espère que vous vous plairez ici, déclara De Carpentier en exécutant une élégante révérence.

— Je vous remercie. J'en suis convaincue », affirma Eva avec un sourire.

Jan et Eva furent ensuite salués par les membres du Conseil des Indes. Les uns après les autres, ils se présentèrent : Anthonie van Diemen, le capitaine Deutekom et Anthonie van den Heuvel.

Lorsque les politesses d'usage eurent été échangées, Eva observa les alentours.

La lumière du soleil se reflétait sur les façades des entrepôts portuaires, sur la mer scintillante, sur les remparts qui ceignaient le port et les pierres blanches du fort. La moiteur extrême était suffocante. Si la brise marine leur avait apporté un peu de fraîcheur lorsqu'ils naviguaient, il n'y avait plus un souffle de vent désormais, et le climat tropical était plombant. Sous leurs pieds le sol tanguait, comme s'ils étaient encore sur le bateau.

Heureusement, Jan n'était guère friand de toutes ces cérémonies et ne comptait aucunement s'éterniser là en plein soleil. Pieter De Carpentier lui restitua le gouvernorat et le Conseil des Indes, et les soldats lui promirent fidélité. Il annonça alors qu'ils gagnaient le fort.

Un cortège de coches les attendait, Eva monta dans le premier, ravie et soulagée de ne pas devoir marcher. Une large route sortait du port et serpentait parmi des jardins maraîchers luxuriants, pleins d'arbres fruitiers, de cocotiers et de buissons fleuris.

« La Gravenstraat », annonça Jan avec fierté.

Eva sourit.

Les coches passèrent sous la porte de la ville et traversèrent un pont qui enjambait une rivière aux eaux mordorées.

Batavia n'était pas très grande. La cité ne comportait qu'une seule longue artère principale, reliée à quelques rues parallèles. Elle comptait de nombreuses jolies façades, des canaux et des ponts. Il n'y avait aucun bâtiment ancien, tout donnait l'impression d'avoir été construit la veille.

S'il n'y avait pas eu ces palmiers et si la température avait été plus clémente, on aurait pu croire que l'on circulait dans une ville de Hollande, certes récente, mais dotée d'une ambiance similaire.

Eva essaya d'en voir le plus possible, mais par un autre pont ils sortirent de la ville aussi vite qu'ils y avaient pénétré. Celui-là conduisait droit au fort. Des soldats en faction de part et d'autre de l'entrée saluèrent au passage des voitures.

Les voyageurs s'arrêtèrent finalement au milieu d'une place et descendirent. Le fort se dressait sur la gauche, tandis que le château se trouvait à droite. Les bâtiments en face de l'esplanade étaient sans doute des entrepôts, à en juger par la forte odeur d'épices qui flottait dans l'atmosphère.

De Carpentier s'approcha de Jan et Eva, et les accompagna, tout en discutant, jusqu'au château. Six soldats montaient la garde devant une entrée immense aux portes cloutées.

L'intérieur paraissait étonnamment frais. Eva ne put réprimer un soupir de soulagement.

« Il fait meilleur ici ! » lança sa mère, pas moins satisfaite.

De Carpentier les invita à le suivre dans une pièce meublée de fauteuils et de banquettes confortables. Les volets entrouverts laissaient des rais de lumière se frayer un passage jusqu'au sol carrelé.

Des domestiques à la peau légèrement foncée s'empressèrent de leur apporter des plateaux chargés de boissons fraîches et de collations.

« Je dois hélas m'entretenir sans attendre avec le gouverneur général de quelques affaires urgentes, s'excusa De Carpentier. Mettez-vous à l'aise. »

Ils prirent place, et les deux hommes s'éclipsèrent dans une pièce adjacente.

« Aussitôt arrivé, aussitôt au travail ! commenta Sophia. J'espère que Jan n'aura pas de mauvaises surprises… »

Eva était trop éreintée pour s'en soucier à ce moment-là. Un domestique lui tendit un plateau sur lequel elle prit un bol de graines blanches servies avec une sauce rouge, qu'elle goûta aussitôt. La sauce était pimentée, les graines délicieuses.

Elle tenta d'en donner une bouchée à Geertruyt, qui la recracha aussitôt en faisant la grimace.

« Voilà qui promet… lança Eva.

— Il va lui falloir un temps d'adaptation. Comme à nous tous… tempéra Sophia. Espérons que nous ne devrons pas attendre trop longtemps avant de rejoindre notre résidence. J'aimerais m'allonger un peu. »

Elle avait l'air exténuée. Eva et Lysbet échangèrent un regard.

« Mangez quelque chose, mère. Ces fruits orange sont exquis », suggéra Lysbet, mais Sophia secoua la tête.

Heureusement, l'entretien privé s'avéra de courte durée et, après une dizaine de minutes, Jan et De Carpentier revinrent, accompagnés d'un troisième homme, grand, aux cheveux foncés. Il salua Eva, puis les autres membres de l'assemblée, et se présenta sous le nom de Jacques Specx, marchand principal et membre du Conseil des Indes.

« Jacques et moi nous connaissons depuis mon précédent voyage dans les Indes, expliqua Jan. Il est chargé des contacts avec notre factorerie au Japon. Comment se porte Sara, d'ailleurs ?

— Comme un charme. Elle s'habitue peu à peu à Batavia.

— Sara est votre épouse, je présume, monsieur Specx ? demanda Eva.

— Non, ma fille, répondit le haut fonctionnaire. Elle a dix ans, elle est née au Japon. Hélas, sa mère n'a pas pu nous accompagner. »

Eva hocha la tête et décida de ne pas chercher à satisfaire sa curiosité.

« Il ne doit pas être évident, pour une fille de cet âge, de s'installer dans un autre pays que le sien, dit-elle avec amabilité.

— Oh, ne vous en faites pas pour elle, Sara raffole de nouvelles aventures ! Le seul qui s'inquiète ici, c'est son vieux père Jacques ! » rétorqua-t-il. Tous se mirent à rire. « C'est à moi que revient l'honneur de vous accompagner jusqu'à votre résidence, reprit-il. Vous me suivez ? »

Ils se levèrent et lui emboîtèrent le pas. Dehors, le soleil éblouissant faisait apparaître des ondes évanescentes au-dessus du sable rouge et de la cour intérieure.

La maison du gouverneur, dont la construction venait de s'achever, se situait à l'intérieur de l'enceinte du fort, près de la porte principale. C'était un édifice richement décoré, doté d'un imposant perron et d'une double porte d'entrée.

Jacques accompagna Jan et Eva avant de prendre congé, juste au moment où un coche arrivait pour emmener Sophia, Lysbet, Gerrit et Dina en ville ; à bord du bateau, il avait été décidé que la jeune fille entrerait au service de la famille.

Du perron, Eva leur fit signe puis se tourna vers le hall, une pièce immense au sol en marbre. Un escalier de chêne en spirale conduisait à l'étage.

Eva suivit Jan dans la pièce de vie. Les volets, presque complètement fermés, maintenaient les lieux dans l'obscurité. De rares rais de lumière atteignaient les murs blancs de la pièce, meublée de chaises et d'armoires en bois d'acajou.

Eva ouvrit quelques volets et repensa brièvement à l'agréable pièce principale de sa maison de la Warmoesstraat.

« Alors, comment trouvez-vous les lieux ? demanda Jan. Vous pouvez naturellement les agencer à votre guise. »

Elle se tourna vers lui en souriant.

« C'est magnifique. Quand nos effets personnels arriveront-ils ?

— Si tout se déroule comme prévu, ils devraient être débarqués en ce moment même. Néanmoins, les meubles que nous avons emportés ne suffiront pas à remplir cette demeure. Nous devrons en acheter d'autres.

— J'en fais mon affaire », répondit Eva.

23

Eva se vit attribuer un cortège de domestiques, précédemment au service de De Carpentier, qui s'apprêtait à rentrer à Amsterdam à bord du *Galiasse*. Ils étaient désormais au service de Jan et Eva.

« Ce ne sont quasiment que des garçons, fit remarquer Jan à Jacques Specx, lorsqu'ils furent invités à s'aligner dans le vestibule pour l'inspection. Eva a plutôt besoin de filles, notamment pour l'aider à s'habiller et à se baigner.

— Il y a sans doute quelques jeunes Hollandaises que je peux engager ? suggéra Eva.

— Certes, mais ce n'est pas la raison de leur présence en ville, objecta gentiment Jan.

— Demain, c'est jour de marché, intervint Jacques. Eva pourrait éventuellement s'y rendre et voir ce qu'elle peut y trouver. »

Il se tourna vers Eva, qui le dévisageait sans comprendre.

« Le marché ?

— Le marché aux esclaves. De nouveaux arrivages

ont lieu plusieurs fois par semaine. Ils viennent de toutes les Indes. »

Eva laissa son regard courir sur les domestiques qui se tenaient en rang d'oignon. Tous étaient, sans exception, extrêmement jeunes.

« Ce sont donc tous des esclaves ?

— Oui, madame. Et de très bons. Je ne doute pas que vous en serez satisfaite.

— Parfait ! approuva Jan. Nous irons en acheter quelques-uns de plus demain. Maintenant, examinons les grands-livres ensemble, je vous prie. J'ai noté une série de dépenses que je ne parviens pas à identifier. »

Les deux hommes partirent vers le fort. Eva ferma la porte derrière eux et se retourna. Les esclaves la regardaient en silence, attendant ses instructions.

Mal à l'aise, elle décida de se montrer le plus naturelle possible. Elle trouverait bien quelque chose à leur faire faire. Dans l'intervalle, leurs effets personnels avaient été débarqués et acheminés sur place.

Elle donna quelques consignes et entreprit de découvrir les lieux. Quelques esclaves la suivaient pas à pas, la tête légèrement penchée, dans l'attente de ses ordres.

En bas, dans la pièce de vie, elle pria l'un d'eux de s'approcher d'elle. Il parlait bien le néerlandais et elle lui demanda comment il se nommait, d'où il venait. Le garçon répondit qu'il s'appelait Nongan et qu'il était originaire du royaume d'Arakan, voisin de l'Empire birman. Quatre ans auparavant, il avait été amené à Batavia par le tout premier bateau, le *Nieuw*

Seelant. Sur les milliers d'hommes et de femmes à avoir été entassés dans la cale, seule la moitié avaient survécu au voyage.

Nongan, vendu sur le quai dès son arrivée, était entré au service de De Carpentier. Depuis lors, il avait vu accoster bien des navires, dont une bonne partie en provenance de sa région et de la côte de Coromandel, dans l'Empire moghol. Il retrouvait de temps en temps des amis ou des connaissances, avec qui il échangeait quelques mots avant que la vente soit conclue. Une seule fois il était arrivé que les esclaves restent à Batavia : car la plupart repartaient sur d'autres bateaux pour travailler ailleurs. Nongan n'avait aucune idée de l'endroit où se trouvaient les membres de sa famille.

« Comment es-tu devenu esclave ? L'as-tu toujours été ? demanda Eva.

— Non, madame. Jusqu'à mes dix ans, j'étais libre, puis la guerre a éclaté entre mon peuple, les Bengalis, et Arakan. Notre village a été brûlé, ma famille et moi avons été capturés. On nous a alors vendus à Mrohaung, la capitale. »

Eva écoutait le jeune garçon avec attention, sans savoir que dire. Elle se contenta de hocher la tête et le remercia pour lui signifier qu'il pouvait partir.

« Apparemment, en tout cas pour les élites coloniales, les esclaves sont ici la chose la plus normale du monde », commenta Wendelmoet, qui déballait une caisse contenant un service en porcelaine dont elle posait délicatement les pièces une par une dans une vitrine d'apparat. La plupart avaient par bonheur survécu à la tempête.

« Oui, acquiesça Eva. À vrai dire, je ne sais pas qu'en penser. Dans la République, ces pratiques ne sont pas autorisées. Il est interdit de réduire une personne en esclavage ou en servitude. La volonté de Dieu s'y oppose.

— J'ai l'impression qu'ici c'est un autre dieu qui décide des règles. »

Ce soir-là, une fête fut organisée pour célébrer l'arrivée du gouverneur général et de sa famille. La cour intérieure du château fut décorée de guirlandes de fleurs, et une longue table dressée au centre. Par la fenêtre de sa maison, Eva remarqua qu'une estrade surmontée d'une imposante structure en bambou avait été érigée.

« Qu'est-ce donc ? » voulut-elle savoir.

Jan jeta à son tour un coup d'œil dehors.

« Je pense qu'on envisage de monter un théâtre d'ombres. C'est un genre particulier qui utilise une source de lumière et les ombres produites par des marionnettes pour raconter une histoire. Les gens en raffolent, ils en organisent sans arrêt dans leur quartier.

— J'en déduis que ce cadeau ne vous fait pas spécialement plaisir ? questionna Eva en riant.

— Oh, ces figurines sont très bien faites et le spectacle est divertissant, mais j'ai assisté à trop de représentations… Je crois en revanche que cela vous plaira, à vous et à votre famille. Je vous le recommande !

— À Geertruyt aussi ?

— J'ignore si c'est une bonne idée, dit Jan d'un air pensif. Il se peut qu'elle soit effrayée par les monstres. D'un autre côté, le spectacle va causer un tapage infernal et elle ne pourra de toute façon pas dormir… »

Justement la voix de l'intéressée se fit entendre au rez-de-chaussée, suivie de celle de Wendelmoet, constamment auprès d'elle. Geertruyt avait fêté son premier anniversaire la semaine précédente. Elle avait passé les derniers jours de la traversée, en s'agrippant partout, à essayer de marcher. Sur le bateau qui tanguait sans cesse, ce n'était pas facile. Mais maintenant qu'elle était sur la terre ferme, plus rien ne semblait pouvoir l'arrêter. Sous l'œil attentif de Wendelmoet, elle avait fait ses premiers pas.

« Je crois que je vais lui demander d'être la gouvernante de Geertruyt, annonça Eva. Nous avons suffisamment de domestiques pour l'entretien de la maison.

— Excellente idée ! J'aime autant éviter que des autochtones se chargent de l'éducation de ma fille. Je tiens à ce qu'elle parle un néerlandais correct, pas une sorte d'amalgame exotique. »

Eva acquiesça.

« Dans ce cas, Wendelmoet sera parfaite. »

L'obscurité envahit la ville tout de suite après le coucher du soleil. Dans ces contrées, la nuit s'abattait bien plus brutalement qu'en Hollande, où la transition était progressive.

Des dizaines de torches avaient été disposées tout autour de la cour intérieure, diffusant une lumière aux formes changeantes et biscornues.

Vêtue d'une tenue d'apparat en velours, Eva fit son entrée au bras de Jan, suivie de leurs esclaves. Le son des trompettes brisa le silence de la soirée, tous les invités s'inclinèrent pour saluer le gouverneur général et son épouse.

Eva avançait lentement et avec dignité. Lorsqu'elle prit place sur le fauteuil richement décoré, elle se pencha vers Jan et lui murmura à l'oreille :

« Ils vous traitent comme un roi.

— Ici, j'en suis un », répondit Jan.

Il exerça une légère pression sur la main de son épouse et ajouta :

« Et vous, vous êtes une reine. La première dame de Batavia, avec ce que ce statut implique de droits et de devoirs. Ne l'oubliez pas. »

Le banquet s'assimila à une rencontre avec une gastronomie tout à fait différente de celle à laquelle la jeune femme avait été habituée. La table était couverte de mystérieuses préparations exotiques qui sentaient délicieusement bon. Elle n'osa pas goûter aux sauces pimentées, mais elle apprécia beaucoup ce qui lui fut servi.

Son attention se porta sur Geertruyt. Vêtue de sa plus belle robe et coiffée d'un petit bonnet en dentelle orné de perles, elle était assise sur les genoux de Wendelmoet, secouant vigoureusement la tête pour refuser chaque aliment que sa nouvelle gouvernante lui présentait devant la bouche.

Eva se tourna vers Jan d'un air inquiet, mais il posa sa main sur la sienne avec un regard rassurant.

« Elle finira par s'habituer. À un moment, elle aura faim et elle mangera. »

Jacques Specx, qui se trouvait de l'autre côté d'Eva, entendant le prénom de Geertruyt, se tourna vers sa voisine :

« J'ai appris que votre fille avait fêté son premier anniversaire cette semaine. Félicitations !

— En effet, elle a été baptisée le 26 septembre, il y a donc un an et deux jours. Comme le temps file… J'ai du mal à croire que nous étions alors encore à Amsterdam. Tant de choses se sont passées depuis !

— Attendez qu'elle ait dix ans. Vous serez surprise qu'une décennie ait pu s'écouler… Puis-je vous présenter ma fille Sara ? » demanda Jacques en lui montrant la grande jeune fille aux cheveux noirs et lisses installée à côté de lui.

Sara se leva et exécuta comme elle le put un semblant de révérence derrière la table.

« Enchantée, madame, dit-elle d'une voix douce et timide.

— Bonsoir, Sara. Quelle tenue magnifique ! la complimenta Eva avec amabilité. C'est un habit traditionnel ?

— Il s'agit d'un kimono, madame. Un vêtement japonais. Ma mère me l'a fait parvenir.

— Impossible de la convaincre de mettre autre chose ! déclara Jacques, trahissant ainsi qu'il avait bel et bien essayé mais dû s'avouer vaincu.

— Si c'est un cadeau de ta mère, je comprends que tu souhaites lui faire honneur », approuva Eva en adressant un clin d'œil à la jeune fille, qui lui sourit.

Le spectacle commença.

Des artistes chinoises, magnifiquement vêtues, les cheveux garnis de fleurs et de bijoux en or, chantèrent et dansèrent en mouvements à la fois précis et gracieux. Quant à la musique, elle était singulière, une sorte de son aigu continu émis par des instruments qu'Eva ne connaissait pas. Combinée à l'obscurité et aux torches, cette musique conférait à la soirée une atmosphère mystique.

La jeune femme était captivée. De temps à autre, elle jetait un œil à Geertruyt qui ne perdait pas une miette du spectacle, blottie contre Wendelmoet, le pouce en bouche.

À la danse succéda le point d'orgue : le théâtre d'ombres. Une rangée de torches éclairait la grande toile tendue à l'avant de la scène, derrière laquelle les artistes prirent place en veillant à rester dissimulés. Ils saisirent alors des baguettes de bambou au bout desquelles se trouvaient des marionnettes en cuir ciselé, qui se mirent en mouvement comme par magie.

« C'est un art chinois populaire ancestral, expliqua Jacques à Eva. À Java, ils l'appellent le *wayang*, qui signifie "ombre" ou "silhouette" en javanais. Mais l'origine du théâtre d'ombres se trouve en Chine. D'après une légende, il a été inventé par la cour de l'empereur Wudi, qui a vécu autour de 150 avant J.-C. On raconte qu'il fut terrassé par le chagrin à la mort de sa concubine bien-aimée, dame Li. Quelqu'un eut alors l'idée de créer une marionnette qui lui ressemblait et de faire apparaître sa silhouette sur un rideau transparent afin de rendre vie à son esprit, ce qui aida considérablement l'empereur à mener son deuil. Le principe des marionnettes fut par la suite réutilisé pour narrer des histoires. Le théâtre d'ombres était né.

— De quoi parle cette histoire en particulier ? chuchota Eva, car la représentation avait déjà débuté.

— De conflit et d'amour, comme la plupart des récits, en somme. La trame va se dérouler d'elle-même, les paroles ne sont pas nécessaires », expliqua Jacques.

Sur la toile, une silhouette se mouvait, seule, puis soudain une deuxième se dissocia de son ombre portée, puis une troisième.

« Cela signifie que le personnage ne se dévoile pas totalement, précisa Jacques. Nous ne percevons que ce qu'il nous donne à voir. Il a ses secrets. Beaucoup de secrets. »

Eva restait entièrement absorbée par l'histoire, tandis que les domestiques et les esclaves servaient du vin de palme et autres boissons. La soirée se termina par un feu d'artifice. La nuit était déjà bien avancée lorsqu'ils regagnèrent leur résidence.

Eva alla embrasser Geertruyt, qui était rentrée plus tôt avec Wendelmoet, replaça la moustiquaire autour du lit de sa fille et alla se coucher.

Quand Jan la rejoignit quelques instants plus tard, elle se blottit contre lui.

« Quelle excellente soirée j'ai passée ! s'exclama-t-elle.

— Le spectacle vous a plu ? J'en suis ravi », dit Jan en repliant ses bras autour d'elle.

Il l'embrassa.

« Bienvenue à Batavia, madame Coen. Puissions-nous mener ici une vie longue et heureuse. »

Jan ferma les yeux et progressivement sa respiration ralentit, de plus en plus régulière. Eva observa le mur d'en face, sur lequel s'animaient les ombres de ceux qu'elle avait aimés et laissés à Amsterdam.

24

Au lever du jour, un vacarme infernal se fit entendre et réveilla Eva en sursaut.

Des bruits l'avaient déjà tirée de son sommeil plusieurs fois pendant la nuit ; mais lorsque les premières lueurs apparurent à l'horizon, une véritable cacophonie éclata tout autour de la résidence.

Elle sortit du lit, enfila une robe de chambre et poussa l'un des volets, cependant elle ne vit que les bâtiments de la Compagnie et les austères remparts du fort.

Derrière elle, Jan se retourna et ouvrit les yeux.

« Vous êtes bien matinale…

— Vous entendez ce bruit ? Je n'arrive plus à dormir ! J'essaie de savoir d'où il provient, mais je ne vois rien… »

D'un mouvement souple, Jan pivota et s'assit au bord du matelas.

« Venez », dit-il d'un air mystérieux.

Il appela les esclaves, qui les aidèrent à s'habiller. Eva se fit nouer les cheveux et ajusta une coiffe, puis elle suivit son mari dans l'escalier qui conduisait au vestibule.

Il sortit de la maison. Les soldats en faction à l'entrée se mirent au garde-à-vous, pour saluer le gouverneur général et son épouse à leur passage.

Prenant Eva par la main, Jan l'emmena vers l'un des bastions, où là aussi les soldats de garde les saluèrent, mais Jan n'y prêta pas attention.

« Regardez », l'invita-t-il.

Elle s'exécuta.

Du promontoire sur lequel se trouvait le fort s'étendait une vue imprenable sur la ville, ses canaux rectilignes et ses ponts basculants. Le fleuve Ciliwung y sinuait tel un serpent brun et disparaissait dans la jungle.

Le paysage exposait une palette de dizaines de verts, tous différents. Une nuée d'oiseaux jaunes s'envola et traversa le ciel, des singes se balançaient d'arbre en arbre. Une légère brise charriait une infinité d'odeurs, une subtile combinaison de terre chauffée au soleil, d'épices et de senteurs florales.

« C'est d'une splendeur ! s'exclama Eva, tous les sens en éveil.

— N'est-ce pas ? J'ai donné à ces bastions des noms de pierres précieuses. Nous sommes sur Diamant, et Rubis se trouve en face. Les deux autres orientés vers la mer s'appellent respectivement Saphir et Perle. »

Ensemble ils tournèrent leur regard vers l'océan, une symphonie de bleus, qui scintillait comme un joyau lui aussi.

De son bras Jan entoura les épaules d'Eva.

« Je suis venu ici même juste avant de rentrer en Hollande. J'espérais retrouver ce paradis après une traversée sans encombre, et si possible le partager avec quelqu'un. Et m'y voici aujourd'hui, en compagnie de la plus belle femme du monde, qui de plus m'a donné une petite fille. »

D'un geste, il détourna sa compagne de la mer, l'attira face à lui et plongea ses yeux dans les siens.

« J'espère que vous aimerez Batavia autant que j'y suis attaché, Eva.

— C'est aussi mon souhait, répondit-elle avec douceur. Je ferai tout pour apprendre à connaître cette ville et à l'apprécier. »

Sa promesse était sincère, car l'exaltation qu'elle avait perçue dans la voix de Jan lui avait fait comprendre qu'ils ne retourneraient jamais à Amsterdam.

Du riz et des fruits étaient disposés sur la table de la salle à manger. Il n'était pas dans les coutumes du pays de se sustenter le matin, mais Jan appliquait ses propres règles même sous les tropiques.

« Ce climat est très exigeant pour l'organisme, justifia-t-il alors qu'ils entraient dans la pièce. Il faut entretenir des forces en suffisance. »

Un tapis chinois recouvrait le vaste parquet. Des esclaves postés autour de la table agitaient doucement des feuilles de palmier pour apporter une fraîcheur bienvenue pendant le repas, mais Eva n'était pas tout à fait à son aise.

« Je dois m'habituer, murmura-t-elle en observant à la dérobée le visage impassible des garçons qui les entouraient.

— Aux esclaves ? Dans quelque temps vous ne les remarquerez même plus, croyez-moi. Pire, vous ne pourrez plus vous en passer.

— Pourquoi n'engageons-nous pas des domestiques ? Chez nous, l'esclavage est interdit, souligna Eva.

— Il y a aussi des esclaves à Amsterdam. »

La jeune femme resta stupéfaite.

« Vous n'en avez jamais croisé ? Il est pourtant difficile de ne pas les voir.

— Ce sont des domestiques ordinaires, non ?

— Bien sûr que non. Où pensez-vous qu'on trouve ces "domestiques", comme vous les appelez ? »

Un silence tomba.

« Je n'en ai franchement aucune idée, finit par répondre Eva. Mais je sais que nous n'avons pas de marché aux esclaves à Amsterdam. Pas davantage que dans le reste de la République.

— Vous n'avez pas tort, rétorqua Jan. C'est tout simplement que ces esclaves sont la propriété de familles portugaises venues s'installer chez nous pour pratiquer librement leur culte. Au Portugal, je vous assure qu'il existe bel et bien des marchés aux esclaves, et même de très importants. On les achète donc là-bas quand on a besoin de personnel de maison. »

Comme si un voile se levait dans son esprit, Eva découvrait une toute nouvelle réalité qu'elle avait jusqu'alors omis de voir.

« Comment est-ce possible ? C'est contraire aux règles du christianisme ! s'insurgea-t-elle.

— Pas tout à fait. »

Jan tendit le bras vers le dressoir disposé derrière lui et y saisit une bible, qu'il se mit à feuilleter.

« Laissez-moi vous faire un peu de lecture, annonça-t-il d'un ton professoral. "Jérémie 13:23-25. Un Éthiopien peut-il changer sa peau, Et un léopard son pelage ? De même, pourriez-vous faire le bien, Vous qui êtes accoutumés à faire le mal ? Aussi Moi, dit l'Éternel, Je les disperserai comme des brins de paille emportés par le vent du désert. Tel est ton sort, la part que Je te mesure." »

Jan referma le livre.

« C'est l'ordre naturel de l'existence. Le Seigneur Lui-même en a décidé ainsi. »

Eva ne savait que répondre. Elle grignota un fruit, puis secoua la tête.

« Nos esclaves ne sont pas des Éthiopiens, et ce fragment ne dit rien sur l'esclavage en tant que tel.

— Non, mais tout bon lecteur sera à même de lire entre les lignes. »

Jan n'avait manifestement plus envie de poursuivre la discussion. Lorsque son épouse ouvrit la bouche pour lui répondre, il leva la main.

« Assez. J'ai d'autres préoccupations à l'esprit, Eva.

— Puis-je savoir lesquelles ? demanda-t-elle. Vous avez très mal dormi la nuit dernière, je vous ai entendu vous retourner encore et encore, entre deux soupirs.

— Oui, j'ai peiné à trouver le sommeil. J'étais réveillé depuis un moment lorsque vous avez ouvert les yeux. »

Jan leva son verre, aussitôt rempli par un esclave qui se tenait derrière lui, une carafe de petite bière à la main.

« Pieter Vlack, un jeune légiste que je venais de nommer gouverneur de Banda, a été enlevé en juillet par un groupe d'indigènes. Les ravisseurs exigent désormais l'affranchissement de huit cents esclaves sur cet archipel. Je n'arrive toujours pas à comprendre comment Vlack a pu se faire piéger aussi bêtement.

— Avez-vous l'intention de relâcher ces esclaves ?

— Certainement pas. Je vais négocier et tenter d'obtenir la libération du gouverneur, mais il est hors de question que je me plie aux injonctions. »

Eva essaya d'imaginer le jeune otage en captivité, livré à la merci des indigènes. Même s'il avait commis une imprudence, elle éprouvait de la compassion pour lui.

« Et nous, sommes-nous aussi exposés à un risque d'enlèvement ?

— Si vous vous aventurez en dehors de l'enceinte de la ville, c'est possible. J'en parlais justement avec De Carpentier dernièrement. Je lui demandais sans détour ce qu'il avait fabriqué pendant mon absence. Il a fait construire une école, une église, un pont entre le fort et la ville. C'est merveilleux, mais, en attendant, l'édification des remparts du côté ouest n'a pas commencé ! »

Une intonation dans sa voix éveilla l'inquiétude d'Eva.

« Avons-nous donc à craindre pour notre sécurité ? »

Jan observait le vide devant lui, les bras appuyés sur la table.

« Non, finit-il par répondre. Les Javanais ignorent l'affaire, sinon ils nous auraient déjà attaqués. J'ai donc donné des ordres pour redresser la situation au plus vite. »

Après un silence, Jan changea de sujet.

« Il y avait encore une chose dont je désirais m'entretenir avec vous. Lorsque j'étais à Amsterdam, De Carpentier a aussi fait bâtir un foyer qu'il a baptisé la Cour des dames. Il s'agit d'une institution qui accueille les orphelines et les femmes seules en provenance de la République, jusqu'à ce qu'elles aient trouvé un travail ou un époux. Je souhaite que ses pensionnaires deviennent des femmes pieuses et respectables, à la hauteur du statut auquel Batavia s'est élevée. Je me suis laissé dire qu'une telle mission pourrait vous convenir, en tant que première dame.

— Vous voulez en faire des régentes ?

— Exactement. Pour le moment le foyer est dirigé par deux pasteurs et une seule femme, Catharina Seroyen. Malheureusement, elle me paraît manquer de sérieux dans l'exercice de cette charge. J'ai besoin de quelqu'un capable de veiller au bon déroulement des choses. Votre mère et Lysbet pourraient vous assister dans cette tâche. Qu'en dites-vous ? »

Au ton de sa voix, Eva comprit que décliner la proposition n'était certainement pas envisageable. De toute façon elle n'en avait pas l'intention.

Pour le moment elle se consacrait à l'aménagement de la maison, mais elle s'était déjà demandé comment elle occuperait ses journées par la suite.

« Je serais ravie de m'en charger, répondit-elle. Et je sais avec certitude que mère et Lysbet seront elles aussi très enthousiastes à l'idée de me seconder. Tant que j'y pense : avez-vous songé à une activité pour Gerrit ?

— Ne souhaitait-il pas naviguer ?

— Pour être honnête, je ne suis pas convaincue qu'il soit un marin dans l'âme. Et entre nous, mère mourrait de chagrin s'il décidait de partir en mer. N'avez-vous rien d'autre à lui proposer ? Une fonction qui lui permettrait de gagner décemment sa vie et d'acquérir sa propre demeure ? Souvent je le vois observer les femmes indigènes, et je crois pouvoir trouver les arguments pour le persuader de rester à Batavia. En fait, il veut surtout s'émanciper.

— Il lit et écrit de façon très convenable, son écriture est claire. Nous souffrons d'un manque criant de clercs. Alors, s'il est intéressé, il peut commencer immédiatement. »

Jan essuya ses lèvres avec une serviette et poussa sa chaise en arrière.

« Pour ce qui est des femmes indigènes, essayez donc de lui sortir cette idée de la tête. Il n'est pas souhaitable que des relations se nouent entre les Hollandais et les Indiens. Votre frère n'aura que l'embarras du choix à la Cour des dames, où il trouvera bien assez de prétendantes. En tout cas, pas d'indigènes. Toute infraction à cette règle donne lieu à une flagellation et aucune exception ne sera faite. Veuillez lui passer le mot. »

Il embrassa Eva sur le front et quitta la pièce d'un pas décidé.

La jeune femme le suivit des yeux. Lentement, elle replia sa serviette. Nongan accourut.

« Madame désire-t-elle autre chose ?

— Non, merci, répondit Eva en se levant. Vous pouvez débarrasser. »

25

Dans les jours qui suivirent, Eva eut fort à faire. Elle supervisait l'aménagement de la résidence d'un œil vigilant et eut à peine le temps d'explorer la ville.

Le port fut la seule exception : entre deux tâches, elle aimait aller s'imprégner de l'effervescence qui y régnait en permanence. Elle appréciait tout particulièrement le ballet incessant des bateaux. Batavia était le point de rassemblement de tous les navires de l'archipel, on y livrait et entreposait toutes les marchandises destinées à être acheminées ensuite vers la République.

Même si elle achetait beaucoup de fournitures pour son installation, Eva se félicitait d'avoir emporté des effets personnels d'Amsterdam. Ainsi, sa nouvelle maison partageait plusieurs aspects communs avec celle de la Warmoesstraat.

Elle disposait d'une pièce personnelle, avec un coin salon meublé de grands fauteuils confortables et d'une banquette, habillée d'un tissu coloré et ornée de coussins. Sa table d'écriture en bois d'ébène s'appuyait contre un mur, son clavecin occupait un angle près de la fenêtre.

La chambre à coucher restait l'endroit de la maison qu'elle préférait, en particulier le mur couvert de panneaux de bois en laque de Chine. Les autres pans étaient agrémentés des garde-robes en loupe d'Amboine. Avec, au centre, un lit à baldaquin en ébène ciselé, entouré d'une moustiquaire, l'ensemble respirait le luxe et l'opulence.

Après quelques jours, lorsqu'elle se fut accommodée au climat et reposée, Eva décida de se rendre en ville en compagnie de son frère et de sa sœur. Pour sa part, Sophia ne manifestait guère d'intérêt pour son nouvel environnement et passait une grande partie de ses journées au lit.

« Je n'arrive pas à comprendre comment vous trouvez la force de vous promener dans cette chaleur suffocante, lança-t-elle tandis que deux esclaves l'éventaient avec des feuilles de palmier pour lui procurer un peu de fraîcheur.

— Voulez-vous que nous reportions notre petite excursion à demain, mère ? Il fera moins chaud, semble-t-il », proposa Lysbet.

Sophia hocha mollement la tête et, d'un geste las de la main, les invita à sortir de la pièce.

« Je m'inquiète pour mère », confia Eva peu après, alors qu'ils longeaient le Tijgersgracht.

La plupart des esclaves étaient restés à la résidence et seul Nongan les accompagnait, tenant une ombrelle au-dessus de sa tête.

« Tout ira bien. Elle mange très peu, mais d'après le docteur Bontius il faut surtout veiller à ce qu'elle boive en suffisance. Je lui fais porter des boissons fraîches toute la journée… »

Lysbet s'arrêta, pour examiner l'ombrelle :

« Quel objet magnifique, dis-moi ! J'en veux un, moi aussi !

— Ça s'appelle un *payung*, répondit Gerrit. Toutes les boutiques qui en vendent se trouvent dans le quartier chinois, à l'arrière de la ville. Veux-tu qu'on y fasse un tour ? »

Elles suivirent leur frère, qui connaissait déjà bien la ville. Il marchait sans hésiter, on aurait cru qu'il vivait là depuis des années. Quant à Eva, elle n'était jamais allée beaucoup plus loin que la maison de sa mère. Elle apprécia la balade, même si elle était gênée par la présence des soldats qui les escortaient et se positionnaient de manière à bloquer tout contact avec la population locale. Jan avait bien insisté sur le fait qu'ils ne devaient sortir sous aucun prétexte sans gardes du corps. Lui-même avait sa garde personnelle chaque fois qu'il quittait l'enceinte du château.

« Jan m'a proposé un travail de clerc, expliqua Gerrit tandis qu'ils longeaient l'un des canaux, à l'ombre des palmiers.

— Je croyais que tu voulais partir en mer, s'étonna Lysbet.

— Oui, et c'est toujours le cas. David de Vries m'a offert la possibilité d'embarquer avec lui sur le *Galiasse* et de me former comme sous-officier.

— Pourtant tu hésites », décrypta Eva.

Gerrit acquiesça.

« J'adore naviguer, mais l'idée de retourner à Texel m'enchante moins. J'avais l'intention de me renseigner sur les marines marchandes des Indes et du Japon, pour rester dans la région. Et puis Jan m'a proposé de devenir son clerc personnel.

— Pas tout à fait la même chose… commenta Lysbet. Ne voulais-tu pas une vie d'aventures ?

— Si, en effet, mais j'ai aussi envie de me marier, de fonder une famille. D'autre part, les salaires des marins restent modestes. En tant que clerc, je gagnerais bien plus.

— Tu pourrais peut-être faire d'une pierre deux coups en partant pour les Indes et le Japon comme clerc, suggéra Eva. À bord, les bateaux ont besoin de lettrés pour assurer l'administration.

— Jan m'a également parlé de cette possibilité.

— À vrai dire, je crois qu'il serait préférable que tu ne t'éloignes pas trop de mère, je me fais du souci pour elle.

— Moi aussi… »

Un silence passa, puis Gerrit reprit :

« Tu as peut-être raison, je devrais accepter la proposition de Jan. »

Il sourit à une jolie indigène qu'ils croisaient et ajouta :

« Batavia me plaît. »

Eva suivit son regard. Les indigènes étaient habillées d'une sorte de tunique qui couvrait leur buste et leurs jambes jusqu'aux genoux, laissant les épaules dénudées. Les hommes portaient un pantalon et une blouse légère en coton blanc, même si bon nombre d'entre eux restaient simplement torse nu.

Ces tenues qui semblaient incontestablement très confortables, Eva les trouvait peu décentes. Elle admirait en revanche les cheveux brillants des femmes, noués en un chignon soigné et décoré de fleurs.

Les filles étaient toutes belles, naturellement élégantes, et elle comprenait très bien l'attirance qu'elles exerçaient sur son frère.

Ils arrivèrent sur la place du marché, une vaste esplanade sablonneuse où s'entassaient des échoppes aux étals en pierre et des bancs au-dessus desquels des toiles avaient été tendues. De la fumée s'élevait de partout, on grillait et rôtissait de la viande que les clients pouvaient consommer sur place, dans une feuille de bananier.

Des Chinois et des Javanais étaient agenouillés sur des carpettes couvertes de fruits jaunes et orange, aux noms dont les sonorités exotiques faisaient saliver. On pouvait aussi boire du vin de palme servi dans des cannes de bambou.

Ils entrèrent dans le quartier chinois, et Eva écarquilla les yeux. Tous les magasins étaient ouverts sur la rue, offrant le loisir d'admirer la splendeur des vases, des tapisseries, des coffrets laqués de noir et des boîtes à bijoux en ivoire.

Pour compléter la décoration de sa résidence, Eva choisit plusieurs objets qui lui plaisaient et demanda que le tout lui soit livré par les coolies plus tard dans la journée.

Quand ils arrivèrent devant la Cour des dames, dans la Heerestraat, Eva suggéra d'aller y jeter un coup d'œil.

« Finalement, toutes ces pensionnaires seront bientôt sous notre responsabilité… J'aimerais commencer au plus tôt. »

Lysbet approuva. La proposition de sa sœur – prendre ensemble la direction de l'établissement –

l'avait enthousiasmée. « Nous aurons ainsi de quoi nous occuper », avait-elle justifié.

La Cour des dames était logée dans un imposant bâtiment de deux étages, richement décoré. Une lourde porte couverte de ferrures dominait le large perron.

La femme d'une trentaine d'années qui leur ouvrit se présenta sous le nom de Catharina Seroyen. Lorsque Eva révéla son identité, ainsi que celle de sa sœur, leur interlocutrice les salua avec une déférence extrême et leur expliqua qu'elle avait la charge, avec les pasteurs, des pensionnaires.

« Je vais de ce pas prévenir les pasteurs de votre visite, annonça-t-elle. Ils seront sans doute surpris, nous ne vous attendions pas si tôt. »

En effet, les pasteurs, Cloppenburgh et Laurentius, se montrèrent étonnés, mais surtout très heureux de leur venue.

« Votre aide sera précieuse, assura Jacob Laurentius. Nous faisons de notre mieux, mais les filles seront sûrement ravies de voir des femmes prendre soin de leur éducation. Comme vous le savez, la population de Batavia se compose principalement d'hommes. Par bonheur, nous pouvons compter sur le soutien de Mme Seroyen.

— Et de Mme Floris, bien entendu », ajouta une grosse voix dans leur dos.

Une femme corpulente s'approcha du groupe d'un pas déterminé avant de saluer Eva, puis Lysbet.

« Madame Coen et mademoiselle Ment, je présume ? Je suis honorée de vous rencontrer. Je suis Catharina Floris. Il y a donc deux Catharina ici, il faudra veiller à ne pas nous confondre ! »

Un rien mal à l'aise, les deux pasteurs échangèrent un regard, mais Eva arbora un large sourire.

« Tout l'honneur est pour moi, madame Floris. »

À son tour, Lysbet salua l'intendante.

« Catharina Floris est à la fois notre soutien et notre sauveuse, déclara le pasteur Cloppenburgh. Quand nous avions si cruellement besoin d'aide, elle a proposé de se joindre à nous et d'alléger notre fardeau, alors qu'elle a elle-même déjà beaucoup de travail.

— Je ne vous le fais pas dire ! » confirma-t-elle.

Elle lança un regard complice à Eva et Lysbet, et compléta :

« J'ai la charge de plusieurs entreprises, mais j'ai pensé qu'au point où j'en étais je pouvais ajouter la Cour des dames ! Je ne pouvais pas me résigner à abandonner à un triste sort toutes ces filles qui avaient eu le courage de venir jusqu'ici. Nous sommes bien placées pour savoir à quel point ce voyage peut être éprouvant, et nous connaissons aussi le temps que demande l'acclimatation.

— Vous avez raison, abonda Eva. De quel genre d'entreprises vous occupez-vous ?

— D'une distillerie d'arak, d'une briqueterie et d'une exploitation maraîchère. Je n'ai pas le loisir de m'ennuyer, mais j'aime cela ! Voulez-vous que je vous fasse visiter la propriété ? »

Sans attendre l'assentiment des deux pasteurs et de sa collègue homonyme, Catharina s'engagea dans le couloir et invita Eva et Lysbet à la suivre.

Tout en parcourant les lieux avec les deux sœurs, elle leur expliqua que le foyer comptait à la fois des orphelines et de jeunes demoiselles qui espéraient trouver un époux.

« Cela peut prendre un certain temps, précisa-t-elle. Voyez-vous, les filles qui décident de venir à Batavia de leur propre gré ne correspondent pas forcément aux exigences de la plupart des hauts fonctionnaires qui vivent ici… Beaucoup d'entre elles ont une conscience à purifier, ou certaines étaient tellement démunies qu'elles n'avaient plus rien à perdre. La Compagnie leur verse des gages si elles acceptent de déménager et d'embarquer à bord du premier galion. »

Elles entrèrent dans une salle où un groupe de jeunes femmes cousaient, assises autour d'une longue table. Il y régnait une chaleur étouffante. Elles étaient moins nombreuses qu'Eva ne l'aurait cru. Les conversations qui allaient bon train s'interrompirent instantanément à l'entrée des visiteuses, qu'elles dévisagèrent avec curiosité. Eva et Lysbet les saluèrent d'un signe de tête.

Catharina guida ensuite les deux sœurs dans une autre pièce, où des filles plus jeunes étaient également occupées à un travail de couture.

« Il y a quatre ans est arrivé un groupe de quatre-vingts femmes d'origine douteuse. La moitié d'entre elles venaient là uniquement pour des raisons financières ou parce qu'elles avaient des démêlés avec la justice. L'autre moitié se composait de très jeunes filles, expliqua Catharina. En réalité, elles n'étaient encore que des enfants, de onze ou douze ans tout au plus. La Compagnie a si désespérément besoin de satisfaire les aspirations de tous les hommes qui vivent ici qu'elle a fixé l'âge légal du mariage à treize ans. C'est d'un ridicule ! Dans la République, les femmes ne se marient que vers vingt ans, et ce devrait aussi être le cas à Batavia. Mais que voulez-vous, il semblerait que peupler la ville soit la seule chose qui compte. »

Eva regarda les filles en robe grise, coiffées d'un bonnet, la tête penchée sur l'ouvrage. Leur visage était rouge de chaleur, et la plupart avaient de larges auréoles sous les aisselles. Des mouches bourdonnaient en tous sens dans la petite salle. Eva fut soulagée de ne pas s'y éterniser.

« Il fait très chaud, observa-t-elle en sortant. Ne peuvent-elles pas travailler ailleurs ?

— Nous n'avons pas d'autre endroit… rétorqua Catharina.

— Et sous ces galeries, par exemple ? suggéra Lysbet.

— Il n'y fait pas plus frais. Et impossible d'y déplacer les tables… Ne vous inquiétez pas, elles sont bien où elles sont, elles se sont habituées.

— Arrive-t-il que des filles demandent à repartir ? reprit Eva.

— Oui, certaines en expriment régulièrement le souhait, mais ce n'est pas envisageable. Elles ont reçu des gages de la Compagnie en échange d'un contrat qu'elles ont signé, et qui stipule qu'elles doivent rester cinq ans "en service". Comme les soldats ou les matelots. Une fois qu'elles sont mariées, la durée du séjour obligatoire est prolongée à quinze ans. Après tout ça, ils se plaindront qu'aucune femme n'ait envie de venir…

— Et vous ? Êtes-vous mariée ? questionna Eva.

— Je suis veuve. Mon mari faisait partie du conseil d'administration de la ville. Il est décédé il y a trois ans. À l'époque, j'aurais pu retourner à

Amersfoort, mais j'ai préféré rester à Batavia. Nous avions construit notre vie ici. Et puis je ne souffre pas de la chaleur, contrairement à beaucoup. Je préfère de loin ce climat à l'horrible rudesse de nos hivers ! J'espère que vous vous y plairez, vous aussi. Venez donc prendre le thé à l'occasion, nous avons beaucoup de choses à nous dire. »

26

Sous la direction d'Eva, des changements se mirent progressivement en place à la Cour des dames. Elle demanda que des tables fabriquées sur mesure soient disposées dans les galeries voûtées afin que les pensionnaires puissent travailler dehors. Elle commanda des moustiquaires qu'elle fit installer autour des lits, veilla à ce que de nouveaux habits en coton soient fournis à toutes, des plus jeunes aux plus âgées, et les autorisa à ne pas porter la coiffe à l'intérieur du foyer. Commodités qu'elle-même ne pouvait pas se permettre, car elle avait un devoir d'exemplarité, contrainte par son statut d'être toujours décemment vêtue.

La jeune femme parvint néanmoins à supprimer le port de la fraise, qu'elle jugeait vraiment insupportable sous ces latitudes. Jan hésita lorsqu'elle lui suggéra l'idée, mais il céda à l'argument que la mode de ces collerettes serait bientôt révolue à Amsterdam.

Eva s'efforçait de s'habituer autant que possible à sa vie sous les tropiques. Les journées commençaient très tôt et, l'après-midi, tout le monde se retirait pour se reposer. Elle se mit très vite au diapason.

Grâce à Catharina Floris elle étendit rapidement son réseau de connaissances, parmi lesquelles notamment la ventrière Sytgjen Jans et Lysbet Boom, la tenancière de l'auberge de la ville.

Elle appréciait beaucoup ces nouvelles occupations, car de son côté Jan était totalement absorbé par les affaires publiques, dont elle ignorait toutefois la nature exacte, de même que les raisons de ses fréquentes absences. À la nuit tombée, pendant le dîner, il lui arrivait d'évoquer divers problèmes d'organisation, mais elle avait conscience qu'autre chose le préoccupait.

« Je vous sens tracassé, tenta-t-elle un soir. N'essayez pas de le nier, j'en suis certaine. Vous dormez mal et froncez les sourcils en permanence. Que se passe-t-il ? »

Jan lui adressa un sourire rassurant.

« Rien qui doive vous inquiéter. »

Eva jeta un regard furtif à un esclave qui se tenait près de la table, un plateau en argent rempli de fruits dans les mains. Sans qu'elle demande rien, il s'avança vers elle et le lui présenta, mais elle secoua la tête.

« Vous plaisez-vous ici ? Commencez-vous à vous acclimater ? demanda Jan.

— Ne changez pas de sujet, je vous en prie. »

Il sourit en signe de reddition.

« Très bien, je m'avoue vaincu. Vous l'apprendrez tôt ou tard, de toute façon. Nous avons quelques soucis avec le sultan Agung, l'empereur de Mataram. C'est un royaume au centre de l'île de Java. Je suis toujours parvenu à maintenir de bons rapports avec lui, même s'il n'a apprécié que très moyennement que nous nous installions à demeure. Mais disons qu'il tolérait notre présence et, dans la mesure où nous avions besoin de lui, j'ai consacré une part de mon temps à notre relation. Comme Agung est un fervent amateur de chevaux, je lui ai fait amener quelques magnifiques bêtes depuis la côte de Coromandel, située dans l'Empire moghol.

— Pour éviter une guerre.

— Et aussi parce que Agung est notre plus grand fournisseur de riz. Toutes les rizières se trouvent à Mataram, nous n'avons ici que de la jungle et des herbues. Si nous ne pouvons plus compter sur son riz, nous devrons l'importer – ce qui reste une option possible, mais onéreuse, car il nous faudra garantir la protection des navires contre les corsaires.

— Ce que le sultan sait pertinemment…

— Et ce qui explique qu'il se montre sans cesse plus exigeant. Les chevaux et les étoffes précieuses ne suffisent plus, il veut à présent de la poudre et des canons. Il assure qu'il envisage de les utiliser contre certains ennemis… »

Eva écoutait avec attention en hochant légèrement la tête.

« Mais vous ne lui faites pas confiance.

— Pas le moins du monde. Son peuple se compose d'ouvriers agricoles, qu'il peut transformer en guerriers en un claquement de doigts. S'ils sont mobilisés, ils n'auront d'autre choix que de se présenter, sans exception, sous peine d'être jetés aux crocodiles. Nous nous retrouverions face à des dizaines de milliers d'hommes prêts à mourir au combat. Selon certaines rumeurs, Agung serait déjà sur le point de lancer une offensive. »

Eva prit quelques secondes pour réfléchir aux explications de son mari et comprendre ce qu'elles impliquaient. Elle se sentait gagnée par la peur.

« Comment le savez-vous exactement ? Qui a propagé ces bruits ?

— Des marchands. On croise beaucoup de commerçants indigènes au port. Ils ont tout intérêt à ce que Batavia reste à l'écart des conflits, et tous craignent qu'une guerre vienne perturber leurs affaires. Ce sont eux qui nous ont prévenus. »

Eva avait perdu l'appétit. Elle repoussa son assiette et posa sa serviette sur la table.

« Ce qui explique aussi que vous soyez préoccupés par la construction de nos défenses. Elle est actuellement au point mort.

— J'en ai fait une priorité, mais on ne construit pas des remparts en un jour.

— Si le sultan décidait de nous attaquer maintenant…

— Nous serions en mauvaise posture. Je lui ai donc assuré qu'il aurait sa poudre et ses canons, mais je ne compte pas honorer cet engagement. J'espère pouvoir temporiser suffisamment pour nous permettre de préparer notre défense, si d'aventure ces rumeurs venaient à se vérifier.

— Avez-vous des nouvelles de l'homme qui avait été enlevé ?

— Pieter Vlack ? Non, aucune. Je doute qu'il soit encore en vie. »

Jan soupira et resta pensif un moment.

« Vous pouvez aller où bon vous semble, Eva, reprit-il, mais ne sortez jamais du port. Promettez-le-moi. »

Sa voix laissait percevoir une telle inquiétude que les craintes d'Eva augmentèrent. Elle posa sa main sur celle de Jan et dit :

« Ne vous en faites pas, je ne quitterai pas l'enceinte de la ville. »

Si Batavia passait pour un paradis, l'extérieur de la ville était un véritable enfer. Des cauchemars nourris des histoires qu'elle entendait toute la journée troublaient son sommeil, qu'il s'agisse de serpents gros comme le bras, attendant leur proie enroulés autour de branches d'arbre, ou de tigres en embuscade dans la jungle.

Elle savait que ces récits n'étaient pas des affabulations, elle pouvait en témoigner. Elle avait vu des tigres s'aventurer au crépuscule autour de l'enceinte, et du bastion on distinguait très clairement les crocodiles qui se traînaient hors du fleuve.

Même si elle n'avait aucune intention de se risquer dans des endroits réputés dangereux, elle ne pouvait pas non plus s'estimer entièrement à l'abri, car la ville grouillait de serpents.

Un jour, alors qu'elle se promenait en compagnie de Catharina, elles tombèrent nez à nez avec un spécimen terrifiant. L'animal gisait, enroulé sur lui-même et immobile, si bien qu'elle ne le remarqua pas tout de suite et le frôla. À la seconde où le reptile releva la tête, les deux femmes sursautèrent. Catharina la saisit par le bras.

« Ne faites surtout aucun mouvement brusque. »

Eva se figea. Le serpent sifflait, sa langue surgissait par à-coups. La jeune femme réprima son envie de prendre ses jambes à son cou.

« À présent, reculez très lentement, un pas après l'autre », conseilla Catharina.

Eva s'exécuta. Tandis qu'elle s'éloignait doucement de la menace, les soldats qui les accompagnaient mirent leur mousquet en joue. La salve souleva du sol l'animal, qui retomba en lambeaux.

« Oui, voilà une méthode qui a fait ses preuves », plaisanta Catharina.

Elle proposa alors d'aller prendre le thé chez elle, mais Eva hésita.

« Votre mari vous l'aurait-il interdit ? Il n'a pas l'air des plus commode.

— Il ne m'a rien interdit du tout, allons donc chez vous, je suis curieuse de savoir où vous habitez », répondit Eva, qui bifurqua d'un pas décidé dans la Heerestraat.

Chez elle, dans la République, elle n'aurait pas cherché à se rapprocher si vite de Catharina, qui n'avait ni froid aux yeux ni sa langue dans sa poche, mais Batavia comptait trop peu de femmes pour qu'elle se montre exigeante dans le choix de ses amies.

Suivies imperturbablement par les esclaves et les soldats, elles arrivèrent devant une grande demeure de pierre. L'arrière de la maison débordait de cages où gazouillaient à l'envi des oiseaux multicolores. Une table à thé trônait au milieu de la pièce, entourée de sièges en ébène à accoudoirs. Un coquemar en argent brillait dans la lumière du soleil de l'après-midi.

Des femmes esclaves vêtues de sarongs servirent le thé dans de petites tasses japonaises à couvercle.

Elles prirent une première gorgée, puis Catharina lança la conversation en s'intéressant à la famille d'Eva et à son passé. Elle-même raconta ensuite qu'elle avait quitté sa ville natale d'Amersfoort en 1622, à bord du navire marchand *Walcheren*, pour venir s'installer à Batavia. Peu après, elle s'était mariée au fonctionnaire Floris Hendricksz, propriétaire de diverses entreprises, qu'on pouvait considérer comme un homme riche. Hélas, deux ans plus tard, il avait péri dans l'incendie d'un bateau.

« Ce fut une période très éprouvante, confessa Catharina.

— Je l'imagine sans peine. N'avez-vous jamais songé à vous remarier ?

— Si, bien entendu, mais je n'en ai plus le droit. Quand je suis arrivée à Batavia, j'ai caché que j'avais en réalité déjà été mariée une première fois. »

Sous le choc de cette annonce, Eva dévisagea sa nouvelle amie.

« Mais c'est un péché !

— Le vrai péché aurait été de m'obliger à rester avec cet homme sans valeur, ce bon à rien. Il n'avait de cesse de m'insulter et de me mépriser parce que je ne parvenais pas à avoir d'enfants. Il considérait que c'était ma faute ; et il avait peut-être raison, car je n'en ai pas eu non plus avec Floris par la suite. Mais, quoi qu'il en soit, cela ne justifiait pas qu'il me traite de la sorte. Lorsque j'ai entendu dire qu'on cherchait des femmes à Batavia, je me suis aussitôt présentée.

— C'est très courageux de votre part, concéda Eva, abasourdie par la facilité avec laquelle

Catharina admettait qu'elle s'était rendue coupable de bigamie.

— C'est dans ma nature. Si une situation, quelle qu'elle soit, ne vous plaît pas, il ne faut pas l'accepter, il faut agir. Quelque temps après la mort de Floris, je suis tombée sur une connaissance d'Amersfoort qui savait que j'avais été mariée et qui a vendu la mèche. Le Conseil ecclésiastique m'a alors interdit de me remarier.

— Ce qui est encore clément, car vous auriez pu être fouettée, voire emprisonnée.

— J'aurais pu, en effet… s'ils n'avaient pas tant besoin de moi. Floris n'ayant pas d'héritiers, il fallait bien que quelqu'un reprenne la distillerie d'arak, les chaufours, les briqueteries, et continue de les faire tourner. Je regrette de ne plus avoir de mari, mais je pense que je ne me débrouille pas trop mal toute seule. »

Eva le croyait sans peine. La moitié de Batavia dépendait de Catharina. Outre ses entreprises, elle avait acheté quelques parcelles marécageuses à l'extérieur de la ville, qu'elle avait transformées en un énorme verger et en plantation de bananes. Les recettes de ces exploitations lui avaient permis de faire construire une demeure plus grande et plus majestueuse que la précédente.

De très nombreux esclaves étaient à son service. Catharina s'aperçut qu'Eva les observait.

« Ils viennent tous de Banda, précisa-t-elle. Floris a pu les avoir pour un très bon prix à l'époque. Ils sont arrivés par bateaux entiers. Ils connaissent le sens du mot travail, alors je les ai tous gardés.

— De Banda ? répéta Eva en posant son bol de thé.

— Oui, tous les habitants de cette île ont été capturés et faits esclaves. C'était avant mon arrivée, je n'ai pas assisté à cela.

— C'est-à-dire ?

— Ce fameux drame. Tous ces gens massacrés, hommes, femmes et enfants… Un péché mortel, si vous voulez mon avis. D'autant qu'ils auraient pu faire d'excellents esclaves. »

Eva observa un instant les deux Bandanais qui se tenaient de part et d'autre de la porte, le visage impassible.

« Pourriez-vous me raconter ce qui s'est passé là-bas, exactement ? »

Surprise, Catharina posa à son tour son bol de thé sur la table.

« Vous n'êtes pas au courant ? Pourtant votre mari… »

Elle ne finit pas sa phrase.

« Il n'a jamais voulu m'en parler », précisa Eva.

Lorsque, bien plus tard, elle quitta la maison de sa nouvelle amie, elle savait enfin pourquoi.

27

Aux premiers temps de la découverte des Indes, les Portugais, comme les Anglais et les Hollandais, montrèrent un vif intérêt pour les îles Banda, notamment celle de Lonthor où abondaient les muscadiers.

Jan n'avait pas ménagé ses efforts pour obtenir le monopole sur le commerce de la noix de muscade, mais les Bandanais, qui ne tiraient aucun bénéfice de lui en offrir l'exclusivité, préférèrent traiter avec quiconque acceptait de leur acheter leurs produits.

Malgré tout, Jan avait fini par leur faire signer un contrat qui lui conférait le droit exclusif sur la noix de muscade, prisée pour ses arômes et ses supposées vertus médicinales contre la peste bubonique. Mais le gouverneur avait constaté que les Bandanais ne respectaient pas leur accord et qu'ils livraient la fameuse noix à d'autres partenaires chaque fois qu'il s'absentait de Batavia.

À plusieurs reprises, il avait menacé de sanctions : les intéressés avaient humblement hoché la tête avant de systématiquement recommencer. Jan avait donc décidé de changer de méthode. Il était ainsi arrivé à la conclusion que, s'il voulait garder la main sur le très lucratif commerce de la noix de muscade sans devoir le partager avec les Anglais, les Espagnols ou les Portugais, il devait envahir et occuper ce territoire.

Fin février 1621, Jan prit le commandement d'une flotte de guerre composée de treize navires. Il lança son offensive sur l'île de Lonthor, la plus grande de l'archipel, au début du mois de mars. Il rencontra si peu de résistance de la part de la population autochtone, démunie et guère armée, que l'île fut conquise sans coup férir. Les habitants de la ville principale se réfugièrent dans la jungle, tandis que les autres villages capitulèrent avant même d'avoir été attaqués.

Pour éviter de potentielles rébellions ultérieures, Jan avait exigé que les îliens lui remettent leurs *belangs* – leurs navires de guerre – et leurs armes à feu, et qu'ils aillent s'installer sur la côte. La Compagnie prendrait ses quartiers dans un fort militaire au milieu des montagnes, d'où elle pourrait tenir les Bandanais à l'œil.

Les indigènes parurent se résigner et acceptèrent toutes les conditions de paix. Satisfait de cette issue, Jan rentra à Batavia, mais à peine eut-il le dos tourné que les autochtones construisirent de nouveaux camps sur les hauteurs et ressortirent les mousquets qu'ils avaient cachés dans la jungle.

Pour Jan, c'était l'affront de trop. Il décida de « nettoyer » l'île une bonne fois pour toutes. Les habitants de Lonthor durent tous se faire connaître auprès du fort néerlandais Hollandia, d'où ils seraient conduits par bateau vers d'autres îles. On leur promit qu'ils pourraient emporter leur argent et leurs quelques effets personnels, et on leur garantit qu'ils seraient bien logés. Beaucoup d'entre eux seraient dirigés vers Batavia, qui avait grandement besoin d'être peuplée.

Le jour du départ, seul un petit groupe de Lonthorais se présenta sur la plage. La plupart avaient préféré se tapir dans les forêts et les montagnes. Des régiments de soldats furent lancés à leur recherche. Ils saccagèrent leurs campements, mais reçurent l'ordre explicite de Jan de ne pas se montrer violents, de ne pas violer les femmes et de ne pas brûler les terres ; il fallait préserver l'état de l'île et de la main-d'œuvre potentielle.

Jan ne doutait pas que les Bandanais renonceraient à toute forme d'opposition puisqu'ils n'avaient plus rien sur place. Or ils tentèrent de se réfugier sur d'autres îles à bord de leurs *perahu*, ces bateaux traditionnels utilisés dans tout l'archipel pour la pêche et le transport.

Toutefois le groupe principal de fugitifs resta caché dans les montagnes, sans nourriture ni eau potable. En quelques jours, des centaines d'entre eux moururent de faim et de soif.

Des familles entières choisirent de se dissimuler dans la jungle, avec des enfants en pleurs et des vieillards malades. Beaucoup moururent, les survivants furent capturés et emmenés de force.

Les *orang kaya*, les chefs indigènes de Lonthor, qui avaient réussi jusqu'alors à échapper aux Hollandais, préparaient une contre-offensive. Leur plan prévoyait d'inviter Jan sous prétexte de pourparlers et de le poignarder. Mais un transfuge les trahit, la conspiration parvint aux oreilles du gouverneur général avant la rencontre et, lorsque les chefs arrivèrent au lieu de rendez-vous, ils furent aussitôt faits prisonniers.

Après plusieurs jours de torture, les *orang kaya* finirent par reconnaître le complot, mais ils jurèrent qu'ils n'avaient nullement l'intention de passer à l'acte. Ils ignoraient d'où venait l'information, le gouverneur avait dû mal comprendre.

Jan ne crut rien de cette version, pas plus que la commission chargée des interrogatoires, et les chefs furent tous condamnés à mort à l'unanimité.

Un pupitre d'exécution en bois de bambou fut installé à côté du fort Nassau, sur l'île de Banda Neira, où les malheureux furent décapités et massacrés à la hache, au même titre que divers prisonniers. Les autres indigènes, des centaines d'hommes, de femmes et d'enfants, furent enchaînés et jetés dans les cales des navires hollandais pour être vendus sur les marchés aux esclaves.

Lonthor avait été ravagée. À partir de ce moment, les habitants des îles voisines firent exactement ce qui était attendu d'eux. Jan Pieterszoon Coen avait obtenu ce qu'il voulait : le monopole de la noix de muscade.

Un long silence suivit le récit de Catharina. Eva essayait de mettre ses idées en ordre, mais tout se bousculait dans son esprit, qui n'était plus qu'un indescriptible chaos. Comment Jan avait-il pu ordonner le massacre de tant d'êtres humains et en réduire plus encore en esclavage ?

Soudain cette maison, la végétation luxuriante, tout l'oppressa, et elle se leva.

« Je dois y aller. Merci pour le thé. »

Catharina se redressa elle aussi et l'interrogea du regard, sans vraiment comprendre.

« Mon intention n'était pas de vous heurter. Il ne faut pas non plus en faire si grand cas, ma chère Eva. Votre mari avait reçu l'ordre de la Compagnie de reprendre le contrôle du marché du poivre et de la noix de muscade. Il a d'abord essayé de traiter à l'amiable, puis…

— Par la force.

— C'est parfois la seule méthode, justifia son amie. Hélas, le monde est ainsi fait. »

Eva hocha la tête et prit congé. L'instant d'après elle s'engagea, suivie par son escorte d'esclaves, dans la Heerestraat. Le soleil qui frappait fort semblait traverser le *pajong* que l'une de ses esclaves, Gisa, tenait au-dessus d'elle. Elle s'arrêta et se tourna vers la jeune femme. La sueur lui coulait dans le dos.

« D'où viens-tu, Gisa ?

— De Banda, madame.

— De Lonthor ? »

Elle secoua la tête.

« Non, de Neira, madame. Mais je connais beaucoup de gens de Lonthor.

— Qui se sont réfugiés à Neira, tu veux dire ? »

La jeune esclave acquiesça.

« La plupart sont morts. »

Eva poursuivit sa route, plongée dans ses pensées. Au moment de rentrer chez elle, elle décida de faire un détour par le cabinet de travail de Jan, au château.

La pièce, spacieuse, était équipée de mobilier indien. Aux murs, des peintures représentaient les villes de Hoorn et d'Amsterdam.

À l'entrée d'Eva, son mari leva la tête et lui lança un regard surpris. Lorsqu'il vit l'expression de son visage, il se mit debout.

« Un problème, ma chère ?
— Je sors de chez Catharina Floris.
— Ah, cette adultère… J'aimerais autant que vous ne la fréquentiez pas.
— Ce sera difficile, car nous travaillons toutes les deux à la Cour des dames. D'ailleurs, il me semble que vous êtes moins réticent quand il s'agit de lui acheter ses pierres et sa chaux. »

Jan fronça les sourcils, ce qui, généralement, signifiait à Eva qu'elle devait baisser d'un ton. Cette fois, elle poursuivit :

« Nous avons parlé des îles Banda.
— Ah oui ? »

Jan posa sa plume d'oie et contourna sa table d'écriture pour s'approcher d'elle.

« Est-il vrai que plusieurs centaines, voire plusieurs milliers d'indigènes y sont morts ? Que vous leur avez confisqué leurs terres, que vous avez fait décapiter leurs chefs, massacré les mutins et réduit les survivants en esclavage ? »

Jan s'avança lentement vers elle.

« Oui.
— Pourquoi ? s'emporta-t-elle. Je ne comprends pas.
— Dans ce cas, votre amie Catharina ne vous a pas bien raconté l'histoire. Il fallait s'y attendre, pour au moins deux raisons : c'est une femme, et elle n'était pas sur place.
— Donnez-moi donc votre version…
— Je ne pense pas avoir de comptes à vous rendre, Eva.
— Peut-être, mais je suis votre épouse. Dois-je comprendre que vous refusez de m'expliquer ? »

Jan marcha jusqu'à la fenêtre et poussa le volet. Une lumière aveuglante inonda la pièce. Il regarda quelques instants dehors, puis fit volte-face.

« Eva, nous ne sommes pas venus nouer des liens d'amitié avec la population locale. Nous sommes à Batavia pour faire du commerce. S'il est possible d'y arriver par des moyens pacifiques, cette option sera évidemment privilégiée, mais l'expérience m'a appris que, tôt ou tard, le recours à la force est le seul moyen. Vis-à-vis des Espagnols, des Portugais, des Anglais ou des populations des pays et royaumes qui nous entourent, la guerre est inévitable. Le monde dans lequel nous vivons nous impose sa loi, celle du chacun pour soi. »

Il regarda de nouveau par la fenêtre. Sans se tourner vers Eva, les yeux perdus dans le ciel azur, il ajouta après quelques instants :

« J'ai d'abord essayé les arrangements amiables. Si les Bandanais avaient accepté notre proposition, rien ne se serait produit. Nous aurions fait affaire en bonne intelligence, tous conscients de notre intérêt commun, et ils seraient toujours à Lonthor à l'heure où je vous parle. Mais ils ont préféré la voie du mensonge et de la trahison. Ils ont multiplié les fausses promesses, m'ont dit ce que je voulais entendre, ont signé les contrats, puis ils m'ont ri au nez.

— Ils vous ont bien fourni la noix de muscade que vous réclamiez ?

— Certes, mais pas exclusivement, ce qui était pourtant précisé dans l'accord signé.

— Ne s'agit-il pas de leur île ? De leurs richesses ?

— Ce n'est pas la question. Comment vivre en communauté si aucun pacte ne peut être conclu et respecté ? Si aucune confiance ne peut s'instaurer ? La loyauté est peut-être un vain mot dans cette partie du monde, mais elle ne l'est pas pour moi. Que s'imaginaient-ils ? Que j'accepterais de me contenter de ce qu'ils daigneraient m'offrir ? Qu'ils pourraient décider des quantités ? Allons donc ! Je me suis montré extrêmement patient. Mais, quand les bonnes intentions ne suffisent pas, il faut imposer sa volonté et agir en conséquence. Et n'oublions pas non plus que cette misère n'a commencé que lorsque j'ai appris l'intention de ces traîtres de me poignarder dans le dos ! Auparavant, je n'avais jamais touché à un seul de leurs cheveux. Je voulais simplement qu'ils quittent Lonthor et s'installent ailleurs, sur d'autres îles ou à Batavia. Ce sont eux qui ont voulu la guerre. Et ils l'ont eue. »

Il était impossible d'apporter une contradiction ou d'intervenir ; Eva n'essaya pas. Elle entendait le raisonnement de son époux et mesurait à quel point il s'était senti trahi en apprenant le projet ourdi dans l'ombre. Mais elle comprenait aussi les Bandanais de Lonthor.

« Le Conseil des Dix-Sept a imposé que je revienne à Amsterdam fournir des explications, reprit Jan.

— C'est pour cette raison que vous êtes rentré ?

— Entre autres.

— Et ? Quelle a été leur réaction ?

— Je leur ai laissé le choix. Je leur ai demandé s'ils voulaient coûte que coûte le droit exclusif sur la noix de muscade ou s'ils préféraient la paix, au risque que les Anglais s'adjugent eux-mêmes ce monopole. Ils ont alors examiné la possibilité d'un compromis. “Sans guerre, pas de commerce”, ai-je répondu. Ils ne sont plus jamais revenus sur la question. J'ai reçu l'ordre de rentrer à Batavia aussi vite que possible et de continuer ce que j'y avais commencé.

— Ce qui explique pourquoi le roi d'Angleterre refusait de vous laisser prendre la mer.

— Dans ma situation, les Anglais auraient agi exactement de la même manière.

— Cela, vous n'en savez rien.

— Permettez-moi de penser le contraire. Quoi qu'il en soit, vous voilà désormais avisée. Je ne souhaite plus revenir sur le sujet, ni même entendre prononcer le nom de Banda. Est-ce clair ? »

L'expression de son visage eut pour effet de couper court aux questions qui n'avaient pas encore trouvé de réponse. Eva hocha donc la tête.

28

Si Eva n'évoqua plus le sujet, elle continua d'y penser. Les esclaves qui l'entouraient avaient un jour été libres. La plupart d'entre eux étaient encore si jeunes qu'ils avaient dû être asservis alors qu'ils n'étaient que des enfants. Mais sans doute avaient-ils gardé quelques souvenirs de leur ancienne vie.

Elle aurait aimé leur en parler, mais elle n'osait pas. En compensation, elle les traitait avec toute la douceur et toute l'amabilité dont elle était capable, et ils le lui rendaient.

Jacob Bontius fut le seul avec qui elle put discuter ouvertement. Lors de leur passage au Cap-Vert, la jeune femme avait perçu une certaine connivence intellectuelle avec lui, une affinité dans leurs idées. Le docteur s'était d'ailleurs montré particulièrement critique vis-à-vis de l'esclavage. Elle n'eut donc aucun mal à aborder le sujet avec lui, un jour qu'il était venu examiner Geertruyt.

« J'ignore qui a décrété que les autochtones ressentaient moins d'émotions que nous, mais c'est la pire des inepties, s'insurgea-t-il. On le sait mieux que quiconque dans la République. Nous n'avons pas de marché aux esclaves, bien sûr, seulement nous acceptons de fermer les yeux sur les agissements de nos compatriotes dans le reste du monde. L'amour de son prochain, oui, à condition que le commerce n'en souffre pas. »

À l'aide d'un tube posé sur la poitrine de Geertruyt, il écoutait sa respiration.

« Rien de fâcheux, elle est légèrement enrhumée, diagnostiqua-t-il en se relevant. Évitez les fruits trop juteux comme les ananas, privilégiez les bananes.

— Merci d'être venu si vite, docteur.

— Je vous en prie, madame Coen. Vous appréciez la vie à Batavia ?

— Oui, beaucoup. Et vous ? Comment se portent vos enfants ?

— Leur mère leur manque, répondit Bontius en rangeant ses instruments dans sa sacoche.

— Je peux l'imaginer… Vivre dans un autre pays, si lointain et si différent, où ils ne connaissent personne. Sans leur mère, en plus…

— Heureusement, ils semblent se plaire à Batavia. Au début, ils ont eu un peu de mal à supporter la chaleur écrasante, mais ils se sont acclimatés. Ils sont à l'extérieur en permanence, ce qu'ils apprécient beaucoup. Ils aiment traîner dans les marécages pour observer les animaux, et ils m'aident à récolter des plantes et des herbes pour ma pratique.

— Où les trouvez-vous ? En dehors de l'enceinte de la ville ?

— Oui, mais nous veillons à ne pas trop nous éloigner. Il en pousse en suffisance sur les rives du fleuve, nous ne nous aventurons pas au-delà. Je suis d'ailleurs en train d'aménager un jardin botanique à l'arrière de ma maison. Vous plairait-il de venir le voir à l'occasion ?

— Très volontiers !

— Et pourquoi pas tout de suite, si cela vous convient ? J'habite juste à côté, à l'angle de la Prinsenstraat. »

Le jardin était une splendeur. Il était divisé en plusieurs zones de plantations, séparées par des sentiers bordés de buissons et soigneusement entretenues. Jacob lui parla des plantes qu'il possédait déjà et lui décrivit leurs vertus médicinales.

« Je suis actuellement en train d'écrire un livre sur les maladies tropicales, annonça-t-il. Nous ignorons encore beaucoup de choses à leur sujet, mais à mesure que la ville se développe il devient urgent de savoir comment traiter toutes ces affections inconnues. »

Il fit une pause, puis proposa :

« Allons donc nous mettre à l'abri, je crois que nous ne resterons pas au sec très longtemps. »

Le ciel était en effet menaçant. Jacob accompagna Eva sous un porche, où étaient installées des chaises cannées. Les esclaves se postèrent derrière eux et commencèrent à agiter leurs feuilles de palmier. Des soldats montaient la garde à l'entrée du jardin.

Une jeune esclave sortit de la maison avec un

plateau rempli de friandises ainsi que deux verres de vin de palme.

« Merci ! lança aimablement Bontius, avant de se tourner vers Eva : Je peine encore à m'habituer, je n'arrive pas à me faire à l'idée que je suis propriétaire d'êtres humains.

— Je me réjouis de vous l'entendre dire. Tout le monde à Batavia semble s'accommoder sans problème du fait que la moitié de la ville possède l'autre moitié.

— Il en est ainsi dans toute l'Asie, et nous devons nous y faire. Dans ces contrées lointaines, la nature souvent féroce crée des conditions propices au développement de l'esclavage : pluies diluviennes, inondations, tremblements de terre, éruptions volcaniques, et j'en passe. Les difficultés ne manquent pas. Il n'existe souvent qu'une issue possible pour ceux qui ont tout perdu et ne peuvent plus subvenir aux besoins de leur famille. Les enfants sont vendus en premier, mais il n'est pas rare que des familles entières, voire des villages, soient réduits en esclavage. Le long des côtes indiennes et africaines, les individus à la peau foncée sont parfois enlevés directement sur la plage. Leur vie peut changer du jour au lendemain. »

Bontius prit son verre et avala une gorgée de vin.

« Quelle infamie ! Je ne parviens pas à m'expliquer comment certains en arrivent à justifier de tels actes. L'esclavage est pourtant contraire à leur foi chrétienne !

— Je le croyais, moi aussi. Je constate que nous sommes du même avis. »

Ils restèrent silencieux quelques instants, admirant le jardin botanique, puis Eva relança la conversation.

« C'est un tout autre sujet, mais je m'inquiète pour ma mère.

— Sa santé est mauvaise ?

— Pas vraiment, mais elle souffre beaucoup de la chaleur. Elle reste couchée la majeure partie de la journée et passe son temps à appliquer des serviettes humides sur son visage en gémissant. Elle ne mange quasiment rien.

— Boit-elle en suffisance ?

— Ma sœur Lysbet y veille. Mère a toujours été une femme bien en chair, mais elle a perdu énormément de poids pendant la traversée. Elle est méconnaissable. »

Bontius hocha la tête d'un air compatissant.

« Le climat tropical peut être très rude pour notre constitution d'Occidentaux. Nous en savons encore trop peu sur ces latitudes pour y vivre correctement. Un confrère chinois m'a récemment expliqué, par exemple, qu'il est déconseillé de manger du riz chaud. Cette graminée se cultive toujours dans des régions humides et aurait un effet négatif sur notre organisme.

— Pour quelle raison ? s'inquiéta Eva, qui en consommait régulièrement.

— À cause de l'humidité. On raconte qu'elle est à l'origine de beaucoup de maladies tropicales. Lorsque nous transpirons, notre estomac et nos intestins refroidissent, et les aliments ingérés risquent de se transformer en humeurs viciées. On dit aussi qu'il faut se méfier des épices, consommables avec modération. En quantité excessive, elles peuvent avoir un effet narcotique néfaste sur notre cerveau. Madame votre mère digère-t-elle ce qu'elle mange ?

— À ma connaissance, oui.

— Pas de crampes d'estomac ou de diarrhées ?

— Pas que je sache.

— Alors, elle ne souffre pas de gastroentérite, décréta Bontius. Je passerai l'examiner prochainement. »

Il se mit soudain à pleuvoir. Les premières gouttes eurent tôt fait de se transformer en déluge. Un rideau d'eau s'abattit devant le porche. Eva et le médecin observèrent la pluie qui coulait des palmiers et des fougères géantes, et alimentait le bourbier rouge instantanément apparu à leurs pieds.

Puis, comme elle avait démarré, la pluie s'arrêta net et le soleil vint réchauffer la végétation qui commença à fumer. L'air était saturé de l'odeur des orchidées et des tamariniers. Un papillon jaune vif se posa sur le bras d'Eva, qui contempla l'insecte avec émerveillement avant que celui-ci s'envole de nouveau.

« La pluie a cessé ! confirma Bontius en se levant. Que diriez-vous d'aller voir votre mère dès maintenant ? »

Sophia n'arrivait plus à respirer. La chaleur suffocante ralentissait son organisme : le cœur battait moins vite, le sang s'épaississait et circulait aussi plus lentement. Ses mains et ses pieds, gonflés, bougeaient difficilement.

Elle décrivit sans aucune difficulté les maux dont elle souffrait. C'était le matin qu'elle se sentait le mieux, quand l'air était encore frais, et le soir, lorsqu'elle s'était baignée et que les ombres du crépuscule lui apportaient un peu de fraîcheur. Le reste de la journée n'était qu'un combat.

« Certaines personnes ne supportent tout simplement pas les tropiques. Je crains que vous ne soyez l'une d'elles », conjectura Bontius.

Derrière lui, Eva et Lysbet échangèrent un coup d'œil inquiet.

« Quel remède pouvez-vous lui proposer, docteur ? » demanda Lysbet.

Le médecin fit face aux deux sœurs.

« Aucun, malheureusement. Madame votre mère n'a d'autre choix que de s'efforcer de s'y habituer. Si elle n'y parvient pas, il sera préférable qu'elle rentre à Amsterdam. »

Rentrer ! Le mot était lâché, celui qu'Eva redoutait depuis leur arrivée. Le retour au pays faisait désormais partie des éventualités.

Un silence tomba, seulement troublé par le mouvement de va-et-vient des feuilles de palmier que les esclaves agitaient doucement autour du groupe. Sophia, sans rien dire, regardait ses filles l'une après l'autre.

« Si vous rentrez, je vous accompagne, mère », annonça finalement Lysbet.

Eva tourna la tête vers sa sœur.

« Je ne souffre pas du climat, mais je ne me plais guère ici, confia cette dernière. Il n'y a rien à faire à Batavia, et je n'ai pas encore aperçu le premier de ces fameux prétendants au mariage que l'on m'avait promis. Tout ce que j'ai vu, ce sont des veufs trop âgés pour moi ! »

Légèrement gênée, Eva observa Bontius, qui gardait les yeux fixés sur Sophia sans ciller.

« Attendons un peu, tempéra cette dernière. La saison des pluies vient de commencer, ça ira peut-être mieux. »

29

« J'ai si peur que mère décide de rentrer ! »

D'un air absent, Jan leva la tête de la lettre qu'il était en train d'écrire.

« Rentrer ?

— À Amsterdam. Elle ne va pas bien, elle souffre énormément de la chaleur.

— Il faut être patient, elle finira par s'y faire. »

Jan se replongea dans la rédaction de l'épître posée sur sa table d'écriture.

« D'après le docteur Bontius, tout le monde n'est pas fait pour ce climat. Et mère n'est plus toute jeune.

— Elle a délibérément choisi de nous accompagner, personne ne l'y a forcée.

— Je sais, mais ce n'est pas la question. J'ai simplement peur qu'elle exprime le désir de rentrer au pays.

— Si c'est meilleur pour sa santé, elle doit en effet l'envisager. »

Jan lui jeta un coup d'œil. Eva voulut s'approcher et s'asseoir à côté de lui, mais il s'était déjà remis à écrire.

« Comment pouvez-vous faire preuve d'une telle insensibilité ? Si mère retourne à Amsterdam, Lysbet la suivra, et sans doute Gerrit aussi ! »

Son mari fronça les sourcils.

« Ce serait contrariant, je vous l'accorde. Nous avons déjà si peu de femmes en ville… »

Eva le dévisagea en silence.

« Ce serait aussi contrariant pour *moi* », répliqua-t-elle finalement.

Il la fixa. Une profonde ride lui barrait à présent le front.

« Je le conçois. Mais personne ne vous a jamais promis que vous auriez la vie facile. »

Heureusement, au cours des semaines qui suivirent l'état de Sophia s'améliora. Gerrit en profita pour décider de rester définitivement à Batavia et d'accepter le travail de clerc que Jan lui avait proposé. Il fut affecté à la gestion des navires qui entraient et sortaient du port, et chargé de consigner les chargements et déchargements, tandis que les clercs plus expérimentés s'occupaient de la correspondance officielle et d'autres tâches administratives essentielles au fonctionnement de la colonie.

Gerrit contrôlait aussi les livres de la Cour des dames. Eva les lui apportait chaque semaine au cabinet de travail qu'il partageait avec d'autres clercs, des garçons du même âge que lui qui noircissaient les pages d'épais cahiers, debout derrière des pupitres alignés contre le mur.

« Pas de regrets ? demanda Eva en posant le grand livre sur le pupitre de son frère.

— D'avoir renoncé à la mer ? Si, parfois. »

Il jeta un regard par la fenêtre ; les volets ouverts laissaient pénétrer dans la pièce une brise tiède et surtout une quantité de moustiques. Il faisait si chaud que son visage dégoulinait de sueur. Au-dessus de l'océan, le ciel s'était paré de teintes grises.

« Sale temps à l'horizon ! annonça Gerrit en imitant la vigie d'un galion. Mais quand je vois ces nuages je suis content d'être sur la terre ferme. Comment va mère ?

— Pas si bien, aujourd'hui. »

Eva marqua une pause, puis reprit :

« Au début, j'étais angoissée à l'idée qu'elle rentre à Amsterdam, mais j'en suis venue à me dire que ce serait sans doute mieux pour elle. Nous n'aurions pas dû l'emmener à Batavia, c'était une erreur.

— Il faut qu'elle s'habitue.

— Nous sommes ici depuis bientôt deux mois !

— Ce n'est pas si long, quand on y pense… Et n'oublions pas qu'elle est plus âgée que nous, son corps a besoin de davantage de temps.

— C'est précisément pour cette raison que je crois qu'elle aurait dû rester dans la République, à mon avis. On ne rempote pas les vieilles plantes ! »

L'expression imagée inventée par sa sœur fit rire Gerrit.

« Tu as sans doute raison, répondit-il en commençant à feuilleter les pages de l'imposant volume qu'il avait sous les yeux. Excuse-moi, mais je dois me remettre au travail. »

Eva jeta un œil à la porte du bureau de Jan. Gerrit suivit son regard.

« Il est seul. Tu veux aller le saluer ?

— Non, ça ira », rétorqua la jeune femme, qui prit congé.

En se dirigeant vers la sortie, elle passa devant la salle du conseil. Dans la pièce déserte, une grande peinture accrochée au mur attira son attention et l'incita à entrer. Les volets étaient entrouverts et la lumière qui filtrait à l'intérieur faisait luire le parquet. Une longue table en bois foncé, entourée d'imposantes chaises à dossier haut, occupait l'espace. Des tableaux recouvraient trois des quatre pans, le dernier étant réservé à une carte gigantesque de la ville de Batavia, datée de 1627. Elle n'était donc pas là depuis si longtemps.

« Nous l'avons installée il y a exactement un mois. Comment la trouvez-vous ? »

Eva se retourna et vit Jacques Specx qui venait à sa rencontre.

« Elle est splendide. Si grande et si colorée, elle est impressionnante. Et puis elle me permet de mieux comprendre la manière dont s'organise la ville. Batavia n'est pas très vaste, mais je n'en ai pas encore découvert toutes les facettes.

— Vous étiez sans doute fort occupée par l'aménagement de votre résidence. Et il vous fallait vous remettre du voyage…

— Je vous l'accorde.

— Je suis ravi de vous voir, le hasard fait bien les choses, car j'avais justement une requête à vous adresser. Mi-novembre, je dois rentrer à Amsterdam pour quelques affaires commerciales, mais je ne peux pas emmener Sara. J'aurais aimé savoir si vous accepteriez de veiller sur elle en mon absence.

— Cela ne devrait pas être un problème, assura Eva en souriant. En avez-vous déjà informé mon mari ?

— Bien entendu, et sa réponse a été la même. Mais je voulais néanmoins, ne serait-ce que par courtoisie, vous en parler personnellement, d'autant que ce n'est pas pour une semaine…

— Comment Sara a-t-elle réagi ?

— Pas très bien, je dois l'avouer. Elle est fâchée et triste, mais je n'ai pas le choix. Et je ne voudrais pas l'exposer à un voyage aussi long et dangereux, ce n'est pas pour une jeune fille. Mieux vaut qu'elle reste ici. »

Eva acquiesça.

« Elle est la bienvenue. »

Jacques ne retournait pas à Amsterdam pour affaires, mais parce qu'il était convoqué par le Conseil des Dix-Sept afin de justifier sa gestion de la factorerie de la Compagnie au Japon, qui battait de l'aile.

Dans la mesure où les sang-mêlé n'avaient pas le droit de s'installer dans la République, Sara ne pouvait être du voyage. Autorisée à vivre avec son père à Batavia, elle était censée y rester. Jacques ne pouvait donc faire autrement que rentrer seul à Amsterdam.

« Un an et demi, soupira-t-il. Un an et demi sans la voir, vous vous rendez compte ? Elle a d'abord été séparée de sa mère, et maintenant de son père. Tout ce qu'elle aura dû endurer…

— Ne vous en faites pas, nous allons veiller sur elle comme sur notre propre fille », lui promit Eva.

Jan lui avait révélé que Jacques avait dû quitter la mère de Sara car la Compagnie n'acceptait pas les unions mixtes.

Sara s'était montrée désespérée quand son père lui avait annoncé qu'il devait partir sans elle pour si longtemps.

« Pourquoi ne puis-je pas vous accompagner ? » lui avait-elle demandé, en pleurs.

Eva avait essayé de la consoler, de lui expliquer à quel point une telle traversée risquait d'être longue et pénible, mais rien n'y avait fait.

« Je veux rester avec père », répétait-elle en sanglotant.

Puis, n'ayant pas d'autre choix, elle finit par se résigner et accepta progressivement la situation. Après le départ de Jacques, elle devint toutefois plus taiseuse. La jeune fille joyeuse et enjouée se mua en une enfant obéissante, qui ne causait pas de problèmes mais ne riait presque plus.

Eva, pleine de compassion, réclama l'aide de Lysbet, et les deux sœurs accordèrent à Sara autant d'attention que possible. Cependant la jeune fille restait distante, difficile à approcher.

Début décembre, le temps changea. Les orages se multiplièrent et la pluie tombait souvent à grands flots, en grosses gouttes qui détrempaient tout instantanément. La nature, elle, en jouissait pleinement et, dès que le soleil reparaissait, la végétation resplendissait de mille nuances vertes.

Chaque averse était suivie d'une telle invasion d'insectes qu'Eva fit aménager une aire de jeux entièrement entourée de moustiquaires afin que Geertruyt puisse s'amuser sans être incommodée par des nuées bourdonnantes.

Sophia, qui s'affaiblissait de jour en jour, prit finalement la décision d'être rapatriée. Elle ne voulait toutefois pas que Lysbet l'accompagne, et refusait de préparer son départ tant que sa fille aînée ne lui promettrait pas de rester encore au minimum un an à Batavia.

« Qui sait, d'ici là tu auras peut-être trouvé un époux et tu n'auras plus envie de partir », argumenta Sophia.

Eva, quoique très peinée, n'entreprit rien pour dissuader sa mère de rentrer à Amsterdam. En larmes, elle fit part à Jan de cette décision.

« Je le déplore, mais c'est sans doute préférable. J'espère seulement que Lysbet restera. Il faut qu'elle trouve l'âme sœur, je vais voir ce que je peux faire. »

Il embrassa Eva sur le front et ajouta : « Ne pleurez pas, ma chère. Votre mère est une vieille dame. Il vaut mieux qu'elle rentre. »

La décision de Sophia poussa Gerrit à s'interroger lui-même sur son avenir. Son travail comme clerc lui plaisait, il n'était pas rébarbatif, mais il ne lui permettait pas de s'épanouir. L'océan continuait de l'appeler chaque fois que, derrière son pupitre, il regardait au-dehors.

« Personne n'arrive à rester dans ce pays plus de quelques années, comment ne pas le comprendre ? Le climat est intenable ! s'emportait-il. Franchement, que faisons-nous ici ? Et voyez comme nous sommes accoutrés… comme s'il allait se mettre à geler d'un instant à l'autre ! Nos vêtements sont faits pour le climat hollandais, *nous* sommes faits pour le climat hollandais. »

Irrité, il observa la pluie drue qui tombait d'un ciel saturé d'humidité.

Lorsque l'averse cessa, laissant les rues couvertes de flaques, Sophia s'extirpa du lit et accompagna son fils pour une promenade en ville.

Venue leur rendre visite avec Geertruyt, Eva les suivit du regard alors qu'ils s'éloignaient. Elle soupira.

« Gerrit va repartir avec elle, tu verras, commenta Lysbet dans son dos.

— Oui, j'en ai bien peur. Et toi ?

— Je n'en sais toujours rien. L'idée de rester là encore un an ne me dit rien qui vaille, mais je n'ai pas non plus envie de t'abandonner. Et que vais-je faire à Amsterdam ? Rentrer ne changera finalement pas grand-chose à ma situation.

— En somme, tu ne te plais pas ici, mais ce ne sera pas forcément mieux chez nous non plus ?

— Bien résumé… Et puis, refaire toute cette traversée en sens inverse, je n'ose même pas y songer ! »

Eva se retourna et saisit la main de sa sœur.

« Reste encore un peu, je t'en prie.

— Jacques m'a demandée en mariage. »

Eva poussa un petit cri et retint sa respiration.

« Jacques Specx ?

— Oui, juste avant d'être rappelé à Amsterdam. Il m'a invitée à y réfléchir pendant son absence.

— Que comptes-tu faire ?

— Tu ne crois tout de même pas que je vais l'attendre pendant un an et demi ? Nous verrons où nous en serons quand il reviendra. »

La décision de Gerrit de rentrer avec sa mère ne surprit personne. Sur la route du retour, il poursuivrait son écolage comme sous-officier et s'engagerait ensuite dans la navigation hauturière.

Même si ce choix attrista Eva, elle se réjouissait que sa mère ne fasse pas le voyage toute seule.

« Nous nous reverrons, promit Gerrit. Où que j'aille, je ferai une escale à Batavia. Je vous rapporterai des lettres et des cadeaux. »

Du revers de la main, il s'essuya le front et ferma un instant les yeux.

« Ça va ? s'enquit Lysbet.

— Je ne me sens pas très bien, mais ça passera. Je vais aller acheter quelques cadeaux typiques des Indes pour Claes, Dierik et Cornelis. Nul doute qu'ils apprécieront !

— Je vais aussi préparer un colis pour Judith, et lui écrire une missive, ajouta Eva. Un *pajong*, de l'indienne pour en faire des habits. Ça te dirait qu'on aille faire nos emplettes ensemble ? Maintenant ? »

Gerrit accepta sans trop d'enthousiasme.

Ils laissèrent Geertruyt aux soins de Lysbet et s'engagèrent tous deux le long du Tijgersgracht. À mi-chemin, Gerrit s'arrêta pour s'appuyer contre un arbre.

« Je dois aller m'allonger, Eva. Je ne me sens pas bien du tout.

— Qu'as-tu exactement ?

— Mal à la tête, mal au ventre… J'ai mal un peu partout, à vrai dire. Je crois que je suis fiévreux.

— Comme ça, si brusquement ? Tu as mangé quelque chose d'inhabituel ?

— Pas que je sache », répondit-il en grimaçant de douleur.

Inquiète, la jeune femme passa un bras autour de ses épaules. Elle fit signe à deux esclaves de venir lui prêter main-forte et tous rentrèrent à la maison, où Gerrit monta directement s'étendre.

Eva décida de veiller sur lui le reste de la journée, en attendant de voir comment évoluait son état. Entre-temps, il s'était remis à pleuvoir, et elle s'installa avec Lysbet sous le porche. Elles discutèrent de l'avenir, qui paraissait prendre soudain une tournure imprévue, et s'amusèrent de Geertruyt qui essayait de saisir les gouttes de pluie en tendant les bras sous le toit. Comme elle s'avançait et tentait quelques pas dans le jardin, Wendelmoet la rattrapa et la ramena au sec.

Un peu plus tard, Eva se leva et monta voir son frère. Un regard lui suffit pour comprendre que la situation s'aggravait. Le visage rougi par la fièvre, il haletait et se tordait de douleur. Il poussait des gémissements, et le sol à côté de son lit était souillé d'une flaque de vomissures visqueuses.

« De quoi souffre-t-il ? Que peut-on faire ? se demanda-t-elle à voix haute.

— Je n'en sais rien, répondit la voix de Lysbet dans son dos, mais mère est dans le même état. »

Eva fit volte-face et se précipita dans la chambre de Sophia qu'elle trouva en effet allongée, fiévreuse elle aussi. Elle n'avait pas vomi, mais elle avait les yeux vitreux et se lamentait faiblement en se tenant le ventre. Eva posa une main sur son front et tressaillit.

« Elle est brûlante ! Ce n'est pas une simple fièvre. »

Elle se tourna vers Gisa, qui l'avait suivie.

« C'est peut-être contagieux. Dis à Wendelmoet de rentrer au château avec Geertruyt. Et assure-toi que Sara y reste, elle aussi. »

Elle s'adressa ensuite à Dina, penchée au chevet de Sophia, l'air affolé.

« Va chercher le docteur Bontius. Qu'il vienne le plus vite possible ! »

30

Jacob Bontius secouait la tête d'un air soucieux.

« C'est une forme de fièvre tropicale. Il en existe plusieurs sortes dont celle-ci, avec crampes et vomissements, la plus grave.

— Mais vous avez un remède, n'est-ce pas ? s'inquiéta Eva.

— Je peux tenter l'une ou l'autre préparation. Cependant je ne vous cache pas que leur état est très préoccupant. Leur sang est vicié par un excès de bile.

— La maladie arrive donc si soudainement ? s'étonna Lysbet.

— C'est assez rare, mais possible. Ont-ils mangé ou fait quelque chose d'inhabituel ? »

Dina s'avança timidement.

« Monsieur et madame se sont promenés en dehors de la ville. Je suis restée près de la porte, car j'avais peur des tigres.

— Sais-tu s'ils ont touché quoi que ce soit ? Une charogne, peut-être ?

— Non, je ne sais pas, monsieur. Ils ne se sont absentés que très peu de temps, car il y avait d'immenses flaques d'eau malodorantes un peu partout. Et aussi un très grand nombre de moustiques.

— Des flaques, répéta Jacob d'un air pensif. L'eau stagnante dégage énormément de vapeurs nocives. C'est sans aucun doute ce qui a provoqué l'empoisonnement. Je vais préparer une potion purgative à base de tamarin et de séné. En attendant, frictionnez-leur les bras avec une onction au curcuma. Elle aura un effet dépuratif et permettra de rétablir l'équilibre des fluides corporels. Veillez toutefois à ce qu'ils n'ingèrent pas directement le curcuma, car cette herbe crue peut aussi être toxique. Elle n'a d'effet curatif que lorsqu'elle est administrée à travers la peau. »

Eva et Lysbet prirent soin de leur mère et de leur frère du mieux qu'elles le purent. Lorsque la fatigue les rattrapait, Wendelmoet et Dina prenaient le relais. Même s'il demeurait en retrait et ne pouvait pas faire grand-chose, Jan vint lui aussi régulièrement aux nouvelles. Il ordonna que l'on porte le lit de Gerrit dans la chambre de Sophia afin qu'ils soient ensemble et que les soins puissent être prodigués plus facilement.

Les deux sœurs restèrent toute la nuit au chevet des malades. Elles appliquaient la pommade en suivant scrupuleusement les instructions du médecin, nettoyaient les vomissures, tamponnaient leurs visages brûlants avec des serviettes humides.

Le lendemain matin, l'état de Sophia s'était considérablement dégradé. Jan fit venir le pasteur Hulsebos. À son arrivée, Sophia avait déjà perdu connaissance. Quelques heures plus tard, elle mourut.

D'un même élan, Eva et Lysbet se précipitèrent au chevet de Gerrit et mirent tout en œuvre pour le sauver. Mais peu après midi, il mourut lui aussi.

Le chagrin n'envahit pas tout de suite Eva, il s'immisça telle une substance nocive se libérant lentement dans son être. Elle ne parvenait pas à concevoir que sa mère et son frère étaient morts, qu'elle ne les reverrait plus jamais.

« Plus jamais ». Ces deux mots provoquaient en elle des secousses, comme si son corps refusait d'accepter l'évidence irrévocable.

Alors que la fin de l'année et les fêtes de Noël approchaient, elle se retrancha dans sa chambre, son univers intime, où elle ne laissait entrer personne hormis sa sœur Lysbet.

Elle y aurait peut-être aussi autorisé Jan s'il avait davantage manifesté l'envie d'être près d'elle, mais il n'en fit rien, trop occupé sur d'autres fronts.

Ses hommes étaient parvenus à libérer Pieter Vlack, le jeune gouverneur de Banda enlevé autrefois par les Javanais. Malade et très affaibli, il fut directement admis à l'hôpital lorsqu'il débarqua à Batavia.

Le soir de Noël arriva, et les Javanais en profitèrent pour attaquer la ville. Un groupe de guerriers se présenta aux portes en se faisant passer pour des marchands de poivre. À l'arrière-garde attendaient en embuscade des centaines d'autres combattants prêts à livrer l'assaut, à tuer quiconque ils trouveraient sur leur route et à conquérir la cité. Malheureusement pour eux, les Chinois de Batavia avaient eu vent de leur projet ; ils prévinrent Jan et l'attentat fut évité de justesse.

Cet événement eut pour effet de sortir Eva de sa léthargie. Elle prit conscience qu'elle aurait pu perdre Geertruyt et Jan, et qu'elle-même aurait pu mourir. Constater que, malgré son immense chagrin, elle tenait toujours à la vie lui procura un sentiment étrange. La tristesse peut diviser et isoler, mais aussi fédérer et resserrer les liens. Ainsi, les moments sombres la rapprochèrent de Lysbet. En son temps, le décès de leur père avait été un choc, mais grâce au soutien des siens elle avait réussi à y faire face. Aujourd'hui, il ne restait plus grand monde de sa famille qu'elle aimait tant.

L'année 1627 arriva à son terme. Le passage à l'an neuf fut célébré au fort et partout en ville, mais pas au château. Durant les premières semaines de l'année, Eva confia le plus souvent la garde de Geertruyt à Wendelmoet, et ce fut à celle-ci que la petite fille adressa ses premiers mots.

« Méfiez-vous, avertit un jour Catharina, à qui Eva rendait visite. Si vous n'y faites pas attention, cette petite finira par la considérer comme sa mère. Est-ce là ce que vous souhaitez ? »

Bien sûr que non. Dans les milieux aisés, il était de coutume qu'une bonne – *a fortiori* une gouvernante – s'occupe des enfants, mais la jeunesse d'Eva avait été différente. En l'absence de domestiques, Sophia s'était elle-même chargée de l'éducation de ses fils et filles, ce qui avait créé un lien très fort entre eux. C'était aussi à quoi elle aspirait.

Février avança, Geertruyt avait un an et demi, et Eva décida qu'elle ne voulait plus rien manquer de son évolution. À partir de ce moment, elle se leva tous les matins pour la réveiller, ce qui avait immanquablement pour effet d'illuminer le visage de la petite fille.

Attendrie, Eva l'observait en train de déambuler dans la résidence derrière son trotteur en laque du Japon et de donner des grains de riz à l'oiseau chanteur offert par Jan. Judith lui avait envoyé une poupée vêtue d'un costume traditionnel hollandais, expédiée par la dernière flotte qui était arrivée au port. Geertruyt en avait en suffisance, car Sara lui avait fait cadeau de toutes les siennes, mais elles portaient des tenues chinoises ou japonaises. L'enfant avait une nette préférence pour la poupée de Judith, et Eva en était ravie. À vrai dire, elle l'était de tout ce qui tournait autour de la vie de sa fille. Geertruyt éclairait de ses rires et de sa joie l'ambiance morose qui régnait au château.

Mars et avril filèrent. La mousson terminée, l'air redevint irrespirable. Eva ne voyait que très peu son mari, pleinement absorbé par les tensions avec le sultan Agung. Le souverain ne semblait toutefois pas avoir l'intention de lancer une deuxième offensive sur Batavia, bien qu'il ait tout de même coupé les routes d'acheminement du riz vers la capitale.

Jan était sans cesse en réunion avec les membres du Conseil des Indes, en particulier avec Anthonie van Diemen et Pieter Vlack, qui s'était rapidement remis de sa captivité. Il fallait que le riz arrive à

Batavia quoi qu'il en coûte, car la ville ne pouvait pas vivre uniquement de poisson et de fruits.

Les pénuries commençaient à sévir quand le gouverneur général parvint finalement à conclure un traité avec le Siam avant que la situation devienne critique.

« Nous avons pu trouver une solution pour le riz, mais je ne vous dis pas à quel prix ! » fulmina Jan un soir pendant le dîner.

Eva ne réagit pas tout de suite. Au cours de la journée, Geertruyt avait été difficile, elle avait beaucoup pleurniché et s'était montrée très contrariante. Sa mère craignait qu'elle ne soit malade et le prix du riz était le cadet de ses soucis.

« À condition que le riz arrive jusqu'ici… formula-t-elle finalement d'un air absent lorsqu'elle croisa le regard de Jan.

— Et ce n'est pas le seul problème. Des rumeurs affirment qu'Agung envisagerait de lancer une nouvelle attaque. Il mobiliserait en ce moment même une force armée. »

Cette fois, l'annonce retint l'attention d'Eva.

« Jusqu'où pouvons-nous nous y fier ?

— Nous devons le prendre très au sérieux. Il veut nous chasser de ses terres, et il se donnera tous les moyens de parvenir à ses fins. Mais les remparts de Batavia sont hauts. Nous l'attendons de pied ferme. »

Des pleurs d'enfant se firent entendre à l'étage.

« Geertruyt n'est pas en forme, expliqua Eva. Elle a été d'humeur chagrine toute la journée et n'a pas voulu manger ce soir.

— Serait-elle fatiguée ? Il a fait très chaud aujourd'hui, j'en ai moi-même souffert. »

Jan avala une bouchée de banane rissolée et rinça le tout d'un trait de vin rouge.

« Si elle ne va pas mieux demain, faites venir Jacob Bontius. »

Eva se rendit dans la chambre de sa fille avant d'aller dormir. L'enfant était couchée sur le dos dans son lit-cage, protégée par une moustiquaire, les bras relevés au-dessus d'elle, les poings fermés. Elle paraissait en plein mauvais rêve, car elle agitait la tête et poussait de petits gémissements.

Eva passa la main entre les voiles et la posa sur le front de sa fille. Il n'était pas chaud. Elle se tourna vers les deux esclaves de faction à la porte :

« Pourriez-vous installer son lit dans ma chambre ? En douceur, elle ne doit pas se réveiller. »

Les deux hommes soulevèrent le lit-cage et le portèrent dans la chambre d'Eva et de Jan. Geertruyt ne se rendit compte de rien, mais sa mère s'inquiétait de la voir si agitée. Elle repoussa la moustiquaire, caressa la joue de la fillette du dos de l'index et tenta de l'apaiser. Geertruyt ouvrit les yeux et les posa sur elle.

« Maman est là… Fais dodo », souffla Eva avec tendresse.

La petite fille referma doucement ses paupières. Eva continua à l'observer un long moment.

Au petit matin, des pleurs réveillèrent Eva en sursaut. Elle se leva d'un bond, se précipita près du lit-cage et vit d'emblée que Geertruyt n'était pas bien. Son visage était rougi par la fièvre, ses cheveux trempés de sueur et elle poussait des cris de douleur. Paniquée, Eva l'attrapa et la prit dans ses bras.

« Que se passe-t-il ? voulut savoir Jan, qui avait lui aussi sauté du lit.

— Aucune idée, elle est brûlante ! On dirait qu'elle a mal…

— Je vais chercher Bontius ! lança Jan tout en s'habillant.

— Pourriez-vous plutôt envoyer un esclave ? J'aimerais autant que vous restiez ici.

— Non, je préfère y aller moi-même. Je ne serai pas long. »

Dans l'intervalle toute la maison s'était réveillée. Encore en chemise de nuit, Wendelmoet et Sara arrivèrent en trombe, tandis que les esclaves attendaient devant la porte, ne sachant manifestement que faire.

Geertruyt hurlait à présent dans les bras de sa mère, qui faisait les cent pas dans la pièce.

Nongan entra dans la chambre.

« Madame m'autoriserait-elle ? » demanda-t-il en tendant les mains, paumes vers le haut.

Eva le dévisagea, l'air hébété, puis lui confia sa fille d'un geste hésitant.

L'esclave déposa Geertruyt sur une couverture à même le sol et se mit à chanter. La mélodie était lente, presque monotone. Gisa vint les rejoindre et installa un miroir et une bougie près de Geertruyt alors que Nongan continuait, les yeux fermés.

Plusieurs fois il se leva, marcha calmement jusqu'à la fenêtre ouverte et cracha dehors, avant de revenir où il était et de recommencer à chanter. Geertruyt pleurait toujours, mais plus faiblement.

Eva observait la scène.

« Que faites-vous ? demanda-t-elle à Gisa.

— Le miroir et la flamme convoquent et chassent les mauvais esprits, madame. Nongan les fait venir à lui en chantant, puis les expulse hors de la maison, expliqua l'esclave à voix basse.

— Les mauvais esprits ? répéta Eva.

— Ils sont partout, madame. Ils se logent dans les arbres, dans les plantes, dans les animaux et dans les hommes. Si vous manquez de respect à une chose ou à une personne, ils se fâchent.

— Mais Geertruyt a-t-elle fait quelque chose de mal ?

— Ce n'est pas elle, madame, répondit Gisa. C'est cette maison. Elle est maudite. »

Lorsque Jacob Bontius arriva, Geertruyt ne pleurait plus, mais Eva n'était pas rassurée pour autant. Sa fille gisait sur le sol, comme assommée.

Nongan chantait toujours près de la bougie vacillante. Wendelmoet, Sara et les esclaves formaient un cercle autour de la petite fille.

Jan entra et resta interdit devant la scène. Puis il dispersa tout le monde.

« Qu'est-ce que vous fabriquez ? Qui a couché ma fille par terre ? »

Le visage déformé par l'incompréhension et la colère, il prit l'enfant dans ses bras. La petite ne réagit pas, ses bras pendaient le long de son corps. Jan se tourna vers les esclaves.

« Sortez ! Je ne veux pas de votre sorcellerie de sauvages ici ! Si ma fille vient à mourir, je vous tiendrai pour responsables et vous ferai pendre, tous autant que vous êtes ! »

Alors que les esclaves se précipitaient hors de la pièce, Jan reposa Geertruyt dans son lit.

« Je vous en prie », lança-t-il à Bontius, qui s'avança sans tarder.

Le médecin examina la petite.

« Son ventre est flasque, elle a beaucoup de fièvre, dit-il en fronçant les sourcils.

— Et donc ? s'écria Jan. Est-ce la fièvre tropicale ?

— Cela y ressemble, mais je ne peux en dire davantage. La fièvre précède toujours une maladie ou une inflammation. A-t-elle vomi ? »

Eva secoua la tête.

« Elle n'a plus mangé de riz chaud depuis que vous nous avez déconseillé d'en consommer.

— Donnez-lui donc ceci, dit Bontius en leur tendant un flacon qu'il avait sorti de sa sacoche. Du sirop de grenade, il calmera ses intestins… Mais je m'inquiète surtout de cette fièvre, il faut qu'elle baisse le plus rapidement possible. Faites apporter des serviettes humides », réclama Bontius en ôtant les vêtements de la fillette.

Wendelmoet arriva au pas de course l'instant d'après avec ce qu'il avait réclamé. Eva saisit un linge et le pressa contre le visage de sa fille, tout en caressant ses cheveux détrempés.

« Reste avec moi, mon trésor. Ne pars pas, je t'en supplie. Maman a besoin de toi. »

Eva tenta de lui faire avaler le sirop, mais le liquide s'échappa de sa bouche. Ses yeux se fermèrent. Chaque fois qu'elle entendait la voix d'Eva elle essayait de les ouvrir, mais semblait trop faible. Jusqu'au moment où ses paupières restèrent baissées.

« Elle n'est tout de même pas… » demanda Eva, bouleversée.

Bontius se fraya délicatement un passage et posa un tube sur la poitrine de la petite fille.

« Son cœur bat, mais il est très faible. »

Après quelques secondes, il se redressa, regarda tour à tour Jan et Eva.

« Je ne peux plus rien faire pour elle. Je suis désolé. »

31

Geertruyt ne reprit plus conscience et rejoignit les étoiles dans la matinée. On était allé chercher Lysbet. Elle s'assit à côté de sa sœur, qui serrait le petit corps de sa fille dans ses bras et refusait de le lâcher.

Elles pleurèrent ensemble en silence. Après un long moment, alors que l'après-midi était déjà bien avancé et que le crépuscule commençait à tomber, Jan incita Eva à coucher Geertruyt dans son lit, mais elle secoua la tête.

« Elle reste avec moi. Elle dormira dans notre lit ce soir. »

Jan s'agenouilla et posa doucement la main sur son bras.

« C'est impossible, Eva. Donnez-la-moi.

— Elle a peur dans le noir.

— Je vous promets qu'elle ne restera pas seule, ma chère. Mais vous devez être raisonnable, vous ne pouvez pas la tenir trop longtemps, surtout par cette chaleur. Donnez-la-moi. »

Jan glissa lentement les mains sous la couverture qui enveloppait sa fille.

« Très bien, lâchez-la maintenant.

— Non !

— Je vous en prie, il fait trop chaud… Donnez-la-moi, Eva. »

La forte odeur qui émanait de son enfant ne lui avait pas échappé.

« Non », balbutia-t-elle encore, mais elle n'opposa plus de résistance lorsque Jan lui prit le petit corps rigide et quitta la pièce.

Abasourdie, elle le suivit des yeux. Lysbet passa son bras autour de sa sœur.

« Oh, ma petite Eva… » murmura-t-elle.

Eva se tourna vers elle et s'effondra. Elle pleura jusqu'à en avoir la nausée, jusqu'à ce que plus aucun son ne sorte de sa gorge, jusqu'à ce que son corps la supplie d'arrêter.

Au début, Eva s'efforça de ne pas sombrer dans l'abîme, vacillant au bord du gouffre. Puis elle cessa de lutter et se laissa tomber dans les sombres profondeurs du désespoir, là où, peut-être, elle trouverait un semblant d'apaisement.

Elle garda le lit pendant des semaines, enfermée à double tour dans sa chambre, dans un autre monde. Les tentatives de Jan, de Lysbet et de Sara ne produisirent aucun résultat, elle n'avait plus aucune raison de reprendre sa vie en main.

Au-dehors le monde continuait, mais Eva n'en avait même pas conscience. Wendelmoet était la seule capable de pénétrer dans son univers.

« À la mort de mes parents et de mes frères et sœurs, je n'avais plus envie de rien, moi non plus, confia la jeune femme. Je ne comprenais pas pourquoi j'étais l'unique personne à avoir survécu à la peste.

Je ne parvenais même pas à me réjouir d'être en vie ni à éprouver de la reconnaissance. »

Elles étaient installées dans la chambre d'Eva, dans deux fauteuils disposés sous la voûte de feuillage que formaient quelques plantes ornementales.

« Comment as-tu fait pour traverser cette épreuve ?

— On m'a placée en orphelinat, où je n'avais d'autre choix que me ressaisir. Nous devions nous lever tôt pour aller à l'école ou au travail, je ne pouvais tout simplement pas rester au lit à me morfondre.

— Comme je le fais, tu veux dire ? »

Wendelmoet prit son courage à deux mains et regarda Eva droit dans les yeux.

« Oui, madame. Je comprends naturellement très bien votre réaction, et je suis vraiment désolée de ce qu'il s'est passé, mais arrive le moment où vous devez faire un choix : soit vous demeurez jusqu'à la fin de vos jours dans l'obscurité, dans un monde irréel ; soit vous revenez à la lumière, à la vie. Il n'y a pas d'autre option. »

Sur ces mots, Wendelmoet se leva et retourna au travail. Eva resta assise dans son fauteuil à bascule canné, le regard perdu dans le vide.

Cette nuit-là, elle rêva de Geertruyt. De sa jolie petite fille aux boucles blondes et au sourire joyeux. C'était comme si elle était revenue… Le songe était si réel qu'elle avait senti son odeur et la chaleur de son petit corps. Puis elle se réveilla et les images, les parfums s'étaient évaporés, sa fille avait disparu.

Elle aurait voulu dormir toute la journée pour être constamment auprès de Geertruyt, mais elle avait conscience que ce n'était pas la voie à suivre. Wendelmoet avait raison, elle vivait dans l'obscurité.

Progressivement, Eva tenta de se ressaisir, de retrouver le monde réel et ce qui s'y déroulait.

Elle découvrit que Pieter Vlack, totalement rétabli de sa captivité et de sa maladie, faisait désormais la cour à sa sœur Lysbet. Sara, qui avait perdu son père, puis Geertruyt avec qui elle passait beaucoup de temps, n'était pas dans son assiette. Catharina avait trouvé un prétendant et essayait, malgré l'interdiction qui lui avait été signifiée, d'obtenir l'autorisation du Conseil ecclésiastique de se remarier.

Une nouvelle flotte était arrivée au port en provenance directe d'Amsterdam, apportant plusieurs lettres. Judith lui avait écrit, de même que ses frères. Il y avait également des courriers pour Sophia et Gerrit. Sans les ouvrir, elle les rangea dans un tiroir de sa table d'écriture.

Le soir, elle se joignit de nouveau à Jan dans la salle à manger, cessant de prendre son repas seule dans sa chambre ; elle écouta les derniers épisodes des tensions avec Agung.

Le sultan avait envoyé une missive où il indiquait que, si Batavia ne se rendait pas, une armée de cent cinquante mille hommes mettrait la ville à feu et à sang, n'épargnant la vie de personne.

Eva tressaillit en imaginant la barbarie qui s'abattrait sur la ville. Jan, lui, ne semblait pas s'en inquiéter outre mesure. À Batavia, en comptant l'appui que pourraient fournir les Chinois, on ne dénombrait que cinq cents hommes capables de combattre. Mais à aucun moment l'idée de capituler n'effleura l'esprit du gouverneur.

Il ordonna qu'on délaisse le sud de la ville, de toute façon difficile à défendre, et il se concentra sur le reste : les remparts des bastions furent relevés, les portes renforcées. Une nuit, il fit abattre par les Chinois les arbres qui entouraient la ville afin de dégager la vue et repérer l'ennemi.

Les préparatifs se terminèrent juste à temps : deux jours plus tard, des troupes javanaises apparurent à la lisière de la jungle et occupèrent la partie de Batavia laissée à l'abandon quelques semaines auparavant.

Du bastion, Eva observait avec anxiété le cordon de guerriers qui se positionnait le long de l'enceinte.

« Ils nous détestent, analysa-t-elle. Personne n'a pris la peine de m'en informer à mon arrivée. Je croyais que nous vivrions en bonne intelligence avec la population. Qu'avons-nous fait aux Javanais ? Pourquoi nous haïssent-ils à ce point ? »

Elle se tourna vers Nongan et Gisa, qui semblaient mal à l'aise. Eva les fixa et maintint son regard afin de les obliger à répondre.

« Ils ont peur, madame », finit par expliquer Nongan.

Il parlait néerlandais avec un accent local prononcé, qui donnait à ses phrases un son étrange, mais il était tout à fait compréhensible.

« Peur ? Ce n'est pas exactement l'impression qu'ils me donnent.

— Batavia devient trop grande et trop puissante, madame. Lorsque les Hollandais ont débarqué, ils se sont contentés d'un petit fort en bois. Le sultan n'y voyait aucun inconvénient. Regardez à présent comment les choses ont évolué. »

Il désigna la ville et poursuivit :

« Il y avait jadis une ville javanaise, Jayakarta, mais votre mari l'a entièrement rasée et a reconstruit une nouvelle cité sur les ruines. Les Javanais craignent qu'il réserve un jour le même sort aux autres villes.

— Comme il l'a fait avec Banda », ajouta Gisa.

Eva se retourna vers les troupes ennemies.

« Je comprends. »

L'assaut fut lancé dans un fracas étourdissant, mêlant cors et cris de guerre. Tous les combattants en état de défendre la ville avaient pris position à l'intérieur des remparts : Hollandais, Chinois et esclaves. Même si les Javanais étaient en supériorité numérique, ils ne parvinrent pas à franchir la muraille. Chaque fois qu'une échelle était posée, les assaillants étaient accueillis par plusieurs salves de tirs de mousquets. Ils ne pouvaient rivaliser, armés seulement de criss et de flèches. Ils battirent en retraite après deux offensives infructueuses, au cours desquelles périrent et furent blessés des centaines de guerriers. Batavia était sauvé ; pour l'instant du moins, car Nongan était certain que les attaquants reviendraient à la charge.

« Je suis contente de voir que tu vas mieux, glissa Lysbet à Eva. Je me suis fait du souci pour toi.

— À vrai dire, je ne suis pas sûre d'aller mieux. Je ne m'en remettrai sans doute jamais vraiment. »

Eva regarda sa sœur.

« On dit que le temps panse toutes les blessures, mais je n'en suis pas convaincue. »

Elles étaient appuyées contre le garde-corps de l'un des bastions qui donnait sur l'océan. La vue était stupéfiante. On apercevait des dauphins qui batifolaient dans la baie et sautaient indéfiniment hors de l'eau, et leurs cris perçants montaient jusqu'au fort.

« Le chagrin et le manque ne disparaissent jamais totalement, nous apprenons à vivre avec, à composer au mieux, confirma Lysbet.

— J'espère y parvenir. Mon chagrin ne se préoccupe guère de savoir si je me morfonds dans mon lit toute la journée ou si je m'adonne à quelque activité. Il ne me quitte pas… Mais il est vrai que les activités restent une diversion qui peut être utile. Je compte m'investir de nouveau à la Cour des dames, et tenter de retrouver ma place d'épouse du gouverneur général.

— Jan t'a laissé tout l'espace nécessaire. Je dois admettre que je m'attendais à le voir perdre patience…

— Avec moi, il ne perd jamais patience.

— Non, à l'évidence. »

Lysbet observa en silence le bleu scintillant de l'océan qui s'étendait jusqu'à l'horizon.

« Crois-tu au coup de foudre ? Est-il possible de tomber amoureuse dès la première rencontre ? reprit-elle.

— Je crois que l'on peut ressentir d'emblée une attirance pour quelqu'un, reconnaître une personne. Mais parler d'amour dès le premier regard me semble fort. »

Eva se tourna vers sa sœur et scruta son expression.

« Tu ne parles pas de Jan et moi, n'est-ce pas ?

— Non, de Pieter.

— Pieter Vlack ? Vraiment ? C'est sérieux entre vous ?

— Très sérieux. Nous y allons progressivement, car nous avons tous les deux traversé pas mal d'épreuves au cours de l'année écoulée. De plus, son travail lui demande beaucoup de temps. Sais-tu qu'il a été nommé président du Conseil de la Justice ?

— Jan m'en a fait part, en effet. Quel honneur !

— Assurément, pour un homme de son âge. Il n'a pas trente ans. »

Lysbet poussa un long soupir.

« Il m'a demandée en mariage.

— Vraiment ? C'est formidable ! »

Lysbet se fendit d'un large sourire.

« Tu es la seule à le savoir. Nous voulons garder le secret encore un moment, le temps que le calme revienne à Batavia. »

Eva serra sa sœur dans ses bras et l'embrassa.

« Je suis si heureuse pour toi. Enfin une bonne nouvelle. »

32

Torride, l'été traînait en longueur. Plus aucun assaut ne fut lancé sur la ville. Néanmoins, cachés dans la jungle le jour et approchant de la cité à la nuit tombée, les Javanais commirent des actes de sabotage et des attaques surprises. Ils saccageaient les plantations, abattaient les arbres fruitiers, volaient les récoltes. Plusieurs personnes qui s'étaient aventurées hors des murs dans la journée s'étaient fait enlever, et on ne les avait jamais revues.

Catharina et Eva abordèrent le sujet autour d'un thé. Entre deux réunions, Jan fit un saut à la résidence. Profitant de l'occasion, Catharina se leva et le salua d'une révérence.

« J'aurais une requête à vous adresser, Excellence. J'ai besoin de gardes pour surveiller mes entreprises. Ma distillerie et les fours à chaux sont en pierre, donc suffisamment résistants. J'ai en revanche déjà perdu la moitié de mes exploitations maraîchères. Pourriez-vous en confier la surveillance à quelques soldats ? »

Jan se gratta le menton.

« Mes effectifs sont réduits, et tous sont mobilisés pour monter la garde aux portes et aux ponts, qui restent les endroits les plus stratégiques. Je peux difficilement m'en passer.

— Je comprends, Excellence, mais sauf votre respect, Batavia ne peut pas davantage se passer de la nourriture que mes fermes fournissent à la ville… et à vos soldats. Si cela continue, bientôt nous perdrons notre autonomie et devrons recourir aux importations.

— Vous avez raison, mais c'est mieux que de laisser des brèches dans notre système de défense. Car quelques soldats ne suffiront pas à protéger vos biens contre une horde de Javanais.

— Dois-je me résigner à voir détruire tout ce que je possède par les autochtones ?

— J'en suis navré, répondit Jan avec sincérité. La période est compliquée, j'ai déjà demandé au Conseil des Dix-Sept de m'envoyer davantage de forces armées, mais rien ne vient. Nous allons devoir nous contenter de ce que nous avons.

— Importer de la nourriture est très onéreux, intervint Eva.

— Ne m'en parlez pas ! Mais nous n'avons pas le choix… Agung n'attend qu'une chose, c'est que nous nous affaiblissions en positionnant nos forces vives à l'extérieur. Nous ne pouvons pas tomber dans ce piège : nos soldats seront massacrés en moins de temps qu'il ne faut pour le dire, et les Javanais auront le champ libre pour nous attaquer. Je suis honnêtement désolé pour vos possessions, madame Floris, mais je ne peux rien faire pour vous. »

À ces mots, Jan tourna les talons et sortit de la pièce.

Les deux femmes échangèrent un regard.
« Il a raison, dit finalement Eva.
— Je sais. »
Catharina soupira.
« Dans ce cas, je vais devoir demander à mes esclaves de monter la garde.
— Ne craignez-vous pas qu'ils soient libérés par les Javanais ?
— Libérés ? Non, pas le moins du monde. Les lignées et les tribus sont opposées les unes aux autres. S'ils ne se font pas assassiner tout de suite, ils seront enlevés et asservis par les Javanais. »
Le regard de Catharina s'assombrit.
« Je me demande combien il m'en restera à la fin. »

Sara avait une peur panique des Javanais.
« Ils peuvent se glisser en ville la nuit et venir nous tuer pendant notre sommeil. Ou nous enlever et nous réduire en esclavage, comme nous l'avons fait avec eux ! Comment père nous retrouvera-t-il ? » se désola-t-elle, en pleurs.
Eva l'attira vers elle.
« Une telle chose n'arrivera pas. As-tu déjà bien observé les remparts ? Jamais les Javanais ne parviendront à les franchir. La dernière fois, ils ont dû se replier. Tu n'as rien à craindre.
— J'aurais dû partir avec père en Hollande. Je me fiche que le voyage soit long et dangereux. Il me manque ! »
En sanglotant, elle se blottit contre Eva, qui essaya de la consoler sans trop savoir comment. Elle ne précisa pas que la République refusait d'accueillir sur son sol les autochtones et les sang-mêlé, et que les

aventures amoureuses de son père avec une Japonaise lui étaient reprochées.

« Avec un peu de chance, ton père est déjà sur la route du retour à l'heure qu'il est, dit-elle en caressant ses cheveux noirs et lisses. Il t'apportera plein de cadeaux ! Essaie de te concentrer sur les bonnes choses et de moins te tracasser à propos du reste. Jan veille à notre sécurité. »

Aux heures les plus chaudes de la journée, Eva se retirait généralement dans sa pièce privée, où ni servante ni esclave n'étaient autorisés à entrer. Elle se couchait alors en sous-vêtements sur son lit, somnolait ou pensait à Geertruyt. Débarrassée de tout apparat, elle refusait d'être dérangée et d'être vue en de telles circonstances. Elle appréciait cette parenthèse, libérée des épaisses robes de velours que son rang lui imposait et qui absorbaient la chaleur.

L'inconvénient était qu'elle avait ensuite plus de mal que jamais à se plier de nouveau aux convenances, à remettre sa robe de cérémonie pour aller accueillir une flotte de galions arrivée au port ou prendre le thé. Jan ignorait qu'elle passait une bonne partie de ses journées dans cette mise légère, et ellemême veillait à ce que personne ne l'apprenne.

Elle fut tentée à plusieurs reprises de suggérer à son époux une adaptation des tenues au climat. Mais lorsqu'elle se retrouvait face à lui, dans son costume de brocart et avec sa large fraise blanche, elle se résignait finalement à ne rien dire. Elle admirait la persévérance avec laquelle il refusait d'abandonner les us et coutumes de la société occidentale, malgré le poids de la chaleur, des soucis qui n'en finissaient jamais et des heures de travail accumulées.

Au cours de leur première année à Batavia, Jan avait affiché un grand dynamisme et beaucoup d'ardeur au travail. Puis, peu à peu, ses forces l'avaient quitté et ses traits révélaient un homme fatigué, âgé. Son visage, qui avait toujours été plutôt émacié, était devenu osseux, ses joues s'étaient creusées, son nez se pinçait, au point d'inquiéter passablement Eva.

Plus tôt que l'année précédente, la mousson fit doucement son apparition. Les pluies incessantes tambourinaient à longueur de journée, si abondantes que le fleuve sortit de son lit et que les rives furent submergées. Rapidement, les canaux et les caniveaux de la ville débordèrent à leur tour.

Après quelques jours sous cet interminable déluge, toute la cité n'était plus qu'une masse humide de boue rouge et de feuillages dégoulinants. Les vêtements, les meubles, les chaussures, les objets usuels, les sols des maisons, rien ne fut épargné, tout dégageait une odeur moite ; progressivement, les moisissures s'installèrent et gagnèrent du terrain.

Au mois d'août, une nombreuse flotte de pirogues arriva au port sous une pluie battante.

« Les marchands demandent à entrer en ville, Excellence, avertit la capitainerie.

— Hors de question, trancha Jan. Qu'ils restent derrière la barrière. Contrôlez leurs cargaisons. »

Les marchands refusèrent l'inspection, mais n'avaient manifestement pas non plus l'intention de partir. Ils mouillaient simplement là, dans la rade.

« Ils forment une barricade, remarqua Anthonie van Diemen lors d'une réunion le soir chez Jan et Eva. Ils tentent de nous enfermer. »

Pieter Vlack confirma cette thèse.

« Je suis d'accord, Excellence. Des rumeurs circulent au port, les Javanais seraient sur le point de lancer une nouvelle attaque. Qu'envisagez-vous de faire ?

— Rien, répondit simplement Jan. La balle est dans leur camp, laissons-leur l'initiative. Nos entrepôts sont pleins, nous pouvons tenir un moment. »

Quelques jours plus tard, l'alerte fut donnée : la présence de l'armée javanaise était signalée non loin de la ville. Tout Batavia se précipita sur les remparts.

De sa place sur le bastion, Eva vit une foule de soldats s'approcher. Son cœur se mit à battre à tout rompre.

« Vous avez vu combien ils sont ? Nous n'arriverons jamais à les arrêter, cette fois !

— Ils n'ont pas l'intention d'attaquer, prédit Jan en vérifiant dans sa longue-vue. Regardez, ils montent leur camp. Ils vont faire le siège de la ville. »

Il avait raison. Sous les averses tropicales, les Javanais commencèrent à travailler. Ils aménagèrent des fortifications et creusèrent des tranchées qui s'étendaient jusqu'au pied des murailles.

En guise de réponse, Jan fit orienter les canons sur l'ennemi. Il ne s'agissait que d'une manœuvre de dissuasion, car il ne comptait pas les utiliser tout de suite. La poudre et les munitions étaient précieuses, et les stocks, déjà bien entamés.

« Je me demande combien de temps ils tiendront ainsi sous la pluie », ironisa-t-il.

Heureusement, en raison des nombreux navires de guerre qui y mouillaient, les Javanais n'osèrent assiéger le port, si bien que la ville continuait d'être approvisionnée.

Les assaillants, en revanche, eurent tôt fait de manquer de tout. Ils avaient eux-mêmes détruit les exploitations maraîchères de toute la région, alors qu'ils en auraient eu bien besoin en ce moment, car l'acheminement des denrées par la jungle s'avérait laborieux. Sur les hauteurs, des centaines d'indigènes construisaient des digues afin de couper l'arrivée de l'eau, mais la bière et le vin abondaient, puisque les livraisons se poursuivaient.

Jan continuait à travailler. Il considérait les Javanais comme des moustiques : irritants, mais pas forcément nuisibles. Les navires allaient et venaient, déchargeaient et chargeaient, des inventaires étaient dressés, des connaissements contrôlés, les bateaux étaient réapprovisionnés en vivres.

Le calme qu'il affichait était communicatif. Sur les remparts, les habitants de Batavia observaient les troupes ennemies peu à peu décimées par la famine et les maladies, sous la pluie ininterrompue.

Au bout d'un mois, elles capitulèrent sans que le moindre coup de canon ait été donné. La moitié des assaillants étaient morts, une grande partie de l'autre moitié avait déserté, et le reste n'en pouvait plus.

Tôt le matin, Jan se rendit au bastion pour évaluer la situation.

« Ils sont partis, annonça-t-il sans triomphalisme à Eva et Sara lorsqu'il revint au château. Ou morts. Il est préférable de ne pas aller voir. »

Elles renoncèrent à assouvir leur curiosité, tandis que la nouvelle, dans ses moindres détails sordides, se propageait en ville. Le repli et la défaite n'étaient pas envisageables aux yeux du sultan Agung, ses hommes le savaient mieux que quiconque. Au pied des murailles s'entassaient les cadavres de plusieurs centaines de guerriers qui s'étaient poignardés avec leur propre criss.

33

Eva pensait de plus en plus souvent à Amsterdam, aux teintes rouges et orange des arbres en automne sur le Nieuwmarkt, au froid mordant des hivers et aux plaisirs de la neige et de la glace, à la fraîcheur des premiers jours du printemps, à la douceur sèche des étés.

Tout ce qui, jusqu'alors, appartenait au quotidien banal avait pris, dans la touffeur interminable de l'été des Indes, une autre dimension.

Le mois de décembre arriva. Le temps était passé extrêmement vite, et Eva peinait à croire qu'un an s'était écoulé depuis que Sophia et Gerrit avaient succombé à l'horrible maladie.

Elle célébra son anniversaire peu avant les fêtes. À seulement vingt-trois ans, d'une certaine façon elle se sentait déjà vieille.

La nouvelle année débuta de façon aussi morose que la fin de la précédente. La jeune femme se remit à broyer du noir.

« Je pense que je ne suis pas destinée à être heureuse, lança-t-elle un matin à Lysbet.

— Tu ne vas pas recommencer avec ces sottises… Évidemment que tu peux être heureuse. Tu es jeune et belle, tu as toute la vie devant toi. »

Lysbet observa sa sœur : allait-elle se faire rattraper par ses démons ?

« Je sais. Pourtant, parfois l'avenir me fait peur. Je me demande quels malheurs il nous réserve encore. Cela ne t'arrive-t-il jamais ?

— Si, bien entendu, mais je ne me tourmente pas avec ces considérations, je pense vite à autre chose. À mon mariage avec Pieter, par exemple. »

Lysbet eut l'air si heureuse de prononcer ce nom qu'elle arracha un sourire à sa sœur. Ils avaient officiellement annoncé leurs fiançailles, les noces seraient célébrées le 4 mai.

« J'ai entendu dire que Sara avait déjà un soupirant. En sais-tu davantage ? reprit Lysbet.

— Oui, Pieter Cortenhoeff. Elle me l'a confié dernièrement.

— Qui est ce jeune homme ?

— Le fils d'un marchand, Jacob Cortenhoeff, hélas décédé il y a deux ans, expliqua Eva. Pieter n'avait que quatorze ans à l'époque. Il est né au royaume de Rakhine, sa mère est une autochtone, c'est son père qui l'a amené ici. À la mort de ce dernier, Anthonie van Diemen a pris son écolage à sa charge et a permis qu'il devienne aspirant à la garde du château.

— Une mère indigène, un père qui fuit à Batavia. Pas mal d'analogies avec l'histoire de Sara…

— C'est sans doute ce qui explique qu'ils se soient trouvé des atomes crochus… Néanmoins, je crois qu'il faut les avoir à l'œil, poursuivit Eva, car Sara n'a que douze ans.

— Et Pieter, seize. C'est plutôt lui qu'il faut tenir à l'œil. »

Au fil des jours, avec l'approche du printemps, les précipitations diminuèrent et l'atmosphère se réchauffa.

Cela faisait déjà quelques semaines qu'Eva ne se sentait pas au mieux de sa forme. Au début, elle se crut malade et s'inquiéta, mais elle reconnut bientôt les signaux que lui envoyait son corps : elle était enceinte.

« Quelle bonne nouvelle ! s'exclama-t-elle en s'abandonnant aux bras de Jan.

— Merveilleuse, vous voulez dire. Quand pensez-vous que l'enfant viendra au monde ?

— Les nausées ont commencé en janvier, donc je miserais sur la fin de l'été, peut-être septembre. »

Eva s'écarta de son mari et le regarda dans les yeux.

« J'espère que nous aurons un garçon, cette fois.

— Moi de même, répondit Jan en l'embrassant. Mais nous verrons ce que l'avenir nous réserve. Il serait étrange que nous ayons de nouveau une fille après Geertruyt, comme si l'une remplaçait l'autre… »

Elle perçut une intonation inhabituelle dans sa voix, sans pouvoir la définir. Elle remarqua les rides sur son front et les sillons autour de sa bouche.

Quelques jours plus tard, Jan rentra avec un magnifique lit-cage suspendu à une hampe lui permettant de se balancer. Il était en bois d'ébène, agrémenté de décorations en ivoire. Un voile de gaze faisait office de moustiquaire.

Eva avait laissé tout le matériel de naissance de Geertruyt à Amsterdam. L'aménagement de la chambre du bébé à naître et les préparatifs, bien que difficiles à Batavia, occupèrent son temps et lui procurèrent une distraction agréable dans une période où les accès de tristesse la submergeaient encore régulièrement.

Sara lui apporta son aide. Sur un ton qu'elle voulait désinvolte, Eva l'interrogeait à l'occasion sur son amitié avec Pieter Cortenhoeff. Elle comprenait très bien que l'adolescente se sente attirée par le jeune aspirant : avec sa peau basanée et ses cheveux foncés, son apparence était aussi exotique que celle de Sara, très différente de celle des jeunes Hollandais qui lorgnaient sur elle.

Elle avait assurément du succès, Eva le remarquait souvent. À seulement douze ans, elle était précoce et très belle. Sa grâce ne laissait personne indifférent, ce dont elle avait bien conscience.

« Nous devons la surveiller de près, déclara Eva à Jan. Elle se plaît à faire tourner les regards des jeunes hommes, ce qui n'est pas grave en soi, mais il ne faudrait pas leur mettre de mauvaises idées en tête. »

Jan lui fit face, l'air contrarié.

« Bien sûr que c'est grave ! Sara vit sous notre toit, elle est sous notre responsabilité. Tant que ce sera le cas, je ne tolérerai pas qu'elle nous fasse honte !

— Nous n'en sommes pas là. Elle a seulement pris

conscience de l'attirance qu'elle peut exercer sur la gent masculine, et elle a tendance à en jouer.

— Elle n'a pas à le faire ! Elle est tenue de se comporter de façon vertueuse et de garder les prétendants à distance. Je compte bien lui en toucher un mot. »

Eva, craignant la confrontation, regretta aussitôt d'avoir abordé le sujet avec son mari.

Le soir même Sara vint la trouver, visiblement confuse et embarrassée.

« Eva, je n'ai rien fait de mal avec les garçons. Vraiment pas.

— Je le sais, ma chérie. Mais lorsque tu leur souris ou que tu tournes sur toi-même devant eux pour faire danser tes cheveux au vent, certains s'imaginent des choses. Beaucoup attendent plus qu'une simple amitié. Tu es trop jeune pour en avoir réellement conscience, et c'est ce contre quoi Jan souhaitait te mettre en garde.

— Je comprends, mais ces garçons ne m'intéressent pas du tout. Seul Pieter compte à mes yeux. Je l'aime et nous allons nous marier. »

Eva en resta bouche bée.

« Que dis-tu ? »

Elle la prit par le bras pour la faire s'asseoir avec elle sur le sofa.

« Qu'entends-tu par "vous marier" ? Tu veux dire dans quelques années ?

— Non, cet été.

— Sara, tu ne peux pas prendre une décision aussi importante sans l'autorisation de ton père. Tu es bien trop jeune !

— J'ai bientôt treize ans, répondit-elle. À cet âge on peut se marier, ici. Où est le mal ? Nous nous aimons.

— Oui, c'est possible en théorie, mais il te faut l'accord de ton père.

— Pourquoi ? Ne pouvez-vous pas me le donner à sa place ?

— Je ne crois pas qu'il apprécierait. Et puis tu veux tout de même qu'il assiste à la cérémonie, non ? »

Sara haussa les épaules.

« Pas forcément. Il n'a pas eu de scrupules à m'abandonner toute seule ici… »

Eva soupira. Le moment était venu de lui dire la vérité sur la situation. Pesant soigneusement ses mots, elle lui expliqua que son père avait commis un énorme faux pas en entamant une relation avec une femme japonaise, et que la Compagnie lui en faisait grief.

« Les enfants qui naissent de ces unions n'ont pas le droit de vivre dans la République. À Batavia, c'est différent, car il y a tant d'indigènes… »

Sara regardait dans le vague.

« Pourquoi ne m'a-t-il jamais rien dit ? demanda-t-elle finalement.

— Il ne voulait sans doute pas te blesser, ou il pensait que tu ne comprendrais pas. Quand il est parti, tu n'avais encore que dix ans.

— Presque onze. Maintenant, j'en ai presque treize et je vais me marier.

— Il n'en est pas question, rétorqua Eva en durcissant le ton. Tu attendras le retour de ton père. »

La cérémonie nuptiale de Lybset et Pieter fut grandiose et raffinée. La rue qui menait à l'église fut décorée de guirlandes, un arc de triomphe érigé sur le parvis, et on disposa des barrières tout autour de l'esplanade. De nombreux curieux vinrent s'y masser pour apercevoir le couple qui arriva dans sa diligence, tirée par quatre chevaux blancs coiffés d'une plume ornementale.

Pieter, portant une épée à poignée d'or, témoignait d'une grande élégance dans son uniforme sombre. Lysbet était elle aussi magnifique dans sa robe composée d'un bustier de velours noir et d'une jupe de satin blanc lisérée de dentelle dorée.

En la voyant, Eva ne put retenir ses larmes. Elle aurait tant aimé que leur mère assiste à ce moment, elle aurait été folle de bonheur, de même que leur petit frère, qui se serait fait un malin plaisir à détailler les jeunes filles parées de leurs plus beaux atours. Mais ils étaient tous deux au cimetière tout proche, depuis un an et demi déjà. Pourtant, ce jour-là, Eva eut l'impression qu'ils l'avaient quittée la veille.

Malgré tout, elle parvint à éprouver une certaine joie, mesurée mais authentique, pour sa grande sœur qui le méritait tant. Pour la première fois depuis longtemps elle se remit à croire au bonheur, à penser que tout n'était peut-être pas perdu. Lysbet avait trouvé un époux et elle, Eva, était enceinte. Ces événements n'atténuaient en rien son chagrin pour Geertruyt, mais elle savait que l'enfant à naître lui apporterait une forme de consolation.

Eva surprit Sara à échanger des coups d'œil avec

Pieter Cortenhoeff. La scène n'échappa pas à Jan, qui fronça les sourcils. Son épouse détourna son attention en lui murmurant à l'oreille qu'elle avait senti leur enfant bouger dans son ventre. En réponse, il lui adressa son plus beau sourire.

34

« J'ai le mal du pays, madame. J'ai envie de rentrer chez moi », confia la jeune fille d'une voix douce teintée de désespoir.

Eva acquiesça d'un air rassurant.

« Si tu veux vraiment partir, tu en as le droit. Personne ne peut te retenir. D'où viens-tu ?

— D'Enkhuizen, madame. J'étais pensionnaire dans un orphelinat.

— Depuis combien de temps es-tu ici ?

— Trois ans, madame.

— Oh ! s'exclama Eva. Ignores-tu que tu dois rester cinq ans sur place ?

— Non, madame. Mais j'espérais que vous pourriez intervenir en ma faveur. Peut-être pourriez-vous demander au gouverneur général de me donner l'autorisation de repartir ? »

Eva la considéra d'un air pensif.

« Je ne te promets rien, mais je lui en parlerai. Rappelle-moi ton nom ?

— Mayke Egbert, madame. »

Dans une impulsion, la jeune fille saisit la main d'Eva et l'embrassa.

« Merci beaucoup. J'espère que vous pourrez m'aider. »

Eva lui sourit, et Mayke quitta la pièce. L'instant d'après, une autre jeune fille lui succéda. Eva tenait ainsi chaque semaine des audiences à la Cour des dames afin de discuter des problèmes des unes et des autres, et de leur prodiguer des conseils ou son soutien. Sa mission ne se bornait pas à leur porter assistance, elle devait également les préparer à passer leur vie à Batavia.

« Les jeunes filles de bonne famille ne viennent pas du tout ou prétendent repartir aussi vite qu'elles sont arrivées ; et les gourgandines, les vauriennes et les maraudeuses affluent dans les cales des navires marchands, s'était encore agacé Jan dernièrement, en voyant de nouveau débarquer de l'une des flottes des dizaines de filles de mauvaise réputation. Pourriez-vous les remettre dans le droit chemin et faire en sorte qu'elles restent à Batavia ? »

Ainsi Eva s'était-elle davantage investie dans cette mission au cours des semaines qui avaient précédé, épaulée par Catharina Seroyen. Toutes deux discutaient beaucoup avec les filles, les poussaient à observer une conduite vertueuse et allaient même parfois jusqu'à leur présenter des hommes célibataires ou veufs.

« Nous ne pouvons pas faire beaucoup plus », songeait Eva en rentrant un soir à pied jusqu'au château. Elle comprenait le désir qu'éprouvaient certaines filles de retourner en Hollande, surtout lorsqu'elles étaient déçues par le paradis qu'on leur avait fait miroiter pour les encourager à partir aux Indes.

Elle-même était souvent sujette à des accès de nostalgie. Tant que sa famille vivait auprès d'elle, elle parvenait à les surmonter mais, privée aujourd'hui de cette échappatoire, elle était elle aussi rongée par le mal du pays.

Outre Jan, Lysbet était la seule personne qui la retenait encore à Batavia. Si elle avait dû également perdre sa sœur, elle aurait eu beaucoup de mal à y rester.

Le retour jusqu'au château se fit dans une chaleur accablante, en dépit de l'ombre que Nongan et Gisa lui procuraient avec leur *pajong*. La jeune femme n'avait jamais eu recours au coche pour se déplacer, elle aimait marcher, malgré le climat qui ne s'y prêtait guère. Elle appréciait le contact avec la population.

Elle traversa le pont-levis, adressa un signe de tête aux gardes en faction à l'entrée et se dirigea vers la porte, qu'elle s'étonna de trouver grande ouverte. Des cris lui parvinrent. Elle monta quatre à quatre les marches du perron. Dans le vestibule elle fut accueillie par Anthonie van den Heuvel, légiste et proche collaborateur de Jan. Il se tenait au pied de l'escalier, les mains sur les hanches.

« Nous avons un problème, madame Coen.

— J'en ai bien l'impression, en effet. Est-ce Jan qui s'égosille de la sorte ? Que se passe-t-il donc ?

— Il s'agit de votre protégée, madame. On vient de la surprendre en flagrant délit avec le fils Cortenhoeff. Ils pensaient manifestement avoir la maison pour eux seuls, mais nous sommes revenus avec votre époux. »

Sous le choc, Eva restait abasourdie.

« Ne me dites tout de même pas que… »

Elle n'eut pas à terminer sa phrase, van den Heuvel hochait déjà la tête.

« J'en ai bien peur, madame. Ils étaient tous les deux entièrement dévêtus et ils… enfin, vous voyez. L'une des esclaves nous a avertis, et monsieur votre mari est immédiatement intervenu. »

Eva ferma les yeux l'espace d'un instant. Ce qu'elle venait d'apprendre était ni plus ni moins qu'une tragédie. Elle n'osait imaginer la colère de Jan et, en même temps, elle s'inquiétait de l'état de Sara. Ses sanglots résonnaient dans toute la résidence et, lorsqu'elle poussa un cri, Eva se précipita dans l'escalier. Anthonie van den Heuvel lui emboîta le pas.

Un petit groupe d'esclaves s'était massé sur le palier, devant la chambre de Sara dont la porte était ouverte. Jan semblait fou de rage et la jeune fille, recroquevillée sur elle-même, pleurait toutes les larmes de son corps.

Lorsqu'elle aperçut Eva, Sara se rua vers elle et, machinalement, Eva l'attira contre elle.

« Il veut me faire noyer ! Aidez-moi, Eva ! »

Par-dessus sa tête, Eva et Jan échangèrent un regard. Le visage de ce dernier était toujours marqué par la fureur.

« Sous notre toit ! rugit-il, la voix déchirée par la colère. Elle s'est comportée comme la dernière des catins, sous notre toit !

— Je ne suis pas une catin ! Nous nous aimons et nous allons nous marier ! cria Sara.

— Silence ! Je ne veux plus entendre un son sortir de ta bouche ! Tu nous fais honte, tu nous ridiculises ! »

Il se tourna vers van den Heuvel.

« C'est un outrage impardonnable, ils méritent la plus grave des sanctions. Séance tenante. Retrouvez-moi ce fornicateur et préparez leur exécution ! Ils mourront tous les deux par noyade. »

Sara se mit à hurler de plus belle et s'accrocha de toutes ses forces à Eva.

« Tout cela ne va-t-il pas un peu loin ? Ce ne sont encore que des enfants… »

Eva plongea son regard dans les yeux de Jan, mais il demeurait inflexible.

« S'ils l'étaient, ils ne se seraient pas comportés de la sorte ! Ce garçon s'est introduit chez nous et a déshonoré notre protégée ! Selon la loi martiale il doit être condamné à mort, exécuté sur place, devant notre porte. »

Anthonie van den Heuvel, jusqu'alors resté en retrait, s'avança prudemment d'un pas.

« Ce que Sara et Pieter ont fait doit assurément être puni, mais si je puis me permettre, Excellence, la peine de mort me semble un châtiment très sévère en la circonstance. Je propose que nous discutions d'abord au sein du Conseil de ce cas et de la sentence la plus appropriée. Vous pouvez en effet condamner Cortenhoeff à mort selon la loi martiale, mais cette sanction ne s'applique pas à Sara, qui fait partie de votre foyer, pas de vos troupes. Elle est en outre trop jeune pour une telle condamnation. Les comportements immoraux de cette nature sont tout au plus passibles d'un châtiment corporel. »

Jan parut s'apaiser, même s'il avait encore le visage rougi par la colère. Une veine saillante barrait son cou.

« Bien. Dans ce cas, ce sera la flagellation. Mais pas pour Cortenhoeff. Trouvez-le-moi.

— Excellence, je vous invite à déférer cette affaire au Conseil de la Justice, qui saura statuer avec intransigeance, mais équité. Ce ne sont que deux jeunes gens, presque des enfants, et une décision hâtive pourrait nuire à votre réputation. »

La voix de van den Heuvel était calme et convaincante. Eva suivait attentivement l'échange entre les deux hommes, son regard passant de l'un à l'autre, le bras toujours autour de sa protégée.

Un très long silence s'installa. Jan baissa les yeux vers Sara, sans laisser transparaître une once de compassion ou de compréhension. Puis un signe d'apaisement apparut sur son visage et il céda.

« C'est d'accord, que le Conseil de la Justice se saisisse de cette affaire. Mais je vous préviens : je n'accepterai aucune sorte de clémence, quelle qu'elle soit. »

« Votre mari n'a pas le choix, il faut aussi que vous l'entendiez, tempéra Catharina avec pragmatisme. Mettez-vous à sa place : la ville qu'il a bâtie, l'œuvre de sa vie, est constamment sous la menace. Il a une crédibilité à défendre, or dans les Indes l'honneur et le prestige sont primordiaux. S'il se montre trop conciliant, il ternira son nom et sa réputation, et plus personne ne le prendra au sérieux. À l'extérieur de Batavia comme à l'intérieur.

— Je peux comprendre sa réaction vis-à-vis de Pieter, même si je continue de penser que la sanction est démesurée. Ce garçon aime Sara, il nous a assuré qu'il se marierait avec elle. Il n'a pas abusé d'elle.

C'était un acte stupide, irréfléchi, mais concevable entre deux jeunes amoureux. Pourquoi Jan refuse-t-il de l'admettre ? »

Assise en compagnie de Catharina, Eva était accablée. Le chant des oiseaux dans la cage, qu'elle trouvait habituellement si agréable, l'agaçait profondément.

« Je m'efforce de vous l'expliquer. Jan ne *peut* pas fermer les yeux sur cette affaire comme s'il s'agissait d'une bagatelle. Tout Batavia, et par extension tout l'archipel des Indes orientales, apprendra tôt ou tard qu'il tolère l'insubordination et la dépravation, alors même que ce sont deux péchés qu'il abhorre pardessus tout. Je suis navrée pour ces deux jeunes, mais je comprends très bien la réaction de votre époux.

— La flagellation pourrait suffire, pourquoi vouloir à tout prix la peine de mort ?

— Parce que Pieter est un soldat qui a déserté son poste, qui plus est pour s'introduire dans la maison du gouverneur général. Il s'est dès lors rendu coupable du crime de lèse-majesté. À Amsterdam, votre mari assume d'importantes responsabilités dans le commerce et l'administration, mais, à Batavia, c'est la fonction suprême qu'il occupe, analogue à celle d'un souverain, et il se doit d'agir en cette qualité s'il entend conserver son autorité. »

Catharina avait sans doute raison. Eva s'était déjà vu présenter des arguments identiques de la part de son beau-frère Pieter Vlack, président du Conseil de la Justice, à qui on avait confié l'affaire.

Le procès suscita une vive agitation en ville. Un comité de citoyens, fort de l'appui du Conseil ecclésiastique, s'était même rendu au château pour introduire une demande en grâce et, dans le quartier chinois, des paris s'étaient ouverts sur l'issue des débats.

Il faudrait attendre un mois avant que le jugement soit prononcé. Pendant tout ce temps Pieter Cortenhoeff resterait en prison, tandis que Sara demeurerait à la résidence, enfermée dans sa chambre.

Le jour du verdict, une atmosphère pesante planait sur la ville, tout le monde retenait son souffle. L'espace d'un instant, un doute subsista au sein de la population qui s'était attachée au sort du jeune couple, mais la sentence redoutée finit par tomber : Pieter fut condamné à mort, conformément aux dispositions de la loi martiale. Il ne serait ni noyé ni pendu, mais connaîtrait une mort rapide par décapitation. Sara serait, elle, flagellée en public.

Les peines furent exécutées dès le lendemain sur l'esplanade de l'hôtel de ville. Pieter passa le premier : en pleurs, il s'agenouilla devant le bourreau. Après qu'il eut jeté un ultime regard à Sara, sa tête roula dans le sable. Cette dernière fut ensuite mise au pilori dans l'ouverture de la porte de l'édifice, et le bourreau assena dix coups de fouet sur son dos dénudé.

Eva aurait voulu rester chez elle, mais son absence aurait été perçue comme un acte d'opposition à son mari. Première dame de Batavia, elle était tenue d'assister aux exécutions – ce qu'elle fit, le visage impassible. À l'intérieur d'elle-même, quelque chose mourut avec Pieter, et chaque fois que le fouet venait lacérer la peau de sa protégée, il entaillait pareillement son attachement pour Jan et l'en éloignait un peu plus.

Au cours des semaines qui suivirent, tout semblait inchangé entre eux, mais en apparence seulement. Ils partageaient toujours le même lit où Eva remplissait ses obligations d'épouse du gouverneur général, pourtant elle ne lui adressa plus la parole que lorsque c'était vraiment nécessaire. Une part d'elle s'était détournée de lui et ne reviendrait pas. Les explications de Jan n'y changeraient rien, pas plus que ses cadeaux ou ses mots doux.

Ce fut comme si jusqu'alors un voile léger mais opaque l'avait empêchée pendant toutes ces années de voir qui était réellement celui qu'elle croyait connaître. Un rideau s'était levé et une autre personne lui faisait face, quelqu'un à qui elle n'aurait sans doute jamais donné son amour ni sa confiance si elle avait perçu plus tôt son vrai visage.

Sara, devenue l'ombre d'elle-même, dormait mal et mangeait peu. Elle se montrait polie avec le gouverneur, mais ne parlait que lorsqu'elle était invitée à le faire.

« Je n'avais pas le choix, plaida de nouveau Jan, un soir qu'il était installé avec Eva sous le porche. Combien de fois devrai-je vous l'expliquer ?

— Ne vous donnez pas cette peine, il n'y a plus rien à éclaircir.

— Je pense pourtant que tout n'a pas été dit. Vous êtes si distante, nous sommes devenus des étrangers l'un pour l'autre, je ne vous reconnais plus.

— Alors nous sommes deux, car c'est aussi mon sentiment. »

Il soupira.

« Ma position implique de grandes responsabilités et des décisions difficiles. Ne croyez pas que je m'en acquitte de gaieté de cœur. »

Elle ne réagit pas.

« Eva ?

— Ce n'est pas ce que je pense, répondit-elle.

— Que pensez-vous, dans ce cas ?

— Que vous trouverez toujours un moyen de justifier vos choix, quels qu'ils soient », lança-t-elle en se levant.

Elle défroissa un pli sur sa robe.

« Pour tout vous dire, je m'inquiète de l'avenir de notre enfant. Si nous avons une fille, et que celle-ci ait le malheur de commettre un faux pas, comptez-vous également la faire fouetter en public pour préserver votre honneur et votre prestige ? »

Sans lui laisser le temps de répondre, elle tourna les talons.

« Je prie le Seigneur pour qu'Il me donne un fils », piqua-t-elle avant de disparaître dans la maison.

35

Ils n'abordèrent plus le sujet. La chaleur des mois de juin et de juillet étouffa les reproches, Eva n'avait plus la force d'être fâchée. Il ne resta que la désillusion.

Et de toute façon il n'y avait plus rien à dire, plus rien à faire. Pieter Cortenhoeff était mort et Sara aurait le dos marqué de cicatrices jusqu'à la fin de sa vie. Eva pouvait ignorer et rejeter Jan tant qu'elle le voulait, la jeune fille ne ferait jamais le mariage dont elle avait rêvé. Après un certain temps, Eva adressa donc de nouveau la parole à son époux. Ils partagèrent la joie mutuelle de voir son ventre grossir et l'inquiétude à propos des menaces qui planaient toujours sur la ville.

D'après les rumeurs, le sultan Agung cherchait du soutien auprès d'autres tribus afin de former des alliances et de constituer une armée capable de reconquérir Batavia. Il était en train de réunir une légion de cent mille hommes.

Jan n'en croyait rien.

« Nous nous en sommes très bien sortis la dernière fois, il en ira de même pour la prochaine, minimisa-t-il. Ces indigènes ne connaissent pas le principe de collaboration, ils n'en ont jamais entendu parler. Ils ne sont bons qu'à s'entre-tuer. »

Les Javanais refirent néanmoins une apparition à la fin du mois d'août. Ils n'étaient pas cent mille, comme on l'avait avancé, mais tout de même dix mille, dont bon nombre à dos d'éléphants. Cette fois-ci, en plus des flèches et des criss, ils étaient armés de canons. Les affûts furent traînés par des buffles au travers de la jungle jusqu'à Batavia, par-dessus les crêtes des montagnes.

Comme lors de l'offensive précédente, tous les habitants sortirent sur les remparts pour suivre les manœuvres. Tandis que beaucoup s'inquiétaient, Jan restait impassible. Il rassembla le Conseil, qui décida de ne pas tenter de percée, l'ennemi étant en surnombre. On se contenta donc d'en revenir à la stratégie attentiste.

Les Javanais établirent de nouveau le siège devant la ville et installèrent leur camp autour des murs.

Au coucher du soleil, de nombreux officiers javanais furent placés en rang, le visage tourné vers Batavia. Au grand désarroi des habitants, on les décapita en guise d'offrande aux divinités. Plus de sept cents corps furent ainsi jetés au fleuve, dont ils pourrirent et souillèrent l'eau.

« Ils essaient de propager des maladies », supposa Jan.

Il fit immédiatement afficher des avertissements dans toute la ville, recommandant aux résidents de ne pas consommer l'eau des canaux venant du fleuve.

« C'est pour bientôt, estima Eva, la paume appuyée contre son ventre. Je reconnais les signes. »

Jan posa sa main à côté de celle de son épouse et sourit lorsqu'il sentit l'enfant marteler de l'intérieur.

« Dans combien de temps, selon vous ?

— Quelques jours, tout au plus. »

Ils échangèrent un regard ; le moment ne pouvait pas plus mal tomber.

Le siège dura trois semaines, tandis qu'à Batavia la vie suivait son cours presque normalement. L'ordre fut donné que quelques navires restent à quai ou dans la rade afin d'assurer une possibilité de fuite en cas d'urgence. Pour le reste, le trafic portuaire était aussi dense et prospère que d'habitude.

Mais, alors qu'il ne s'était rien produit pendant des semaines, les gardes dans les bastions repérèrent une activité inhabituelle dans le camp javanais. Munis de leurs longue-vue, ils scrutèrent les moindres mouvements de l'ennemi et eurent tôt fait de comprendre qu'une attaque était imminente.

« Il faut évacuer, décida Jan. Que toutes les femmes et tous les enfants embarquent sur les galions d'ici à demain. »

Comme si le bébé lui-même avait entendu le signal, les contractions d'Eva commencèrent dans la nuit et, au petit matin, le travail était si avancé qu'il était hors de question pour la jeune femme de se déplacer dans ces conditions. Cependant, pour tout le monde on procéda à l'évacuation ; femmes hollandaises, chinoises, domestiques et esclaves furent invitées à se rassembler avec leurs enfants sur l'esplanade devant le château. À hauteur du canal sud, les chaloupes étaient prêtes à transporter les gens jusqu'aux navires qui mouillaient au port. Eva, Wendelmoet et la ventrière Sijtgen furent les seules femmes à ne pas quitter le château.

L'accouchement avançait bien, mais la tension suscitée par l'assaut à venir montait d'un cran à chaque contraction.

Le soleil était levé depuis un moment, et aucune attaque ne se profilait à l'horizon.

« Ils envisagent peut-être de lancer l'assaut demain ? » suggéra Wendelmoet.

Mais, à l'instant précis où Eva ressentait les premières douleurs de l'expulsion, une énorme déflagration retentit au loin et la pièce trembla. Les trois femmes se regardèrent en silence, terrorisées.

« Restons calmes, conseilla Sijtgen en s'adressant autant aux autres qu'à elle-même. Tant qu'ils ne franchissent pas les remparts, nous sommes en sécurité. »

Eva poussait de toutes ses forces, davantage encore qu'elle l'avait fait pour Geertruyt. Au-dehors on entendait le fracas tonnant des coups de mousquet, les cris des guerriers et les barrissements des éléphants.

« Où en sont-ils ? demanda Eva, haletante, entre deux poussées. On dirait qu'ils sont très proches… »

Wendelmoet s'avança jusqu'à la fenêtre et jeta un coup d'œil sur l'esplanade.

« Rien à signaler, je vois des soldats, mais ce sont les nôtres.

— Concentrez-vous sur le bébé, madame, intervint la matrone. Vous y êtes presque, encore quelques efforts et l'enfant sera là.

— Où est Jan ? » voulut savoir Eva, qui poussa l'instant d'après un hurlement strident. Une douleur atroce lui vrillait le bas-ventre.

Personne ne répondit, ce qu'elle comprenait, car son mari avait d'autres préoccupations.

« À la prochaine contraction, attendez que je vous donne le signal avant de pousser, madame. »

Une autre détonation de canon les fit sursauter, elles levèrent la tête, mais se recentrèrent aussitôt sur l'accouchement. Un nouveau spasme arriva ; Eva s'arc-bouta et, submergée par une vague de douleur, hurla de nouveau.

« Ne criez pas, madame, vous gaspillez vos forces inutilement. On va recommencer, attendez mon signal », commanda Sijtgen.

Eva sentit le sang lui monter dans les tempes, elle eut l'impression qu'elle allait se déchirer de l'intérieur.

« Poussez ! cria Sijtgen. De toutes vos forces ! »

Eva poussa, poussa, poussa tant et plus, jusqu'à se retrouver à bout de souffle et prise de vertiges. Quelque chose glissa hors d'elle et instantanément la pression retomba, les tiraillements disparurent.

Wendelmoet laissa échapper un cri et joignit les mains, tandis que Sijtgen se saisissait du petit corps rose et le tenait à bout de bras.

« Une fille ! annonça-t-elle en posant l'enfant sur le ventre de l'accouchée. En parfaite santé ! »

Sans voix, Eva regarda sa fille qui pleurait. Elle attrapa la couverture que Wendelmoet lui tendait et en couvrit son bébé.

« Qu'elle est menue, bien plus que Geertruyt, fit-elle remarquer, légèrement inquiète.

— Elle est magnifique. Bien rose, et en pleurs. C'est ce qu'il faut ! Tout s'est très bien passé, madame. Félicitations ! »

Sijtgen se pencha sur l'enfant.

« Comment s'appelle-t-elle ?

— Johanna, répondit Eva. Johanna Geertruida. »

En plein conseil de guerre, où lui et ses proches collaborateurs analysaient le plan de Batavia, Jan ne prit pas le temps d'aller admirer sa fille. Il demanda à Wendelmoet, venue lui annoncer la nouvelle, d'adresser ses compliments à son épouse.

« Votre mari n'a pas bonne mine, fit savoir la jeune femme en revenant. Il est très pâle et semble souffrir. »

Eva était en train d'allaiter Johanna. Elle leva la tête.

« Cette chaleur nous épuise... Et ces sièges qui n'en finissent pas... Sa santé est mise à rude épreuve. »

Un peu plus tard, lorsque Jacob Bontius vint examiner Johanna, Eva lui demanda des nouvelles de son mari.

« Le gouverneur général souffre de diarrhée depuis quelques jours, madame.

— Je n'en ai rien remarqué, mais il est vrai que nous nous sommes à peine vus dernièrement, avec toute cette agitation. »

Eva n'ajouta pas qu'ils faisaient chambre à part depuis quelque temps en raison de sa grossesse. Ce n'était pas pour lui déplaire, mais elle se sentait à présent coupable. Jan était sans doute malade depuis quelques nuits sans qu'elle ait pu s'en rendre compte.

« Il s'en remettra, je ne vois aucun motif d'inquiétude », la rassura Jacob en remarquant son visage préoccupé.

L'attaque fut repoussée, et les Javanais reprirent leur siège. Eva était heureuse de ne plus avoir à entendre les coups de canon et les cris incessants. Elle avait besoin de se reposer pour retrouver ses forces.

De son côté, Jan profita de ce répit bienvenu. Wendelmoet avait raison : il faisait peine à voir. Il n'accordait que très peu d'attention à Johanna et à Eva, restant allongé aussi souvent qu'il le pouvait.

Cinq jours après la naissance de la petite, Eva quitta son lit et vint lui rendre visite dans la chambre qu'ils partageaient naguère. Arrêtée dans l'encadrement de la porte, elle observa son mari, couché sur le dos, les yeux fermés, les mains posées sur le ventre.

« Comment allez-vous ? Arrivez-vous à vous alimenter correctement ?

— Oui, répondit-il simplement sans ouvrir les paupières. Ne vous inquiétez pas.

— Je vois bien que vous êtes souffrant.

— J'ai des maux de ventre, rien de plus. Cela passera. »

Eva le considéra, dubitative.

« Dois-je demander au docteur Bontius de se déplacer ?

— Il est déjà venu. Il n'y a pas de quoi vous causer du souci, je suis juste très fatigué. Un peu de repos et je serai rapidement sur pied.

— Bien, se résigna la jeune femme. Reposez-vous donc. Je vais faire de même. »

Jan ouvrit les yeux et la regarda.

« Johanna va bien ? Vous aussi ?

— Très bien. Elle est toute menue, mais je peux déjà vous assurer qu'elle a de l'énergie.

— Elle a de qui tenir », répondit Jan.

Eva sourit et referma doucement la porte.

36

Le soir même, l'état de Jan se dégrada. Il se tordait de douleur et ne pouvait plus rien avaler, pas même une gorgée d'eau. Eva fit venir Bontius d'urgence, qui examina minutieusement le gouverneur général.

« La dysenterie ? » demanda Eva avec anxiété.

Le docteur acquiesça.

« Une onction au curcuma serait inutile à ce stade, il faut agir vite. Je vais lui administrer une décoction à base de rhubarbe et de tamarin pour rétablir l'équilibre entre ses fluides corporels. Ensuite nous ne pourrons que nous en remettre au Seigneur. »

Jacob Bontius mit tout en œuvre pour guérir Jan. Lorsque l'état de santé de celui-ci empira encore, il lui donna du laudanum, puis, constatant l'absence d'effet, il pratiqua une incision prudente d'une veine de son crâne afin d'en extraire le sang vicié. Jan avait entre-temps presque perdu connaissance.

« Je crains que nous ne devions faire appel au pasteur Heurnius », annonça le médecin d'un air grave.

Même si Eva s'attendait presque à entendre ces mots, ils vinrent anéantir la faible lueur d'espoir qui subsistait en elle. Elle inclina la tête et fondit en larmes.

Wendelmoet ordonna à l'un des esclaves d'aller chercher le pasteur, qui se présenta l'instant d'après, suivi des membres du Conseil des Indes.

Pieter Vlack était accompagné de Lysbet, qui se précipita vers sa sœur pour la prendre dans ses bras.

« Il va mourir, Lys, annonça-t-elle en pleurs. Jan va mourir. »

Lysbet lui caressa le dos.

« Reste auprès de lui, Eva. Il n'en a peut-être plus pour très longtemps, va lui dire au revoir. »

La jeune femme s'écarta lentement et alla s'asseoir au bord du lit. Elle saisit la main de son époux et l'appuya contre sa joue.

« Jan… » murmura-t-elle.

Il souleva ses paupières avec difficulté.

« Eva… » prononça-t-il d'une voix à peine audible.

Il ne parvint pas à dire autre chose. Il se contentait de la regarder, semblait sombrer doucement, puis rouvrait les yeux.

Eva se pencha au-dessus de lui et posa ses lèvres sur les siennes. Elle sentit qu'il voulut lui rendre son baiser, mais les forces lui manquaient.

« Tout ira bien, Jan, chuchota-t-elle dans son oreille. Tout ira bien. »

Lorsqu'elle se releva, elle constata qu'il ne respirait plus. Elle lança un regard au docteur Bontius, qui s'avança et plaça deux doigts sur son cou.

« Son Excellence le gouverneur général est décédé, annonça-t-il d'un air solennel. Toutes mes condoléances, madame Coen. »

La cérémonie funèbre fut célébrée avec tous les honneurs dignes d'une grande personnalité. Quatre marchands portaient le cercueil recouvert d'un linceul de velours noir. Eva marchait juste derrière, Lysbet à côté d'elle. Johanna était restée à la maison. Un long cortège suivait, avec à sa tête un peloton de soldats, les membres du Conseil des Indes qui portaient les éperons, l'épée, le casque et les gants de Jan, les capitaines et lieutenants de la garde civile ainsi que plusieurs marins qui se trouvaient en ville ce jour-là. Derrière venait son cheval, tenu par son maître d'écurie et son chambellan, paré d'une chabraque noire. Au-delà des remparts, les affrontements se poursuivaient sans relâche.

Pendant des semaines, Eva se réveilla tous les matins avec le sentiment qu'elle n'avait pas fermé l'œil de la nuit. Remplis de chagrin, de vide et de silence, les jours se traînaient.

Ses larmes se mettaient à couler sans prévenir, aux moments les plus inattendus. En dépit de la distance qui s'était installée entre eux les derniers temps, la chaleur du corps de son mari lui manquait, le son de sa voix, le sourire bienveillant qui adoucissait tant ses traits lorsqu'il la regardait, celui qu'il ne réservait qu'à elle.

Johanna était pour sa part bien vivante et nécessitait l'attention et le sourire de sa mère, qui ne voulait pas l'en priver. Eva s'efforça donc de reprendre sa vie en main, encore marquée par le souvenir de l'abattement qui avait été le sien à la mort de Geertruyt. Elle était résolue à ne plus se laisser sombrer dans les profondeurs du désespoir.

Le deuil de Jan était différent de celui de sa mère et de son frère, et aussi tout autre que la peine insondable provoquée par la disparition de sa fille. Sa tristesse était sincère, mais elle savait au fond d'elle qu'elle pouvait la supporter.

Un jour qu'elle songeait devant la fenêtre, Johanna dans les bras, elle se dit qu'elle commençait à s'accoutumer au chagrin. On s'habitue à tout, peut-être s'était-elle endurcie.

Jacques Specx était revenu le lendemain du décès de Jan, en compagnie de Maria Odilia Buys, qu'il avait épousée peu avant son départ de Hollande. Il avait manifestement oublié sa demande en mariage à Lysbet.

Sa colère fut immense lorsqu'il apprit ce qui avait été fait à sa fille en son absence et, puisqu'il ne pouvait s'en prendre à Jan, il se déchaîna sur les membres du Conseil des Indes. Ceux-ci rejetèrent la faute sur feu le gouverneur général et se concentrèrent sur ce qu'ils considéraient comme une priorité : les assauts des indigènes contre Batavia.

Le siège ne dura toutefois plus longtemps. La flotte qui avait ramené Jacques dans les Indes transportait aussi suffisamment de soldats, d'armes et de munitions pour déloger les Javanais de leurs positions.

Sara repartie vivre chez son père et son épouse, le château devint encore plus silencieux.

« Je rentre à Amsterdam », annonça Eva à sa sœur quelques semaines plus tard.

Lysbet se contenta de pousser un long soupir.

« Je m'en doutais… J'espérais secrètement que tu resterais, mais je te comprends parfaitement. À ta place, je ferais de même.

— Vraiment ?

— Amsterdam me manque, à moi aussi. Entends-moi bien : je suis très heureuse ici avec Pieter et, lorsque nous aurons des enfants, je serai une femme comblée, mais je rêve souvent de notre ville, je m'imagine m'y promener.

— Dans la Warmoesstraat ?

— Dans notre rue, et en de nombreux autres lieux, sur le Nieuwmarkt, le long du Geldersekade. La nostalgie m'envahit surtout quand les garçons ou Tessel nous écrivent. Ils me manquent tellement. »

Les yeux embués de larmes, Lysbet considéra sa sœur.

« Bientôt, tu me manqueras tout autant.

— Je suis désolée, assura Eva d'une voix tremblante. Tu vas me manquer aussi, c'est une décision très difficile à prendre, mais à part toi plus rien ne me retient à Batavia. Et je ne supporte plus cette chaleur, ces sièges qui n'en finissent pas, j'en ai assez du riz et des bananes, j'ai envie de rentrer à la maison.

— Dans ce cas, tu dois partir. »

Lysbet saisit la main de sa petite sœur et la serra dans la sienne.

« Si seulement je pouvais rentrer avec toi. »

La flotte du voyage de retour, sous la direction de l'amiral Pieter van den Broecke, partirait à la mi-décembre.

Dans les semaines qui précédèrent, Eva fut trop occupée à préparer ses affaires pour songer à la longue et difficile traversée qui l'attendait. Elle avait évidemment conscience de l'épreuve qui l'attendait de nouveau, mais elle refusait de se laisser submerger. Si elle voulait retourner chez elle, c'était au prix de ces tourments, elle n'avait pas le choix.

« J'aimerais rentrer, moi aussi », annonça Wendelmoet tout en surveillant les esclaves qui emballaient les portraits d'Eva et de Jan pour le voyage.

« Tu en es sûre ? » demanda Eva.

Elle hocha la tête.

« J'y ai beaucoup réfléchi. J'aime la vie à Batavia, mais la guerre et les maladies me font peur. À l'inverse, j'ai déjà eu la peste une fois et ne peux plus l'attraper. Je préfère donc rentrer avec vous, si vous m'y autorisez.

— Ta présence rendra à coup sûr le voyage un peu plus agréable. De plus, ton aide me sera précieuse pour prendre soin de Johanna.

— Je me disais la même chose, madame », répondit Wendelmoet avec un sourire.

Catharina ne fut pas non plus surprise d'apprendre la nouvelle.

« Quel dommage, s'exclama-t-elle, nous nous entendions si bien ! Que comptez-vous faire de vos esclaves ? Je vous les rachèterais volontiers, notamment pour les travaux de reconstruction de mes exploitations. Généralement, on évite de vendre ses esclaves à des connaissances, car ils savent tant de choses sur nous… mais je peux vous assurer que vos secrets seront bien gardés avec moi !

— J'ai décidé de les affranchir. »

Catharina resta bouche bée.

« Dieu du ciel, pourquoi donc ?

— Parce qu'ils nous ont servis avec loyauté, Jan et moi, pendant toutes ces années, et je souhaite leur rendre leur liberté.

— Leur liberté ? Que vont-ils en faire ? Ils n'auront d'autre solution que trouver de nouveaux maîtres.

— Peut-être, mais ce sera *leur* choix. Ils pourront tout aussi bien retourner vivre sur leurs terres d'origine.

— Ce n'est pas sérieux ? Comment feraient-ils ?

— Je l'ignore. Je sais qu'il est mal de considérer que des êtres humains sont votre propriété. J'ai déjà fait établir les documents. Dès mon départ, ils seront pleinement libres. »

Dans le silence qui s'installa, Catharina examina Eva, l'air songeur.

« Nous ne nous sommes pas parfaitement accordées sur tous les sujets, dit-elle finalement. Vous me semblez parfois un peu candide, mais vous êtes une belle personne et vous allez me manquer, Eva. »

Le départ fut fixé au 16 décembre, qui se trouvait être la date à laquelle Gerrit et Sophia étaient morts. Eva perçut cette coïncidence comme un heureux présage : son frère veillerait sur Johanna et sur elle, il s'assurerait qu'elles arrivent saines et sauves dans la rade de Texel.

La veille, le Conseil des Indes avait organisé un banquet d'adieu en son honneur et, le jour même, tous l'accompagnèrent au port. Les adieux à Lysbet, Catharina et Sara furent déchirants.

Toutes quatre pleurèrent à chaudes larmes, mais à aucun moment Eva ne douta de sa décision. Sa sœur lui manquerait terriblement. Pourtant, elle se réjouissait sincèrement à l'idée de retrouver Amsterdam dans les six mois.

Wendelmoet était radieuse, elle aussi. Le visage illuminé d'un large sourire, elle prit place en face d'Eva dans la chaloupe. L'embarcation glissa sur les eaux cristallines et, très vite, les habitants sur le quai devinrent trop petits pour être distingués les uns des autres.

Un peu en dehors de la baie, neuf navires marchands attendaient le départ, la poupe scintillant au soleil, voiles neuves tendues, prêts à entamer leur voyage. David de Vries, qui commandait le *Galiasse*, fit signe à Eva de la main depuis la dunette et elle lui renvoya son salut. Elle naviguerait cette fois à bord du *Hollandia*, le vaisseau amiral placé sous la direction de Pieter van den Broecke.

La chaloupe aborda le galion, tanguant sous l'échelle de corde. L'un des marins prit Johanna dans les bras d'Eva et se hissa sur le pont. La jeune femme et Wendelmoet suivirent.

En haut, le capitaine van den Broecke aida Eva à franchir la rambarde.

« Soyez la bienvenue, madame Coen, dit-il en lui adressant une profonde révérence. C'est un insigne honneur pour moi de vous accueillir sur mon bateau.

— Je vous remercie, amiral. J'espère que le voyage se déroulera sans encombre.

— Dieu en décidera, mais nous l'espérons tous, madame. Puis-je vous présenter à M. Marinus van Bergen ? Il voyagera avec nous. »

Eva se tourna vers un homme de haute taille, aux larges épaules et aux cheveux blonds. Plutôt jeune, la trentaine au plus, il avait des yeux d'un bleu pénétrant.

« Mes hommages, madame Coen, salua-t-il en ôtant son couvre-chef avant de faire une révérence. Toutes mes condoléances pour le décès de votre époux. Le gouverneur général et moi nous connaissions bien, et l'annonce de sa mort a été un grand choc.

— Je vous remercie. Combien de temps resterez-vous à Amsterdam, monsieur van Bergen ? Votre retour au pays est-il provisoire ou définitif ?

— Je suis originaire de Middelburg, et en effet je rentre pour de bon. Ma terre natale m'appelle.

— Je peux aisément comprendre votre sentiment », sourit Eva.

On lui montra sa cabine, qu'elle partagerait avec Wendelmoet et Johanna. Tandis que la domestique déballait leurs affaires, Eva se rendit avec sa fille sur le pont supérieur.

La flotte était prête à partir. Le soleil montait, la chaleur aussi, mais une légère brise marine apportait une fraîcheur bienvenue dont elle voulait profiter.

Marinus van Bergen se tenait contre le garde-corps. Il portait une chemise de lin sous un pourpoint de brocart orné de boutons dorés et une fraise en dentelle, mais pas de chapeau. Le vent semblait jouer avec ses épais cheveux blonds.

Appuyé sur la rambarde, il laissa ses yeux errer sur la végétation du littoral.

« Difficile d'imaginer que nous retrouverons la pluie et le brouillard d'ici quelques mois, n'est-ce pas ? lança-t-il sans regarder Eva.

— Si tout se passe comme prévu, nous débarquerons en juin, nous aurons donc l'été pour nous réacclimater. Et, pour la pluie, nous n'avons pas été tellement épargnés !

— Reconnaissons que ce n'est pas du tout la même chose. De l'eau trop tiède pour vous rafraîchir. J'aspire honnêtement à éprouver de nouveau le froid de nos contrées.

— Combien de temps avez-vous vécu dans les Indes ?

— Quatre ans. Je n'en aurais pas passé un de plus.

— Il est singulier de constater que personne n'arrive à demeurer sous ces latitudes plus de quelques années.

— Nous ne sommes pas constitués pour vivre sous les tropiques, madame Coen. Il faut y être né et y avoir grandi pour supporter un tel climat. La plupart des fonctionnaires de la Compagnie ne viennent ici que le temps de faire fortune avant de rentrer dans la République pour y mener une belle existence.

— Ce n'était pas le cas de mon défunt mari.

— En effet, confirma Marinus. Jan Coen était un homme qui se sentait investi d'une mission. L'argent ne paraissait pas l'intéresser outre mesure, il voulait bâtir quelque chose, laisser une trace derrière lui. On peut dire qu'il y est parvenu. »

Tous deux observèrent les remparts de Batavia dominés par le château, le fort et la tour de l'hôtel de ville, où Jan avait été enterré faute d'église. Les yeux d'Eva glissèrent vers l'endroit où elle s'élevait jadis avant d'être incendiée. C'était là, au cimetière, que reposaient sa mère, son frère et sa petite fille.

« Vous disiez que Jan et vous vous connaissiez, mais je n'ai pas le souvenir que nous nous soyons déjà rencontrés à Batavia.

— En effet, je n'y suis venu que quelques fois, et c'était avant votre arrivée. Jan et moi avions des contacts surtout par écrit. J'ai dirigé pendant quatre ans la factorerie de l'État de Rakhine.

— Et vous retournez à présent seul à Amsterdam…

— Plus seul que jamais. Mon épouse est décédée il y a deux ans en accouchant de notre fille, qui n'a, hélas, pas survécu non plus. Six mois auparavant, mes deux fils jumeaux avaient succombé à une fièvre tropicale foudroyante. »

Leur regard s'attarda sur la baie bleu azur, brillant de mille reflets. De la dunette, Pieter van den Broecke dispensa ses ordres.

« Toutes voiles dehors ! » s'exclama Marinus en imitant l'amiral.

Il sourit à Eva et ajouta :

« Cap sur la maison ! »

37

À l'aller, ils avaient profité de l'alizé pour traverser l'océan Indien et gagner directement l'Australie. Au retour, ce même vent leur était défavorable. Les navires longèrent donc les côtes du continent indien, puis celles de l'Afrique pour atteindre le cap de Bonne-Espérance. À leur départ de Batavia, un banc de dauphins les précéda en nageant sous le beaupré et les escorta jusqu'au large en bondissant hors de l'eau.

Eva s'inquiétait de l'état de Johanna et passait avec elle autant de temps que possible sur le pont supérieur. Pâle, visiblement très faible, le bébé buvait peu. Sur le pont inférieur, la chaleur était suffocante et Eva espérait que l'air du large ferait du bien à l'enfant.

Avant de faire cap sur Madagascar, on célébra Noël et l'anniversaire d'Eva au large de l'Empire moghol. Au moment du changement d'année, tout le monde se réunit sur le pont supérieur pour admirer les flèches enflammées tirées dans la mer et pour trinquer à l'an 1630.

« Un chiffre bien rond ! lança Marinus à Eva. Qu'il vous apporte santé et bonheur, ma chère Eva.

— Qu'il en soit de même pour vous, Marinus. »

Ils firent tinter leurs verres l'un contre l'autre, et Eva s'étonna de la rapidité avec laquelle ils s'étaient autorisés à s'appeler par leurs prénoms, et surtout du bien-être qu'elle ressentait en sa présence.

Pendant des jours, les navires voguèrent sur une mer presque lisse. Le plancher des ponts blanchi par le soleil était quadrillé par les ombres géométriques des haubans et autres manœuvres dormantes. Nombre d'oiseaux venaient se poser sur les vergues et les rambardes.

Les journées défilèrent. Dans la grande cabine, la table était dressée matin, midi et soir avec nappe en lin et assiettes en porcelaine. Le vin rouge qui accompagnait généralement les repas de poissons et d'otarie oscillait dans les verres.

Eva se préoccupait en permanence de Johanna. Sa fille buvait de moins en moins, dormait de plus en plus. Elle avait une respiration superficielle. Sa mère ne la quittait pas des yeux, la gardant auprès d'elle toute la journée.

Un soir, juste avant le coucher du soleil, Eva se rendit sur la dunette, comme toujours son enfant dans les bras. Elle chantonnait de sa voix la plus douce.

« Tu es fatiguée, mon petit trésor ? »

Le bébé ouvrit à peine les yeux.

« Fais dodo, maman est là. »

Eva observa autour d'elle. La lumière du jour

déclinait peu à peu. Le soleil tenta, en vain, de se maintenir au-dessus de la ligne d'horizon avant de sombrer dans la mer. L'avant du navire semblait aspiré par le vide, noir comme la nuit, tel un présage de malheur. La jeune femme frissonna et retourna sur le pont inférieur.

Le lendemain matin, Johanna ne se réveilla pas. Froide et inerte, elle gisait dans son berceau. Eva se mit à hurler.

Wendelmoet se précipita pour prévenir le chirurgien qui arriva sans tarder, flanqué de son assistant. Il se pencha sur le bébé, procéda à un rapide examen, puis se redressa en secouant la tête.

Eva se figea, blême. Wendelmoet s'effondra.

Marinus apparut dans l'encadrement de la porte. Un regard lui suffit pour comprendre. Il s'avança vers Eva et l'attira contre lui.

« Mon Dieu, ma pauvre Eva. »

L'usage voulait que les obsèques des morts de haut rang suivent un protocole spécial, différent du traitement des marins. Si les circonstances le permettaient, les défunts étaient amenés à terre et inhumés. C'était la disposition choisie par Pieter van den Broecke pour la fille de feu le gouverneur général Coen, mais les dieux de la météorologie en décidèrent autrement.

Dans cette zone, l'océan était si agité qu'il n'était pas prudent d'accoster sur le rivage africain. Il n'était pas non plus envisageable de conserver dans de bonnes conditions le petit corps de Johanna jusqu'à l'arrivée au Cap.

On enveloppa donc la petite fille dans un linceul qu'on lesta d'un lingot de plomb puis qu'on recouvrit avec le pavillon de la Compagnie. Tout l'équipage se réunit autour de la civière pour la cérémonie, couvre-chef à la main. Le pasteur prononça quelques prières et – bien trop vite au goût d'Eva – on ôta l'étendard, puis le corps fut soulevé au-dessus de la rambarde.

Le petit paquet chuta et disparut dans les déferlantes. Personne ne le suivit du regard. Même si Eva savait que poser les yeux sur le corps d'un défunt porte malheur, elle attendit que tout le monde regagne son poste avant de se retourner et de scruter l'océan à l'endroit où sa fille avait été jetée à l'eau. Mais elle ne vit que des flots déchaînés.

Cette nuit-là, Eva ne trouva pas le sommeil. Étrangement, elle ne parvenait pas à pleurer. C'était comme si son corps était incapable de verser la moindre larme, et son esprit dissocié de tout ce chagrin.

Au milieu de la nuit, brusquement elle se leva, enfila sa robe de chambre et monta sur le pont supérieur. L'océan dansait autour d'elle, sous les reflets métalliques d'une lune d'argent. Mille étoiles constellaient la voûte céleste.

La jeune femme s'appuya contre la rambarde pour scruter l'eau, obscure et insondable. Il lui sembla apercevoir quelque chose flotter à la surface. Elle se figea. Ce n'était pas possible. Elle continua à scruter, mais soudain elle ne vit plus rien. Juste au moment où elle voulut se retourner, un bruit la fit sursauter. Marinus s'avança à côté d'elle.

« Vous n'arrivez pas à dormir ?
— Non, j'ai l'impression d'étouffer.
— Je comprends », répondit-il d'une voix empreinte de bienveillance.
Il posa sa main sur la sienne. Ils demeurèrent ainsi un long moment, dans la noirceur de la nuit.

Marinus était un homme taiseux, mais il compatissait très sincèrement au malheur d'Eva. Lorsqu'il la sentait envahie de sombres pensées, il venait sans cérémonie s'asseoir à côté d'elle et évitait de lui servir les habituelles platitudes de consolation. Il ne demandait jamais la permission de lui tenir compagnie, ne cherchait pas à savoir si elle avait besoin de son soutien, il restait simplement là et partageait son silence.

Il lui arrivait parfois de parler de ses jumeaux, ses deux garçons emportés par la maladie alors qu'ils n'avaient que quatre ans, ou d'évoquer brièvement Hester, sa défunte épouse.

Eva ne s'étendait pas sur les proches qui l'avaient quittée les uns après les autres. Tout était encore trop sensible, trop frais.

« J'ai toujours su que Johanna ne survivrait pas, livra-t-elle un jour. Dès le moment où elle est venue au monde.
— Je comprends. Lorsqu'on perd autant d'êtres chers en si peu de temps, on perd aussi confiance.
— Ce n'est pas tellement une question de confiance. Johanna était si fragile, si pâle, si calme, comme si elle n'était pas prête à vivre. »

Eva se tut, puis se tourna vers Marinus.

« M'en remettrai-je un jour ?

— Vous resterez longtemps méfiante vis-à-vis de votre bonheur, répondit-il. Mais il n'est pas impossible qu'un jour, quand vous vous sentirez prête, vous puissiez lui ouvrir de nouveau la porte. »

Ils échangèrent leur premier baiser ce soir-là, et beaucoup d'autres suivirent. Eva passait ses nuits avec lui dans sa cabine, cramponnée à lui, au sens propre comme au sens figuré. Elle savait que ce sentiment de proximité et de sécurité ne serait pas éternel. Les longs mois monotones passés en mer constituaient une vie en soi et pour l'heure, son horizon se limitait à celle-ci.

« Je suis tellement désolée pour vous, glissa Wendelmoet un après-midi alors qu'elles marchaient ensemble sur le pont, se remémorant des souvenirs des proches disparus. Pourquoi fallait-il qu'un nouveau malheur vous frappe, vous n'avez pas mérité cela.

— Non, je ne comprends pas non plus… Heureusement tu es encore là, toi. »

Eva lui prit la main. Depuis longtemps, Wendelmoet était plus qu'une simple domestique à son service. Les deux femmes s'étaient beaucoup rapprochées, Wendelmoet se sentait davantage comme une petite sœur et Eva l'accueillait pleinement dans ce rôle. Elles partageaient leur cabine, leur lit et leur deuil.

« M. van Bergen semble vous apprécier…

— Oui, Marinus est d'un grand soutien.

— J’ai pu le constater », confirma Wendelmoet d’un air ironique, et elle se mit à rire en pensant au lit déserté par Eva depuis quelques nuits.

Celle-ci sourit.

« Quand on vit en promiscuité et qu’on partage tant, tout va toujours plus vite.

— Vous avez raison. »

Wendelmoet resta pensive quelques instants, puis reprit :

« Je crois que je suis amoureuse, madame. »

Eva se tourna brusquement vers elle.

« De qui donc ?

— De Sijmon, l’assistant du chirurgien.

— Et lui ? A-t-il des sentiments pour toi ?

— Je crois bien. En tout cas, il se montre très attentionné.

— Je suis heureuse pour toi, Wendelmoet. Garde toutefois bien à l’esprit que ta vie sera à Amsterdam, et la sienne en mer.

— Il m’a dit qu’il compte chercher du travail en ville. Il se dit médecin, pas marin.

— C’est un bon début ! Je fais tous mes vœux pour toi. »

Les bateaux arrivèrent au Cap, où ils firent escale pendant deux semaines. Revenir à cet endroit procura à Eva un étrange sentiment, sur cette plage où ils avaient bivouaqué durant un mois, environ trois ans auparavant. Où qu’elle pose les yeux, elle revoyait Geertruyt et ne pouvait échapper à la douleur du souvenir.

Un après-midi, assise sur le sable, elle observa

Wendelmoet et Sijmon qui marchaient main dans la main sur la plage.

« La vie continue, commenta Marinus, qui avait suivi son regard. Et c'est très bien ainsi. Encore quatre mois, Eva, et vous serez chez vous. Que comptez-vous faire à votre retour ?

— Me trouver un logement, pour commencer. Sans doute chez un membre de ma famille.

— Je présume que vous voulez habiter à Amsterdam ?

— Bien sûr, c'est là que vivent tous mes proches.

— C'est la même chose pour moi, répondit-il, mais à Middelburg. Un poste d'administrateur à la chambre de commerce m'a été promis, j'aurai donc déjà un travail.

— Vous n'avez pas à vous excuser ou à vous sentir obligé de quoi que ce soit envers moi, Marinus. Nous sommes pour l'instant ici, à la pointe sud de l'Afrique, Amsterdam et Middelburg sont encore loin. »

Il sourit, lui prit la main et la tira vers lui.

« Nous avons encore quatre mois. Essayons d'en profiter. »

Quatre mois, c'était à la fois incroyablement long et complètement insignifiant. Ils vivaient dans une bulle aux mille nuances de bleu, sur un petit nuage. Les échanges entre marins, les cris des oiseaux et le sifflement du vent entre les mâts étaient les seuls bruits qui leur parvenaient.

Ils passèrent les îles du Cap-Vert, puis les îles Canaries, puis enfin apparut l'Espagne. Le temps changea progressivement, et Eva vit les matelots batailler avec les cordages humides quand il fallait serrer et nouer.

Il ne restait que quelques semaines de voyage, mais Eva ne ressentait plus de hâte. Amsterdam ne s'envolerait pas et chaque jour qui s'écoulait la rapprochait du moment où elle devrait faire ses adieux à Marinus. Elle en avait pris conscience dès leur premier baiser et s'était efforcée de ne pas trop s'attacher à lui. Sans pouvoir affirmer y être parvenue, elle savait de toute façon qu'elle n'avait pas l'intention de s'installer à Middelburg. Elle aurait pu éventuellement envisager Hoorn, mais la Zélande était bien trop loin.

La côte de la France finit par se dessiner à l'horizon et deux semaines plus tard, à l'entrée dans la Manche, surgirent les falaises calcaires de l'Angleterre.

« On y est presque, annonça Eva. Dernière semaine, dernière ligne droite.

— Enfin ! s'exclama Wendelmoet. Plus jamais je ne remonterai sur un bateau ! »

Eva se mit à rire.

« Il le faudra bien pourtant ! Pour aller de Texel à Amsterdam…

— À ce propos, Sijmon souhaiterait nous accompagner. Vous n'y voyez pas d'inconvénient, n'est-ce pas ?

— Aucun. »

Eva se tourna vers Marinus, qui se tenait sur la dunette en compagnie de Pieter van den Broecke. En grande discussion, ils jetaient à tour de rôle un œil dans la longue-vue, et Pieter pointa l'horizon du doigt.

Comme s'il avait senti le regard d'Eva posé sur lui, Marinus se détourna et lui sourit.

Encore quelques jours.

38

Le retour à Amsterdam procura à Eva un sentiment singulier. Elle s'y sentait à la fois chez elle et complètement désorientée. Elle n'était plus la jeune fille partie seulement depuis trois ans, celle qui avait quitté la ville. Elle avait l'impression d'être en quête d'elle-même quand elle fit ses premiers pas dans les quartiers de sa jeunesse.

Elle percevait désormais de manière singulière tout ce qui jadis lui était si familier et si naturel. Y avait-il réellement tant de monde dans les rues et sur les places ? Était-ce une question d'acclimatation, ou faisait-il vraiment froid en ce mois d'été ?

Elle déambula d'un endroit à l'autre, redécouvrant sa ville natale. Les quais étaient surchargés de marchandises empilées, le reflet des façades des majestueuses demeures ondulait sur les eaux des canaux.

Malgré sa joie de retrouver sa terre d'origine, Eva se surprit de temps à autre à repenser avec nostalgie aux vastes avenues de Batavia, aux couleurs exubérantes de la nature javanaise. Et à Lysbet.

« Le chagrin ne passe pas, nous devons trouver une manière de le supporter », avait un jour philosophé Wendelmoet. Et elle avait raison.

Étrangement, le vide laissé par les membres de sa famille et par Jan augmentait avec le temps, comme si ce manque avait d'abord plongé ses racines au plus profond d'elle-même avant de se révéler et d'éclater au grand jour.

Il y avait toutefois aussi de bons moments, assurément les premières semaines, où elle fut invitée chez tout le monde. Ses frères et Judith, fous de joie de la revoir, ne cachèrent pas cependant leur consternation en apprenant qu'elle était désormais seule.

« C'est tellement triste… Je n'arrive pas à croire que vous ayez traversé tant d'épreuves, tandis que moi, je poursuivais ma petite vie ici, lui dit sa cousine. Je ne suis toujours pas mariée, tout est exactement comme avant. La vie est si monotone.

— Personnellement, un peu de monotonie me fera le plus grand bien ! » lança Eva en la prenant dans ses bras.

Ses amis et sa famille la soutinrent du mieux possible, mais ils avaient leur propre vie, une vie dont Eva avait été éloignée pendant si longtemps qu'elle peina à y retrouver une place.

Elle vit également moins souvent Wendelmoet, qui s'était mariée avec Sijmon dans l'intervalle, mais elle ne lui en garda pas rancune. Elle reconnaissait que sa compagnie n'était pas des plus joyeuse et que la jeune femme avait droit au bonheur.

La maison des parents d'Eva ayant été vendue pendant son séjour à Batavia, elle loua une petite demeure sur le Nes. Elle avait pour l'heure suffisamment d'argent pour bien vivre, sans compter ses bijoux. De plus, elle avait rapporté des Indes plusieurs objets précieux et du mobilier, parmi lesquels des coffrets en ivoire, des porcelaines et des meubles laqués. Elle se sépara sans peine de ces biens, trop nombreux et volumineux pour son logement. Les riches bourgeois et les notables d'Amsterdam se montrèrent très intéressés et les lui achetèrent à des prix nettement supérieurs à ceux qu'elle aurait elle-même estimés.

Cet argent fut bienvenu, car la succession de son mari tardait à être réglée. Il ne devait s'agir que d'une simple formalité, puisque en tant que veuve elle était l'héritière légitime, mais Jan avait exprimé sa volonté que son héritage soit partagé entre son épouse et sa sœur. En attendant que les démarches administratives soient effectuées, la jeune femme devait se débrouiller seule.

Jan lui manquait, mais elle pensait tout autant à Marinus. Un mois après son retour lui parvint une lettre de sa part, qu'elle conserva soigneusement dans un tiroir de sa table d'écriture. Elle prit quelques jours pour réfléchir à sa réponse.

Jusque-là, Eva avait évité de se rendre à la maison parentale, mais lors d'une splendide matinée d'automne elle décida de poursuivre sa route jusqu'à la Warmoesstraat au lieu de bifurquer avant, comme elle en avait l'habitude. À l'angle de l'Oudezijds Armsteeg, elle s'immobilisa et observa la demeure qui se dressait devant elle.

La pancarte du magasin avait disparu. En pensée, elle la revit se balancer aux charnières. D'un instant à l'autre, elle s'attendait à voir ses parents et ses frères sortir du bâtiment.

Son cœur se serra et, lentement, elle passa son chemin. Sur le Nieuwmarkt, la foule se pressait comme toujours autour des étals.

Eva fit quelques achats – deux panais et un poulet plumé –, puis rentra chez elle.

De loin, elle le vit. Il se tenait devant sa porte. Cette haute stature, ces larges épaules, cette masse de cheveux blonds… Son cœur se mit à tambouriner dans sa poitrine.

Heureusement, il regardait dans une autre direction, si bien qu'elle put se ressaisir et s'approcher de lui sans émoi apparent.

« Vous cherchez quelqu'un, monsieur ? »

Marinus fit volte-face, et un sourire illumina son visage. Il tenait à la main un rouleau de parchemin.

« Je cherche la personne qui m'a écrit cette missive, lança-t-il en la brandissant. La connaissez-vous ?

— Il va d'abord falloir que j'en fasse la lecture. Je vais devoir vous inviter à entrer.

— Si c'est la seule solution… »

Eva ouvrit la porte, Marinus la suivit et referma derrière lui. La jeune femme longea le couloir jusqu'à la pièce à vivre, où elle pendit sa coiffe à un crochet.

« Quelle surprise de vous voir ici ! s'exclama-t-elle lorsque Marinus pénétra à son tour dans la pièce.

— J'espère qu'elle vous plaît… Comment allez-vous ?

— Bien, je vous remercie. »

Il hocha la tête et laissa courir son regard autour de lui jusqu'à une pile de vêtements pour enfants.

« Certains jours sont plus faciles que d'autres, précisa Eva.

— Je comprends. »

Elle s'avança jusqu'à la table et leur servit du vin. Marinus l'observait en silence. Lorsqu'elle se retourna pour lui donner son verre, il dit :

« Vous m'avez manqué.

— Vous aussi. »

Ils trinquèrent et burent une gorgée.

« Que faites-vous à Amsterdam ? interrogea-t-elle.

— Je me demandais comment vous alliez. J'ai beaucoup pensé à vous ces dernières semaines, Eva.

— J'ai également beaucoup pensé à vous. Restez-vous longtemps ? »

Elle perçut une note d'espoir dans sa propre voix. Marinus aussi, visiblement, car il fit un pas vers elle.

« Aussi longtemps que vous le souhaiterez. J'ai été nommé administrateur de la chambre d'Amsterdam. J'habite désormais ici, sur le Koningsgracht.

— Vous ne plaisantez pas ?

— Je n'ai jamais été plus sérieux. Je voulais vous inviter à dîner chez moi ce soir. J'aurai une demande à vous adresser.

— Ne pouvez-vous pas me l'énoncer maintenant ?

— Avec votre permission, je préfère garder le secret jusqu'à ce soir, je me suis donné beaucoup de mal pour tout préparer. »

Ils se regardèrent en souriant.

« Dans ce cas, reprit Eva, je vous dis à ce soir. »

Il l'embrassa délicatement sur les lèvres, lui fit un clin d'œil et sortit.

Dès qu'il fut parti, Eva se précipita dans l'escalier qu'elle monta quatre à quatre. Son portrait et celui de Jan étaient accrochés dans l'une des chambres, si imposants qu'ils occupaient la quasi-totalité du mur. C'était pour cette raison qu'elle n'en avait pas voulu en bas, elle préférait un endroit facilement accessible, sans pour autant l'avoir sous les yeux en permanence.

Elle contempla les deux tableaux. Jan et elle portaient leurs tenues de mariage. La brillance du damas, l'éclat des bijoux et la finesse des piqûres étaient si fidèlement représentés qu'ils donnaient envie de les toucher.

Comme elle était jeune, à l'époque. Un peu nerveuse à l'idée de la voie qu'elle venait d'emprunter, mais pleinement confiante en l'avenir. Elle se sentit soudain plus vieille de plusieurs décennies que la jeune fille qui la dévisageait depuis la toile.

Son regard se posa sur l'éventail de plumes de paon et sur le bracelet à double rang de perles, et elle se souvint du malaise qu'elle avait éprouvé la première fois qu'elle avait dû porter toutes ces parures.

Jan paraissait tel qu'il avait toujours été : élégant et sûr de lui. Elle s'avança lentement et plongea ses yeux dans ceux de son défunt mari. L'amour qu'elle ressentait pour lui ne s'était pas éteint, il avait simplement changé de nature. Seul restait son souvenir désormais, un souvenir qui avait cessé d'être douloureux.

« Je crois que je l'aime, annonça-t-elle à voix basse en s'adressant au tableau. Ce soir il me demandera de l'épouser, et je lui dirai "oui". Je veux être de nouveau heureuse, Jan. Vous me comprenez, j'en suis sûre. Vous avez toujours voulu me voir heureuse. »

Elle l'embrassa sur les lèvres, sortit de la pièce en refermant la porte derrière elle.

ÉPILOGUE

L'écriture d'un roman historique exige des recherches minutieuses. Or, comme on le sait, Internet n'est pas toujours fiable. Les sources se contredisent, sont incomplètes, voire erronées. Si l'on cherche des renseignements sur Eva Ment et sa famille, les sites de généalogie vous livrent beaucoup d'inepties. Selon mon habitude, je me suis donc immergée tout entière dans les archives officielles.

Une telle plongée dans le passé est une opération vaste et difficile, notamment parce que les actes de baptême, de décès et de mariage sont souvent complexes à déchiffrer.

Pour cette mission, j'ai été ravie de pouvoir compter sur l'aide précieuse de Shanna Dijkstra, des archives municipales d'Amsterdam, et de Jan de Bruin, des archives Westfries de Hoorn.

Ma collaboratrice Monique Postma ainsi que Liesbeth Vries, éditrice au sein de la maison d'édition Ambo|Anthos à Amsterdam, ont lu le manuscrit et l'ont commenté de manière très pertinente. Ma formidable préparatrice Sabine Mutsaers a ensuite posé son regard affûté sur le texte final, avant que ma correctrice d'épreuves Cécile van Son ne règle les ultimes détails. Que toutes ces personnes soient chaleureusement remerciées pour leur contribution au présent ouvrage.

Eva

1606 est souvent citée comme l'année de naissance d'Eva Ment mais ce n'est pas tout à fait exact, car nous savons de source sûre qu'elle a été baptisée à l'Oude Kerk d'Amsterdam le 1er janvier 1606. Elle a donc dû naître dans les derniers jours de décembre 1605.

La famille Ment compte huit enfants. L'aîné, Cornelis, vient au monde et meurt en 1592. Un autre fils naît un an plus tard, lui aussi nommé Cornelis.

Après la mort de Jan Pieterszoon Coen, Eva retourne à Amsterdam, où elle épouse Marinus Lowijsz. van Bergen en février 1632.

Malheureusement, les archives de Middelburg ayant été détruites pendant la Seconde Guerre mondiale, on ne sait pas grand-chose de lui. Dans mon livre, ce qu'il apprend à Eva sur sa femme et ses enfants est donc le fruit de mon imagination. Il est cependant avéré qu'ils se sont rencontrés sur le bateau au moment de leur retour vers la République et qu'ils se sont mariés deux ans plus tard.

Le couple a eu cinq enfants : Sofia (1632), Michiel Louis (1635), Johannus (1639), Johannis (1641 – sans doute ainsi nommé en raison du décès prématuré de son frère aîné Johannus) et Niclaes (1643).

Le registre des inhumations d'Amsterdam mentionne que trois des enfants d'Eva et Marinus sont enterrés dans la même tombe, au cimetière de l'église

Westerkerk, en 1639, 1644 et 1645. Il semble que seul Michiel Louis ait atteint l'âge adulte.

Marinus meurt en mars 1645, à l'âge de quarante-sept ans. Eva se remarie un an plus tard avec Isaac Buijs, un licencié en droit âgé de vingt-huit ans, habitant le long du Coninxgracht, soit l'actuel Singel. Elle a alors trente-neuf ans. Pour autant que l'on sache, aucun enfant n'est né de cette union.

Eva décède à l'âge de cinquante-trois ans. Elle est également enterrée à la Westerkerk d'Amsterdam.

Personnages fictifs et historiques

Presque tous les personnages de ce livre ont réellement existé. Seuls les noms du capitaine et du sous-officier du *Nassau* n'ont pu être retrouvés lors de mes recherches. De même, tous les esclaves et les domestiques – dont Wendelmoet et Dina – sont fictifs.

On ne sait pas grand-chose des frères d'Eva, j'ai donc pris la liberté d'attribuer une épouse à Cornelis, que j'ai choisi d'appeler Marritge.

Permettez-moi de vous en dire un peu plus sur quelques personnages historiques intéressants.

Lysbet Ment et son mari Pieter Vlack sont revenus à Amsterdam quelques années après Eva. C'est du moins ce que l'on peut déduire d'une note que j'ai pu consulter, qui fait état du retour au pays d'une flotte placée sous le commandement de Pieter Vlack, en 1634. J'ai aussi trouvé un document énonçant que ce dernier était nommé régent de l'Oudezijds Huiszittenhuis, l'Aumônerie d'Amsterdam, en 1636. J'ai été enchantée de découvrir que les sœurs avaient ainsi été réunies à Amsterdam après leur séjour dans les Indes.

Lysbet et Pieter ont eu au moins un fils, qui s'appelait aussi Pieter.

On ne connaît pas la date du décès de Pieter Vlack, mais on sait qu'il a eu lieu pendant sa vie commune avec Lysbet, car celle-ci s'est remariée par la suite : les bans du 9 septembre 1645 mentionnent qu'elle est veuve de Pieter Vlack et vit sur le Herengracht.

Elle se remarie le 24 septembre avec un certain Jacob van Compostel de Haarlem, mais pour une raison inconnue le mariage s'est tenu à Muiden[1] (ce genre de renseignement a pour effet d'éveiller mon imagination, car il se pourrait très bien que la cérémonie se soit déroulée au château de Muiderslot en présence d'importantes figures de la littérature. En effet, un cercle de lettrés s'était formé au château, autour des poètes Pieter Corneliszoon Hooft, Joost van den Vondel et Maria Tesselschade[2]).

Lysbet est ensuite partie s'installer à Hoorn, car le registre d'état civil indique qu'elle est décédée dans cette ville le 8 novembre 1666, à l'âge de soixante-sept ans.

Née en 1602, Judith Hulst était la fille de Balichje Hasselaer et de Pieter Hulst. Elle a épousé sur le tard,

1. Ville située à une vingtaine de kilomètres d'Amsterdam, notamment connue pour son imposant château médiéval, le Muiderslot.

2. Trois éminentes figures de la littérature néerlandaise, souvent considérées comme faisant partie des premiers poètes modernes de langue néerlandaise. De même que le français est appelé la « langue de Molière » et l'anglais la « langue de Shakespeare », le néerlandais est souvent appelé la « langue de Vondel ».

à l'âge de trente-deux ans, le marchand et armateur Dirck Joosten Rijscamp. Le couple vivait sur le Geldersekade à Amsterdam, dans un immeuble décrit comme « ayant des pinasses sur sa façade ».

L'année de la mort de Judith est inconnue, mais on sait qu'elle a vendu sa maison en 1677, ce qui laisse supposer qu'elle a atteint un âge avancé.

Maria Tesselschade Roemers Visscher (1594-1649) est aux Pays-Bas l'une des poétesses et graveuses sur verre les plus célèbres du XVIIe siècle. Douée d'un talent exceptionnel, elle était très amie avec les grands écrivains de l'époque, tels que Hooft, Bredero, Vondel, Huygens et Barlaeus.

Elle a, elle aussi, grandi à Amsterdam. Après son mariage, elle s'est installée à Alkmaar. À la suite d'un incendie, des recherches archéologiques ont pu être effectuées en 2016, sur le site où se trouvait sa maison. À cette occasion, certains de ses biens ont été retrouvés dans une fosse d'aisances[1] : des fragments de verre qu'elle avait gravés, une chaussure d'apparat et, cerise sur le gâteau, l'alliance en diamant de Tessel ! Il est probable que l'anneau, daté vers 1620 par les experts, ait glissé de son doigt et soit tombé dans la fosse d'aisances avec des restes de nourriture. Ces découvertes peuvent être admirées lors d'expositions itinérantes régulièrement organisées aux Pays-Bas et dans d'autres pays.

1. Jadis, outre leur fonction de latrines, les fosses d'aisances étaient également utilisées comme « décharges ». On y jetait ainsi d'autres sortes de détritus, dont des restes de nourriture et divers objets devenus inutiles.

Il n'est pas possible d'établir avec certitude si Tessel était bel et bien amie avec Lysbet et Eva – c'est moi qui ai pris cette liberté. Elles évoluaient toutefois dans les mêmes cercles et avaient des liens de parenté éloignés.

Willem IJsbrantsz. Bontekoe a écrit son aventure sur le *Nieuw Hoorn* après son mariage avec Eeltje Bruijns. Ce journal de bord porte le titre assez long de *Journal de bord ou description mémorable du voyage aux Indes orientales de Willem IJsbrantsz. Bontekoe de Hoorn, incluant les nombreuses choses merveilleuses et dangereuses qui lui sont arrivées là-bas, entamé le 18 décembre 1618 et terminé le 16 novembre 1625*[1].

Jan Jansz. Deutel, un vendeur de livres de Hoorn, a publié l'ouvrage en 1646. Le succès a été immédiat et, au cours des trois siècles qui ont suivi, près de soixante éditions ont paru. Une édition de 1646 peut d'ailleurs être admirée à la bibliothèque de l'université de Leyde[2].

1. Traduction littérale du titre original : *Journael ofte Gedenckwaerdige Beschrijvinghe van de Oost-Indische Reijse van Willem Ysbrantsz. Bontekoe van Hoorn. Begrijpende veel wonderlijcke en gevaerlijcke saeken hem daer in wedervaren. Begonnen den 18 December 1618 en vol-eynt den 16 November 1625.*

2. Le journal de bord du capitaine Bontekoe constitue l'une des œuvres majeures de la littérature néerlandaise à l'époque coloniale. Il est régulièrement réédité ou adapté en néerlandais contemporain. À noter que cet ouvrage a été (partiellement) traduit et publié en français, notamment par M. Melchisédech Thévenot en 1696, sous le titre *Relation ou Journal du voyage de Bontekoe aux Indes orientales*, et plus récemment par Henja Vlaardingerbroek et Xavier de Castro, sous le titre *Le Naufrage de Bontekoe & autres aventures en mer de Chine (1618-1625)* (Paris, Michel Chandeigne, 2001).

La maison natale de Bontekoe, située sur le Veermanskade à Hoorn, s'y trouve toujours. Une pierre représentant une vache à la robe pie noir orne la façade[1].

Joost van den Vondel était déjà un poète célèbre et apprécié de son vivant (1587-1679). Il était également marchand de soie et tenait une boutique dans la Warmoesstraat appelée « De Rechtvaerdige Trou[2] ». Pendant plus d'un siècle, l'emplacement exact du magasin a fait l'objet de spéculations, mais on pense aujourd'hui qu'il s'agissait de l'actuel numéro 39.

Il semble que Vondel n'était pas très intéressé par ce commerce et, après la mort de sa femme Mayke, qui assurait la continuité de l'activité, les choses se sont dégradées. En 1652, son fils Joost junior reprend l'affaire, mais il n'a visiblement pas non plus l'esprit d'entreprise. Pour se sortir de ses problèmes d'argent, Vondel s'installe dans diverses chambres bon marché sur le Prinsengracht, puis sur le Koningsgracht (le Singel). Il meurt sans le sou en 1679.

La famille Bicker a été l'une des familles les plus puissantes d'Amsterdam au XVIIe siècle. Gerrit Bicker (1554-1604) a été l'un des fondateurs de la Compagnie van Verre, l'ancêtre de la VOC[3], et ses quatre fils ont étendu encore davantage l'influence de la famille.

1. En néerlandais, lorsque l'on décompose le mot, *bonte koe* signifie « vache » (*koe*) et « multicolore » (*bonte*) ou, en la circonstance, « vache à la robe pie noir » (c'est-à-dire bicolore noir et blanc).
2. « La foi vertueuse ».
3. La Compagnie néerlandaise des Indes orientales, donc, dont le nom officiel d'origine est la *Vereenigde Oostindische*

Le fils aîné, Andries (1586-1652), a été nommé bourgmestre d'Amsterdam en 1622. Il s'est assuré que ses trois frères, Jacob, Cornelis et Jan (également appelé Johan), obtiennent des postes élevés dans divers conseils et administrations.

Jan/Johan Bicker (1591-1653) est plus intéressé par la navigation marchande. Il devient un célèbre constructeur et armateur de navires. Quand la ville d'Amsterdam se développe et que les gens s'y trouvent à l'étroit, il est un acteur majeur de l'aménagement de trois îles visant à décongestionner le port. En 1631, il achète ainsi l'une de ces îles – encore dénommée aujourd'hui Bickerseiland – et y fait construire des chantiers navals, des entrepôts et des habitations pour les ouvriers. Il emménage lui-même dans une grande maison dotée d'une haute tour, à l'angle de la Grote Bickersstraat, afin de voir ses navires arriver. Malheureusement, ce bâtiment est démoli en 1700.

Jan Bicker était aussi appelé Johan. J'ai préféré ce nom dans mon livre pour éviter toute confusion avec Jan Coen.

J'ignore bien entendu s'il a été amoureux d'Eva, mais il est certain qu'ils se sont connus.

Johan s'est bien marié avec Agneta de Graeff van Polsbroek et a fondé une famille. L'une de ses filles, Wendela, est devenue en 1655 l'épouse de Johan de Witt, le grand-pensionnaire[1], qui, avec son

Compagnie, ou VOC, que j'ai traduit la plupart du temps dans le livre par « la Compagnie », par souci de simplification.

1. Dignitaire qui occupait la fonction de secrétaire (en néerlandais *raadpensionaris*, francisé en « pensionnaire ») de l'organe exécutif et législatif de la province de Hollande, la plus importante des sept provinces formant la république des Provinces-Unies.

frère Cornelis, fut massacré par la foule lors de l'invasion des Provinces-Unies par la France en 1672, au début de la guerre de Hollande. Les portraits de Johan Bicker et d'Agneta sont exposés au musée d'Amsterdam, dans la Kalverstraat.

Jacobus Bontius est né à Leyde en 1592. En réalité, il s'appelait simplement Jacob de Bondt[1], mais à l'époque il était de bon ton pour les érudits d'adopter la version latine de leur nom.

À trente-quatre ans, ses remarquables connaissances en botanique lui permettent de rejoindre la VOC en tant que médecin. Il envisage de mener à Batavia des recherches sur des espèces végétales inconnues des Néerlandais et d'étudier les maladies tropicales.

Ce n'est pas un luxe, car au XVIIe siècle la plupart des colons succombent à la maladie, que ce soit de la malaria, du choléra ou d'autres affections. Il étudie diverses plantes, fait son apprentissage auprès des indigènes de Java et pratique des autopsies sur des cadavres.

La première femme de Bontius, Agniet Jans, meurt effectivement lors du voyage vers les Indes orientales. Il se remarie à Batavia avec Sara Gerardi, qui elle aussi meurt peu après, en juin 1630. Un an plus tard, la variole emporte Jan, le fils de Bontius. Il épouse alors Maria Adema, mais en novembre 1631 il succombe lui-même à l'une des maladies tropicales qu'il étudiait.

1. On trouve aussi « Jacques de Bondt » dans certaines sources en français.

Son fils Cornelis est retourné aux Pays-Bas et a vécu chez son oncle Willem Bontius. Je n'ai rien trouvé sur la fille de Jacob, Joanna.

Le livre de Jacob Bontius, *De Medicina Indorum*, est publié à titre posthume en 1642. Il s'agit de l'un des premiers et des plus importants ouvrages décrivant des maladies telles que le choléra, le béribéri et diverses fièvres tropicales. Avec le médecin Willem Piso, Bontius est considéré comme le fondateur de la médecine tropicale. C'était également un farouche opposant à l'esclavage, qui dénonçait l'attitude méprisante à l'égard des indigènes. Dans ses écrits, il s'est toujours élevé avec force contre ces pratiques.

Catharina Floris, d'Amersfoort, est l'une des premières femmes à se montrer suffisamment entreprenante pour se rendre seule à Batavia. Peu après son arrivée, elle épouse l'échevin Floris Hendricksz. Le couple fait très vite partie des habitants les plus riches de la ville. Malheureusement, ils perdent tout lors d'un incendie, et Floris meurt peu après.

Or il apparaît que Catharina a déjà été mariée à un homme resté dans la République. La bigamie étant un péché majeur à l'époque, le Conseil ecclésiastique interdit à Catharina de se remarier.

Mais celle-ci n'a pas besoin d'un homme pour s'en sortir. Avec ses vingt esclaves, elle transforme un terrain marécageux en exploitation maraîchère et fournit toute la ville en oranges et en noix de coco. C'est probablement la dépendance de Batavia à l'exploitation de ses propriétés qui explique qu'elle n'ait pas été poursuivie pour bigamie.

Elle perd tous ses biens au moment de l'attaque de Batavia en 1628, puis lors du siège de 1629. Mais Catharina n'est pas le genre de femme à se laisser abattre et, chaque fois, elle relance ses activités. Elle insiste beaucoup pour se remarier et ne cesse de réitérer sa demande d'approbation auprès des autorités. Cependant sa bigamie ne sera jamais pardonnée, et Catharina restera célibataire jusqu'à la fin de ses jours. Ses affaires ont en revanche toujours été si florissantes qu'elle peut faire construire une immense demeure en pierre, qualifiée dans certaines sources de « joyau de la ville ».

À sa mort, en 1639, elle est une femme riche. Elle lègue l'intégralité de sa fortune à Dirck Pietersen van Maersen, l'homme qu'elle voulait tant épouser.

Maison natale de Jan Coen

Avec l'aide de l'archiviste Jan de Bruin, j'ai cherché à savoir où se trouvait à Hoorn la maison natale de Jan Pieterszoon Coen. Les avis à ce sujet sont partagés.

L'historien Jur van Goor indique dans sa biographie de Coen que celui-ci a vécu dans la rue Mallegomsteeg.

Un acte notarié de 1585 mentionne le père de Jan, Pieter Willemsz. Coen, originaire de Twisk, comme résident de Hoorn. À la suite de son nom on lit « in Mallegum », ce qui pourrait signifier que lui et sa femme, Geert(truida) Jansdr. Mol, ont vécu dans cette rue. Jan Coen est né deux ans plus tard. « In Mallegum » apparaît encore dans le testament de Pieter Willemsz. Coen de 1599.

Un *mal-gom* désigne le lieu où l'on plaçait la cible des archers et des tireurs. Or, à l'endroit précis où se situe aujourd'hui la rue Mallegomsteeg se trouvait justement le champ de tir de la garde municipale de Hoorn jusqu'au début du XVIe siècle.

Il se pourrait toutefois aussi que la maison natale de Coen ait porté la mention « in Mallegum » en référence au commerce que son père exerçait avec le port espagnol de Malaga. En effet, à l'époque les maisons portaient souvent le nom du lieu avec lequel les habitants commerçaient, comme c'est le cas de plusieurs d'entre elles dans la rue Appelhaven à Hoorn. À Amsterdam, un entrepôt de vin datant de 1617 s'appelle Malaga.

Une autre version veut que Coen ait vu le jour dans la Gravenstraat, là où se trouve aujourd'hui le numéro 13. De nombreux historiens estiment toutefois qu'il n'a pas pu naître à cet endroit, car cette rue n'a été construite qu'en 1593, dix ans après l'installation des parents de Jan Pieterszoon Coen à Hoorn, mais il se peut qu'ils aient commencé à vivre dans l'une des premières maisons de la rue avant que son nom lui soit attribué.

La bâtisse censée être la maison natale de Coen, située à l'angle de la Wisselstraat et de la Gravenstraat, était effectivement, d'après les cartes de l'époque, l'une des premières à avoir été construites.

Il est également possible que la famille Coen ait d'abord habité dans la rue Mallegomsteeg avant de déménager dans la Gravenstraat.

Mallegomsteeg ou Gravenstraat, on ne peut donc rien affirmer avec certitude.

Je me plais à croire que Coen nous a laissé un autre indice : lorsqu'il a fondé Batavia, il voulait d'abord appeler la ville Nieuw-Hoorn, mais le Conseil des Dix-Sept a rejeté sa proposition. Le gouverneur en a été assez mécontent, comme en témoignent ses lettres. En contrepartie, il a été autorisé à nommer lui-même les rues de Batavia. Sur le plan de la ville de 1629, l'allée principale menant à la mer porte le nom de Gravenstraat.

Coen, un personnage controversé

Bien que la réputation de Jan Coen ne soit pas exempte de tout reproche, son œuvre et son nom restent très présents à Hoorn. Une statue à son effigie a été érigée sur le Roode Steen en 1893, des établissements de restauration portent son nom, et il arrive que des portraits de Jan et Eva nous surprennent au détour d'un couloir, comme au restaurant Oude Waegh.

Au cours des dernières décennies, de nombreuses critiques ont été émises sur le massacre de Banda et la traite des esclaves dont Coen s'est rendu coupable.

En 2011, sa statue a été renversée de son piédestal à Hoorn lors de troubles survenus pendant une fête foraine. Le musée Westfries a organisé une exposition temporaire, au cours de laquelle les visiteurs ont été invités à s'exprimer sur l'avenir du monument.

La plupart des participants étaient d'avis que Jan Pieterszoon Coen devait rester sur le Roode Steen à condition qu'une plaque soit ajoutée, informant les passants sur les événements qui s'étaient déroulés dans le pays. Ce fut chose faite.

Dans la littérature, Coen est souvent dépeint comme une brute impitoyable, un homme capable de décimer des populations entières pour le seul appât du gain. On peut légitimement s'interroger sur cette image.

Si les exactions perpétrées dans les îles Banda se sont bien produites et ne peuvent en aucun cas se justifier, il ressort clairement de la correspondance de Coen qu'il n'avait jamais eu l'intention de tuer quiconque. Quand on prend la peine d'examiner l'affaire sous un autre angle, on voit un homme qui souhaitait faire des affaires et s'est senti contrecarré dans son entreprise, trahi. Il n'était pas dans ses projets initiaux de réduire en esclavage les habitants de Lonthor ni de les exécuter, même si sa décision de les transférer vers d'autres îles a été assez radicale. Il semblerait que Coen ait vu rouge lorsqu'on tenta de l'assassiner, et qu'il ait réagi comme un général en temps de guerre.

Par ailleurs, il semblerait que ce soient la famine et les maladies qui aient fait le plus grand nombre de victimes parmi les autochtones, obligés de se réfugier dans la jungle et les montagnes.

De leur point de vue, leur résistance était compréhensible. Lonthor était *leur* île, ils avaient le droit de faire du commerce avec qui ils voulaient et n'avaient pas à se laisser dicter leur conduite par Coen.

Dans la République, l'action de Coen à Lonthor n'a pas non plus été très appréciée, et le Conseil des Dix-Sept l'a convoqué à Amsterdam pour qu'il s'explique. Il a été prié de se contenir, mais pas sanctionné. Les profits qu'il apportait à son pays étaient trop importants.

Pour conclure

La maison parentale d'Eva se trouvait dans la Warmoesstraat, au numéro 22 actuel. Dans un ouvrage traitant de cette rue d'Amsterdam, la demeure est présentée comme la propriété de Claes Ment, « là où est suspendue la pancarte du teinturier ». Malheureusement, cette maison n'existe plus.

Le plan de Batavia de 1627, long de près de trois mètres, qu'Eva admire dans la salle du conseil, est exposé au Westfries Museum de Hoorn. La toile appartenait à Jan Coen, mais, étant restée longtemps pliée, elle est très abîmée. Eva l'a probablement emportée lors de son retour à Amsterdam. Vous pouvez en contempler une copie au Musée tropical d'Amsterdam.

Les portraits d'Eva et de Jan, peints par Jacob Waben, sont eux aussi exposés au Westfries Museum. Je suis allée les voir régulièrement pendant l'écriture de ce livre. Chaque fois, je me répétais que ces tableaux avaient été accrochés au mur de la maison d'Eva. Chaque fois je l'imaginais, comme moi, devant ces portraits, quatre siècles auparavant. Chaque fois que cette pensée fascinante me traversait l'esprit, j'en éprouvais un vertige.

BIBLIOGRAPHIE

Balai, L., *Geschiedenis van de Amsterdamse slavenhandel*, Walburg Pers, 2013.

Barend-van Haeften, M., *Op reis met de VOC : De openhartige dagboeken van de zusters Lammens en Swellengrebel*, Amsterdam University Press, 1996.

Goor, J. van, *Jan Pieterszoon Coen*, Uitgeverij Boom, 2014.

Guleij, R., & Knap, G., *Het Grote VOC Boek* [contribution de Ramsey Nasr. « Jan Pieterszoon Coen, gouverneur-generaal »], WBOOKS, 2017.

Hageman, M., *Amsterdam in de wereld*, Ambo|Anthos, 2017.

Niemeijer, H. E., *Batavia : Een koloniale samenleving in de 17de eeuw*, Balans Uitgeverij, 2016.

Ottens, E., *Coen en zijn tijd*, PolderVondsten, 2013.

Rek, J. de, *Prinsen, patriciërs en patriotten*, Bosch & Keuning, 1979.

Smeenge, A. M. H., *De echtgenoote van een gouverneur-generaal*, Jaarboek Amstelodamum, 1936.

Spruit, R., *J. P. Coen : Dagen en daden in dienst van de VOC*, De Haan, 1980.
Thomas, H., *Het dagelijks leven in de 17de eeuw*, Elsevier, 1981.
Tulkens, J., *Jan Pieterszoon Coen : Bedwinger van Indië*, Vcl/West-Friesland, 2007.

10
18

Qu'avez-vous pensé de ce livre ?

Partagez votre avis sur vos réseaux sociaux
avec les # suivants :

#passionlecture
#1andelecture1018
#éditions1018

et tentez de remporter **1 an de lecture***.

Retrouvez-nous sur les réseaux sociaux
et découvrez tous nos conseils de lecture :

editions1018 Editions 10-18 Editions 10/18

*voir modalités sur la page https://un-an-de-lecture-10-18.lisez.com/

Pour plus d'information :

www.lisez.com

Imprimé sur du papier issu de forêts gérées durablement.

10/18 – 92 avenue de France, 75013 PARIS

Imprimé en France par
CPI Brodard & Taupin

N° d'impression : 3060040
X08607/01